汉语言文学中国特色研究丛书·实践论文学理论建构

主 编／高 楠 韩春虎

中国现代女作家的女性文学意识

THE FEMININE
LITERATURE CONSCIOUSNESS OF
CHINESE MODERN WOMEN WRITERS

吴玉杰 刘 巍 等／著

社会科学文献出版社
SOCIAL SCIENCES ACADEMIC PRESS (CHINA)

总　序

构入文学活动的实践论文学理论

　　提出"实践论文学理论建构"课题，并系统地展开规模性研究，不是哪个人、哪个研究群体的突发奇想或标新立异，它有历史延续性的本源根据，有20世纪以来世界文学及文学理论走向的根据，更有中国文学理论几十年来面对它的研究对象而形成的建构取向的根据。在实践论文学理论以理论课题的方式提出之前，在中国，是认识论文学理论一统天下。20世纪80~90年代，经由文学实践的具体情况与脱离文学实践的具体情况的认识论文学理论的争论，使文学的能动性获得了理论身份而进入认识论文学理论，并使后者在很短的时间内转入能动反映论文学理论，于是文学对于生活的能动性便被理论地肯定了。

　　然而，在短短的能动反映论文学理论活跃地建构其间的20世纪90年代，大众文化便冲破了文学能动反映论的围墙，把文学及文学理论引入社会性文学活动的领地。文学开始了放弃工具论身份的努力，进入人的生存表述、人的欲望表述、人的压抑乃至苦难表述的境地。文学由工具身份提升为人的主体表述身份，这是中国文学自我主体的重新面对，同时也带来了其理论研究主体文学理论的主体性变化。正是在这一变化中，它邂逅了文学活动的现实实体，其实，这也是文学本质以活动见之于世的身份本源的历史回顾。

根据进化论、发生学，马克思的《政治经济学批判》导言所强调的研究各种现实具体的方法，即在任何现实具体中，都保存着它们由之生成的本源性根据，就像脑科学所揭示的那样，人的进化中原初的本能，都会在大脑皮层中保存其应有的位置，并会在相应的时刻释放本能的力量。文学活动作为文学的本源属性，始终保留在文学中，并不断地释放为文学的现实乃至当下的规定性。当然，此处所说的文学本源，在还没有文学这一说法的先民时代，曾被后来的文学理论家们称作前文学远古时代的原始现象。尽管留存至今的原始活动的证明已极为稀缺，但并非毫无痕迹，一些地方留存的岩画，如欧洲法兰克和坎塔布里亚地区旧石器时代的岩画，以及旧石器晚期我国江苏连云港的将军崖岩画，其间尽管发生了由幽深洞窟向敞亮岩面的变化，但有一点是相同的，即都拥有很广阔的空间。由此可以推断那是原始部落集体活动的场所。至于岩画内容，多是几人甚至数百人集体活动的结晶。岩画研究者们的共识性看法为这类岩画场所是原始人举行群体巫术仪式的场所——"它是全体社会成员共同劳动的成果，是整个部落举行巫术仪式的成果，是全体成员社会生活的需要"。① 而对于原始巫术，艺术发生学认为，那就是诗、乐、舞"三位一体"的活动，当然，这是原始性质的诗、乐、舞，最初大概也就是有节奏的单音或双音话语、喊叫或彼此配合的蹦跳。这就是前文学的活动样式。与诗直接相关的原始诗、乐、舞一体化活动的例子在《九歌》中体现得尤为充分。据专家考证，屈原的《九歌》是根据楚地民间祭祀歌舞加工整理创作而成的。"《九歌》产生于南郢之邑、沅湘之间，这一地区，即今日湖北的西南部与湖南的三湘四水之间。这一地区的原始祭祀歌舞，主要是'傩祭'，民间称之为'还傩愿'。其供奉的神灵，又因民族和地域

---

① 陈兆复：《岩画艺术》，《文艺研究》1995年第3期，第90页。

的不同而分为女神系与夫妻神系二种。"① 由此可见,《九歌》已不是前文学而肯定是文学中的诗了。《九歌》源于原始祭祀的诗、乐、舞一体性活动也因此不容置疑。引述岩画与《九歌》的研究成果,旨在证明文学是一种社会实践活动,因此将之纳入实践论文学理论体系并不是灵机一动的想法,而是有其发生学坚实根据的。

实践论文学理论在中国文学理论的延续性建构中,割不断与认识论文学理论的关系,而且关于二者哪个对文学研究更具理论有效性的争论,至今仍在继续。为使实践论文学理论的建构更深入地展开,这里须对几个要点予以阐释。

首先,文学理论研究是对象性研究,它不仅研究对象而且被对象规定。如果对象是文本,则要用合乎文本研究的一套理论去对待,进而建构文本理论体系。认识论文学理论是研究文本的理论,它以文本为中心,不仅是理论的对象设定问题,更是认识论文学理论之于文学文本理论的对应性问题。倘若对象不是文本而是活动,是社会综合性活动,则需要一套研究文学活动的理论,这就是实践论文学理论。由于此前的文学理论研究基本上是文本研究,与之相应,认识论文学理论在文学理论研究中的主流性也就不足为怪。这是有根据的主流性,或者说,是不依研究者的意志为转移的主流性。但是,如果文本,甚至产生文本、传播文本、批评文本、接受文本的综合性文学活动被确定为文学对象,那么活动与文本的差异,便规定着实践论文学理论与认识论文学理论的差异。这就像对应着经济活动的经济学与对应着人体疾病的医学的差异一样。这是研究对象与对象研究二者之间相互规定的对应性,前文提出的文学对象不仅是文本对象,更是社会实践对象的发生学根据,是实践论文学理论获得建构合理性的根据。

---

① 林河:《〈九歌〉与南方民族傩文化的比较》,《文艺研究》1990年第6期,第119页。

其次，实践论文学理论与认识论文学理论各自的理论根据，规定着二者理论建构的不同研究路径。实践论研究社会实践的展开过程，社会实践的展开过程有五个研究要点。一是实践目的。任何实践都面对一个为什么实践的目的性追问，因此也都需要在具体的实践活动展开之前预先进行目的设定。而目的设定又是一个综合的目的考察过程，它要解决所设定实践目的的时间可行性、空间可行性及条件可行性等问题，否则，所设定的实践目的便是无根据的目的，很多实践活动之所以半途而废，往往是因为实践启动前所提出的目的本身就是不可实现的目的。二是实践目的的实践路径预设。马克思曾将蜜蜂筑巢与人类建筑做对比，以此说明人与动物的差异，即动物的活动是本能的，而人的活动是预先设计的，人在活动前总要先拿出一个通往目的的设计图。海德格尔则称此为此在活动的预先筹划。三是抵达或实现实践目的的方法与手段。不同的方法与手段不仅规定着所提出的实践目的，而且规定着筹划的实践路径。从这个角度说，方法与手段不总是被实践目的与实践路径所限定、所选择，更多的时候后者也是被前者所规定，预先掌握的或可以借用的方法与手段，往往先行进入目的的设定与路径的筹划，这是一种相互作用。四是实践性协调。实践是社会活动，常见的实践过程是多方合力的过程，各对应方因同一实践目的而被组织起来，发挥各自作用，这使得实践过程成为一个多方力量不断协调的过程。协调既来自各方目的性的自我协调，又来自实践筹划者的通力协调。此外，实践过程的协调还包括不同实践过程间的协调，这是因为社会生活中任何实践过程都不是单一的，它总是在与其他实践过程的相互作用中协调性地展开，并且也都是先后延续性地协调展开。五是过程性调整与变动。这是因为很少有哪个复杂的实践过程是一蹴而就的过程，发生在现实社会生活中及历史生活中的实践过程，受多种力量的影响，各种各样的偶然因素、各种各样的测不准因素，随时都可能穿透进实践中来，使预先设定的实践目的、预先筹划的实践路径、预先选择的方法与手段，以及预先协调的实践过程发生变化，这时，适当地调整目的、适度地改变路径、变通地变换方法与手段、灵活地进行内外协调，便是实践过程的常态。实践的上述五个特点，使得以实践为对象的实践论具有开放的、生成的、互构的、流变的、有机整体性的研究特点，并且形成了一套与这些特点相适应的研究方法、研究路径，以及自有的理论范畴、命题、经验资源和理论资源。韦伯曾分析过实践合理性问题，提出实践合理性概念的三个方面，即手段的运用、目的的设定，以及价值取向。在价值取向中，实践活动的各方面彼此协调着价值理性行为。哈贝马斯在分析西方理性主义的表现形式时，把实践合理性纳入合理概念中，确立了与认识合理性不同的理性尺度。在论证过程中，他分析了韦伯的实践合理性概念。[1] 以实践论的上述理论要点为基础，实践论文学理论在文学活动对象的观照中，形成了自己的理论范型。

与之相比，认识论文学理论就是差异明显的另一套理论范型了。认识论文学理论所把握的是对象世界的真，即真理。为了把握真理，保持真理的精粹性，它阻止认识者对于认识对象的融入而强调观察的客观性。它用这种姿态研究文学文本，也用这种价值取向要求文学文本，因为文本是实现了的认识。而被作为真或真理所把握的，便是生活中那些可以抽象为真的普遍的东西、恒定的东西以及必然的东西。而且，这些东西一经文本地宣布已予把握，对于后来的研究者来说，它们就成为理论研究的预设，研究的结论就是这个预设的证明。预设与结论由此进入费希特所说的论证的循环之中。当下主导性文学理论中的意识形态论、文学功能论、文学构成

---

[1] 〔德〕哈贝马斯：《哈贝马斯精粹》，曹卫东选译，南京大学出版社，2004，第19页。

论、批评标准论等，其实都是一种定型化的预设的结论或结论的预设。当这种预设或结论被强行授予文学时，即便是文学文本也往往无法承受。因为文学文本不断创造的对于现实生活的开放性，以及现实生活以其丰富多彩的创新样态进入文学文本的变化性，都使既有文学文本已然实现的认识成为过时的认识，过时的认识仅有延续的价值而缺乏当下的价值。理论于文学无用、理论于批评无用的常见说法，乃根源于此。这种文本远离与批评远去的状况，又激发了坚持认识论文学理论的研究者们自闭式的理论兴趣，既然文本与批评都已远去，理论就成为独享的乐园。于是也就有了一些学者所嘲讽的没有文学的文学理论。

　　理论建构的历史延续性毋庸置疑，就像大厦总是从地基建起一样。但可以确定的是，那个地基并不是大厦，实践论文学理论——起码从中国延续的理论资源来说，是奠基于认识论文学理论的。其实这种奠基关系无论从理论上还是从实践上来说，都没有一定要将之对立而不可协调的必要。对中国现代文学理论追本溯源，都可以归结到马克思主义经典理论。正是马克思主义经典大师提供了文学理论的唯物主义认识论根基，同样，马克思主义经典大师也提供了改造世界的实践论的哲学根基。其实，这不是经典大师的问题，而是后继者不同阐释的问题。马克思、恩格斯，包括列宁、斯大林、毛泽东在内，都没有真正意义上的哲学著作，但他们都有自己深刻的哲学思想。而这些思想是他们伟大实践的提炼，并用以指导他们的伟大实践。在这样的思想形成与发展过程中，他们的认识与实践是统一的。他们是为了实践而认识，并为了认识而实践。后继者越来越远离经典大师的现实实践语境与历史实践语境，于是，对后继者来说，他们所面对的便是实践已经离场的认识。实践的结论由此便成为理论的预设。而在实践中随时会出现新的命题，这时便成为理论预设的结论，被预设的理论所解释，实践论因此转为反思哲学，认识论便这样被营造出来。实践论则从另一个角度贴近经典大师，即把握他们在实践中得出结论的方法与思路，如何在实践中应变而变地使他们的认识返归实践，如何在人的丰富的本质力量的活动中提炼人的社会性，又如何用人的社会性探讨人的艺术生产。在这个过程中，虽然当时的实践已然不在场，但实践的流变性、生成性、调协性、有机整体性等作为实践属性，都存留在他们的认识中，并使他们的认识成为实践的认识。因此，从理论溯源角度来说，实践论与认识论并非对立而是互构互融，但从认识论与实践论理论范型的现实状况来说，认识论若想融入实践论，则必须在实践论的理论范型中找到通往实践的路径，而不是单纯的理论兴趣的路径。

更切合当下阐释语境的说法是，实践论文学理论的认识论涵容，同时也是当下文学活动的涵容。在发生学中，前文学的原始巫术是原始人为生存而建立在原始思维基础上的活动，在那样的活动中，通什么神、如何通神、通神的巫术目的等，其实已经有了原始思维的认知，不然就不会有原始巫术原始实践之目的性过程的筹划与实施。也就是说，在前文学阶段就已蕴含了实践与认识相涵容的规定。现实地说，认识是马克思在《政治经济学批判》导言中所说的抽象范畴，实践是他所说的具体综合的范畴，而具体综合的范畴则涵容着简单的抽象范畴，并且使这类范畴在更高层次的综合中以具体的方式得以实现。由此可以说，实践论文学理论是认识论文学理论在更大的具体范畴的综合性实现，在这个实现过程中，认识论文学理论是对实践论文学理论扬弃性的延伸。

正是出于上述考虑，我们设计了这套"实践论文学理论建构"丛书。本丛书从文学理论的实践属性、中国马克思主义文论的批判之维，到中国古代文论的实践特征、中国城市文学乡土幽灵的实践写作、中国女作家女性文学意识的实践根据揭示、大众网络时代的实践论语言探索，再到中国民间文化的实践理性，以及西学东渐的实践论转化，既是实践论文学理论实践性的多向展开，又是多向展开的文学实践向着实践论文学理论的体系性凝聚。希望更多学者参与到这一课题的讨论中来，同时也希望这套丛书在更多学者的关注与批评中，实现其实践论文学理论建构的预期。

主编/高楠 韩春虎
2017 年 6 月 20 日

前　言

中国现代女作家的女性文学意识，我们这里所说的现代女作家，是指五四运动以来至今的女作家，而女性文学意识则包含两个层次：一是指女作家的文学意识，即女作家的文学观与创作理念；二是指女作家的女性文学意识，即女作家对女性文学的看法与理解。对于中国现代女作家的女性文学意识的研究，我们不采用已经被普遍采用的现代女作家的长廊式研究模式，即不按照时间顺序对女作家"排座次"，而是把中国现代女作家的文学意识、创作理念、创作思想及其实践作为一个整体加以看待，从整体上做出价值研究、心理研究、比较研究、特色研究、走向研究。核心是"现代女作家的女性文学意识"，围绕这一核心问题，以西方女性文学为参照系，做出形而上的理论概括。基于这样一种认识，我们的研究构型既不是一部中国现代女作家创作论，也不是一部中国现代女性文学史，而是一部中国现代女作家女性文学思想论。

我们始终坚持马克思主义实践论思想，深入挖掘中国现代女作家在近一个世纪的文学实践中所持有的女性文学意识与文学思想。这种思想意识，既可归属于民族大文学观念的范畴，也是女性独有的文学思想观念。它既不同于西方女性主义文学思想，也不同于男性主体意识主宰的文学思想，并且在女性文学发展历程中呈现出历史的嬗变轨迹。

中国现代女作家的女性文学意识经历自在、被动、自觉、被遮蔽与再自觉的嬗变过程。近代中国以启蒙思想为先导，文学是女权主义的话语形式。启蒙者兴女学，办女报，留洋求索。中国现代女作家被男性启蒙者唤醒之后，转而试图唤醒整个女界，女作家的文学只是一种女性文化修养的外化和女性资质的锻造方式。五四时期，文学立足反封建，争取妇女解放，女作家的创作如出走的"新女性"（娜拉）的宣言书。被五四运动震上文坛的女作家群体化涌现，并借助新文化运动的力量和契机发展自己。她们以文学投入现代性建设，却仍然背负着旧文化养成的"传统惰性"。知识女性对文学的认识尚处于自在状态。20世纪三四十年代，文学是社会革命的武器，女作家是底层劳动妇女的代言人，写作是"孤岛""孤独"女人生存的需要。时代、民族、国家的宏大主题赋予女性整体上的"去女性化"，认同男性性别角色身份。其文学意识虽然是自觉的，但实质上是"国家民族"大文学观，女性文学意识处于潜文本状态。新中国文学的前30年，文学是回应党召唤的"忠诚"之心的体现，是妇女新生的时代诗篇，两性"平等"，没有差异，"男女都一样"的时代神话遮蔽女性的尴尬处境。女性文学意识为共和国文学即"新的人民的文学"精神所引领，所遮蔽，所替代。新时期，女作家开始主动接受西方女性主义思潮的影响并做出本土化回应，她们在颠覆男权话语霸权进行文本宣泄的同时，创建女性的话语体系，彰显多元叙事的审美张力。女作家的女性文学意识变为一种自觉，甚至出现张扬女权主义的文学思想倾向，回到五四时期，效法西方当代女性主义文学方法和模式。文学倾向从刻意凸显女性性别特色，转为走上赤裸裸的女性主义道路，从单纯的女性诗学向建设性别诗学方向努力。

中国现代女作家在本土文化与西方文化、启蒙现代性与审美现代性的影响之下，在权力话语与个人话语的纠结之中，在对个性主义与女性主义的追求之上形成特有的女性文学意识，并把这种意识付诸创作实践。中国现代女作家近一个世纪的文学实践，表明女性文学意识经历从自在性、被动性到自觉性的生成与嬗变过程，她们的理性宣言彰显文学意识与女性文学意识的内在诉求，表现出或隐或显的性别意识。现代女作家被震上文坛，群体浮出历史地表，从心灵中涌出的写作成为她们抒发自我、表达自我、确证自我的方式，娜拉言说式的文学也因此成为批判的武器和武器的批判。在性别文化的压抑和人类的生存困境中，她们感受"第二性"身份的不平等和作为个体的孤独、寂寞，所以永恒追求"爱"和"温暖"。但这并不意味着她们在自我的世界里封闭，实际上她们放开眼光、敞开心灵，对"人类的愚昧"进行解剖和反思，表现出鲜明的启蒙意识。她们固然是在被启蒙中逐渐走向启蒙，不过一旦她们在被启蒙中觉醒，似乎就有一种不可遏制的力量在心中被唤起，她们认识到女人作为人、人作为人的内在本质和应有地位。革命岁月里的洗礼，见证人身份的历练，使她们不断走向广博的世界，"大我"的使命感油然而生。由于第二性身份与底层身份的同构，女作家对于底层叙事情有独钟。因而，写作之于她们是基于不同层次的需要，为生存、为精神、为革命乃至于为写作本身。现代女作家的理性宣言流露或张扬鲜明的性别意识，含蕴女性生命的自然绽放、身体叙事的精神狂欢。然而她们的文本经常被男性视域误读为"越轨的笔致"、"下半身写作"与"文艺女神的贞洁"的"污辱"。而实际上，我们从中看到女性写作的别致、身体观照的深求以及日常审美的哲思。她们永远从内心出发，从生命出发，虽然在男权文化视域中屡遭误读，但是她们因执着而取得的超越性成就在中国文坛占有重要的地位。

　　现代女作家的文学意识与女性文学意识体现在她们的理性宣言之中，她们也把自己对文学的理解和追求付诸创作实践。不过，通过历时性考察和共时性观照，我们发现女作家的女性文学意识与创作实践的矛盾性之所在。一是传统文化积淀与现代性追求的矛盾。她们"审父认母"，奉行新的"贤妻良母主义"，反抗男权中心主义却寻找新的男性同盟军，去女性化，错位认同男性气质和性征等。二是外来影响接受与本土文化建构的冲突。从易卜生主义的着陆，到日本军国主义的文化殖民，再到西方女性主义全面登陆中国文坛，中国现代女作家经历了睁眼看世界、重新看自己，同时放眼整个人类的心路历程。在这一过程中的中外文化碰撞给女作家带来最猛烈最实际、最痛苦最屈辱、最全面最深刻的冲击，也导致她们对本土文化建构的焦虑。三是"诗意的栖居"与经验性写作的错位。她们追求艺术的人生与人生的艺术化，混淆生活和艺术的界限，在残酷的现实中挣扎，却幻想在艺术中建构乌托邦世界，或者建构属于自我的纯文学。她们听从心灵的召唤，保持心灵的冲动型真诚，但写作也需要理性与节制。四是坚守纯文学与遭遇商业化的纠结。她们"卖文不卖'女'字"，坚守作家"贞操"，冷静对待纯文学与市场的对立与对话。虽然女作家的文学意识、女性文学意识与创作实践有矛盾性，但正是矛盾的存在才见探索的可贵与生命的真实。

中国现代女作家在为什么写、写什么、怎样写以及写给谁的问题上有自己独到的思考，如果说这形成了她们特有的文学意识，那么，或隐或显的性别意识在理论与实践双文本中的潜行与流淌，则创构出具有中国特色的女性文学意识。而之所以说"中国特色的女性文学意识"，则是基于与域外经典女作家之比较、与中国古典女性文学之比较、与现代男作家之比较以及中国现代女作家自身等共时性与历时性的多重考量。中国现代女作家具有鲜明的俄苏情结，这源于俄苏文学对中国现代女作家所产生的巨大影响力。俄苏文学给她们带来新的文艺与人生的观念，她们在题材选择、内容观照、艺术表达以及风格展现等方面留有俄苏文学影响的印记。她们不断汲取俄苏文学的现实主义传统、浪漫情致与人道主义情怀的营养，在接受中创造，没有在借鉴中迷失自己。她们融合本土经验和自身的生命体验，进行颇具创造力的文学实践，努力追求真善美。

中国现代女作家的女性文学意识创生中国现代女性文学，与中国现代女性文学相伴而生的是中国现代女性文学批评，有"中国经验"，也有"成长的烦恼"。以作品为原点，以实践为根据，以整合为目的，百年来的女性文学研究从有性别色彩到无视性别特征再到双性和而不同，画出了一道清晰的轨迹。女性文学与女性文学批评始终对美学经典怀有敬畏之心，在男性导师的指导下觉醒，亦步亦趋地走向现代，一步一个脚印，温文尔雅，不卑不亢。从被启蒙到自觉走向现代再到稳步建构话语体系，女性文学批评正在走进性别共荣的"新常态"。在看到现代女性文学批评"中国经验"的同时，依然不可小觑"成长的烦恼"：为女者讳，有失公允；命名太快，不能沉潜；痴迷过往，难许未来。尽管如此，我们还可以在女性文学批评研究文献的整理、文学史中的女性文学批评、新媒体影响下的女性文学批评等方面发现女性文学批评新的生长点。中国女性文学、中国女性文学批评，如何走出一条真正的富有生机活力的中国之路，值得我们进一步深入思考和探究。

目　录

第一章　现代女作家女性文学意识的生成与嬗变 / 001

　　第一节　女性文学意识的生成 / 001

　　第二节　"时代新人"与"半边天" / 010

　　第三节　从"潜藏"到"被遮蔽" / 017

　　第四节　女性写作的新征程 / 020

　　第五节　新时期女性文学的多元化格局 / 025

第二章　现代女作家女性文学意识的理性宣言 / 031

　　第一节　女作家的理性宣言与主体的内在诉求 / 031

　　第二节　女作家的理性宣言与性别意识的彰显 / 068

　　第三节　男性视域的误读与女作家的艺术创造 / 088

第三章　现代女作家女性文学意识与创作实践的矛盾性 / 124

　　第一节　传统文化积淀与现代性追求的矛盾 / 128

　　第二节　外来影响接受与本土文化建构的冲突 / 139

　　第三节　"诗意的栖居"与经验性写作的错位 / 149

　　第四节　坚守"纯文学"与遭遇商业化的纠结 / 157

第四章　中国现代女作家的"俄苏情结"与艺术转化 / 168

　　第一节　生命之维：女性意识的启蒙和张扬 / 169

　　第二节　思想之维：女性的文学思考与表达 / 173

　　第三节　创作之维：接纳与扬弃的自我生成 / 176

第五章　女性文学批评的"中国经验"与"成长的烦恼" / 190

　　第一节　女性文学批评的"中国经验" / 192

　　第二节　中国女性文学批评"成长的烦恼" / 203

　　第三节　女性文学批评新的生长点 / 215

参考文献 / 253

后　记 / 259

第一章

现代女作家女性文学意识的生成与嬗变

在历史进步与时代转换的大背景下,文学历经了新的探索。新的历史机缘带来新的变化动因,新的矛盾运动造就新的文学实践。传统的女性文学逐步走向现代,现代女作家的女性文学意识逐步确立。女作家被历史和文化所创造,同时参与创造历史。

第一节 女性文学意识的生成

19世纪末20世纪初,在特定的历史背景下,中国社会的思想文化领域发生了巨大的变化。启蒙必然带来新知,传统逐步走向现代,新型的女性创作由此发轫,女性文学继之兴起,女性主体意识浮出历史地表。

一 历史转型与女性创作初兴

回顾中国文学史,从《诗经》开始,中国女性的文学创作由来已久。中国古代女性的实际生活状况,深刻地影响了女性与文学的关系,在历史文化的跌宕起伏中,中国女性的文学创作具有不可替代的历史价值。

中国古代社会的伦理纲常与宗法秩序，严重地束缚着女性作者的自身命运，来自现实生活的压迫，以及社会意识形态的桎梏，使得女性文学创作呈现出斑驳的历史轨迹。综观传统社会，旧时代的女性在文学选择上具有明显的"被动性"。

首先，女性文学创作的样式单一、视野狭窄、思维封闭。

就"样式单一"而言，古代女性对文体的选择有很大的局限。"诗"与"文"一直是中国古代文学中的主流文体，但是古代女性选择较多的是诗词，选择"文"的较少。一方面，在整个封建社会，小说通常是不被士人看重的文体形式，女性自然无法逾越这种文体观念的鸿沟；另一方面，女子弄文历来不被赞同，这反映了性别秩序对女性文学的压制。在封建社会的父权秩序下，女性处于一种"言说禁忌"中，女性并不拥有文学领域的话语权，从事写作的女性还有可能背负"妇德"沦丧的骂名。自古以来，女性创作以短小的诗词为主。女性诗词的叙事性较强，善于把握日常经验，又往往以口语入诗，修辞直白简单，情感率真大方，为后世女性散文的出现和发展埋下了伏笔，堪称中国女性文学的一种精神传统。

就"视野狭窄"和"思维封闭"而言，这与古代女性切身的生存境遇直接相关。传统的社会性别秩序，极大地限制了女性参与社会生活的权利，严重地束缚了女性的身心成长，狭窄的生存空间必然造成思维空间的局促。早期的女性创作主要集中在"私情"上：有的写不嫁之意，有的则是欲嫁不得；有的写心中愁怨，有的抒发离别之忧，还有的感怀相聚欢愉。"多愁善感""忧郁感伤""情意绵绵""细腻温婉"等特质围绕着"私情"展露无遗，社会阅历匮乏，驾驭较大题材的能力不足，传统女性思维方式内敛、封闭。

其次，女性文学创作的审美选择受到压抑，被动性明显。

第一章　现代女作家女性文学意识的生成与嬗变

从性别批评的角度看，两性的审美选择折射出社会性别的权力关系，反映了两性的社会地位。在封建社会，社会审美选择更多的是满足了男性的心理趣味。作为父权的附庸，女性始终处于被支配的位置，其审美判断被打上了"男性中心"的烙印。最明显的一种现象便是古代女性作者对"柔弱美"的审美选择。有学者对古代女性诗词进行了文本解析，发现涉及人物消极情绪的字和词出现频率很高，"愁""病""瘦""伤""啼""哭""销魂""断肠""憔悴""凄凉"等字词比比皆是。这种审美选择的出现不是偶然的，往往是古代女性自身命运的曲折反映。"与作品中女子形象心灵与体态的柔弱相适应，更与现实生活中被压迫的处境相关联，女作者在情感表现方式上很自然地倾向于蕴藉委婉、压抑低回。她们多以细腻温润之笔写忧郁哀伤之情，回环吞吐，自怜自抑。""因而，从根本意义上说，旧时代妇女的文学选择具有明显的被动性，它在很大程度上基于对种种男性中心规范的'接受'。"①

明清时期，出现了一些批判男权文化的思想家和文学家，李贽（1527～1602）、唐甄（1630～1704）、蒲松龄（1640～1715）、吴敬梓（1701～1754）、曹雪芹（约1715～约1763）、袁枚（1716～1797）、汪中（1744～1794）、李汝珍（约1763～约1830）、俞正燮（1775～1840）等就是代表。例如，袁枚招收女弟子，鼓励她们进行文学创作，还在《随园诗话》中收录女性作品，为女子的社会地位鸣不平；李汝珍直指封建礼教对女性的迫害，在《镜花缘》中虚拟了一个女尊男卑的"女儿国"；唐甄在《潜书》中主张"盖地之下于天，妻之下于夫者，位也；天之下于地，夫之下于妻者，德也"；曹雪芹在《红楼梦》中甚至说"女儿是水做的骨肉，男人是泥做的骨肉"。其中，李贽的思想堪称中国近代女权运动的先驱。

---

① 乔以钢、林丹娅主编《女性文学教程》，河北教育出版社，2007，第20～21页。

他在《答以女人学道为短见书》中提出，男子与女子的见识不同，是由于后天环境造成的，在智力上本无高低之分；即使是在文治武功方面，武则天的谋略也要比唐高宗、唐中宗高出许多倍。他激烈批判封建礼教对女性的压迫，指出"妇女不出阃域""而男子则桑狐蓬矢以射四方"才是造成女人"短见"的现实原因。在《夫妇论》中，他推崇男女"二元"相依，阴阳平等相处；在《司马相如传》中，他支持文君为情私奔，肯定两性的情欲需求。

鸦片战争以后，面对中国沦为半殖民地半封建社会的严峻形势，中华民族救亡图存的呼声日益高涨，救国救民成为当务之急。在这样的历史背景下，东西方思想激烈碰撞，具有现代性质的女权启蒙思潮蓬勃发展。有资料统计，仅在1902~1912年，全国各地陆续出版了50余种女性报刊，宣传女权思想，为女性获得权利摇旗呐喊。梁启超、金天羽、秋瑾等一批代表人物的出现，奠定了近现代中国女权运动的思想基础。例如，梁启超在《变法通议》中控诉儒家思想的毒害，指出"妇女无才便是德"的封建沉疴才是"天下积弱之本"；金天羽的《女界钟》把女权运动与共和连在一起，提出"天下兴亡，匹夫有责，匹妇亦有责"的响亮口号，热切呼唤妇女解放；秋瑾在《精卫石》中高呼"人权天赋原无别，男女还须一例担"，投身反清革命，并为此勇敢牺牲。正如学者所言，"中国早期女权思想的滥觞，为日后新文化运动中'人的发现'与'女人的发现'，提供了一份宝贵的思想资源"。①

值得注意的是，20世纪初中国女性文学的初兴，还有着极为复杂的社会经济原因。19世纪末期的中国社会，封建经济濒于瓦解，资本主义、民族资本主义工业生产方式冲击着传统社会，社会生产力及其生产关系的调整客观上将众多妇女推入集体社会性生产

---

① 曹新伟、顾玮、张宗蓝：《20世纪中国女性文学史》，北京大学出版社，2012，第2页。

领域，原来被禁锢于狭小家庭空间的女性有机会走入社会，自由活动，这为女性获得经济上的独立以及培养革命觉悟创造了先决条件。与此同时，新的经济势力背后还裹挟着西方自由主义与个性主义的现代思想，"欧风美雨"冲击了传统封建大家庭的坚固堡垒，为女性文学的创作打开了比较宽阔、开放的现实空间。

女权启蒙的滥觞与女性创作的初兴，为现代中国女性文学史开辟了道路，揭开了序幕。但也应该看到，倡导女权的启蒙思潮一方面来源于晚清以后女权启蒙者的本体性思考，即关注女性自身命运，伸张平等人权，另一方面来源于进步人士挽狂澜于既倒、"强国保种"的救亡诉求。因而，前者体现了对女性生命本体的尊重，后者难免忽略了女性本体的内在诉求。"'反缠足'运动中，维新思想界把已经缠足的传统女性一律界定为落后，显然对文化制度中弱势群体无法把握自身命运的境遇缺少体谅。这说明近代女权启蒙思维中存在二元简单对立的不足。提倡女学中，'吾极推天下积弱之本，则比自妇人不学始'（梁启超《论女学》）的观点，也存在着让作为弱者的妇女受民族危亡之过的思想局限。"[①]

二 新女性文学登上历史舞台

在学术界，一般将20世纪女性文学称作新女性文学，用以区别一切旧时代的女性文学。所谓"新女性文学"至少有以下三重内涵。

首先，新女性文学史与新文学史同步发展。在中国新文学史上，女作家的集体出现是在五四时期，此后代代相继，逐步壮大，最终成为中国新文学队伍中的一支劲旅。20世纪初期，在反帝反封建的五四新文化运动中，新女性文学经历了从女性无意识到女性

[①] 乔以钢、林丹娅主编《女性文学教程》，河北教育出版社，2007，第44页。

意识觉醒的心路历程，同时经受了砸碎旧礼教、呼唤科学与民主的历史发展。新女性文学与新文学同处一个时代背景下，同呼吸、共命运。因此，新女性文学史与新文学史相伴相生，不可分离。

其次，新女性文学是区别于一切旧女性文学的历史现象。中国传统社会的政治、经济、文化环境，根本容不下女性文学的独立发展。男权至上的性别秩序和权力秩序，无情地剥夺了女性写作的权利。旧时的女性即使为文，也只是被迫蜷缩在儒学文化的固有藩篱中，在文学选择上具有明显的"被动性"。新女性文学的出现，不仅内容新、视角新、手法新，更重要的是女性作家主体精神的自觉与独立。由此，划定了新、旧女性文学的时代界限。

最后，新女性文学逐渐形成了明晰的学术领域和独立的学科体系，屹立在文学研究之林。经过近一个世纪的历史发展，新女性文学从五四时期第一代女作家的集体登场到现在，前后历经了大约5代人。百年之间，优秀的女性作家灿若群星，创作了不可胜数的名篇佳作，为文学批评提供了丰富生动的研究对象，形成了完整的审美体系，拥有不可撼动的史学地位。

五四运动是中国新旧民主主义革命的分水岭，它既是一次反帝反封建的爱国主义政治运动，也是一次彻底的反封建文化运动。在这场思想启蒙运动中，进步的知识分子发挥了重要作用。比如，《新青年》杂志就刊载了许多有关妇女问题的精彩言论。1918年，鲁迅先生发表了著名的《我之节烈观》一文；4年后，又在女子高等师范学校做了《娜拉走后怎样》的演讲。鲁迅先生对所谓"女人误国"论和传统的贞洁观做了辛辣的讽刺，并为妇女解放提出了具体的奋斗目标。李大钊在《妇女与Democracy》中指出，若要追求真正的民主，就必须要求妇女的解放。胡适借评《镜花缘》而赞赏李汝珍的女权思想，认为其最早提出的女权问题可以载入中国女权史册。可见，妇女问题已经成为当时思想界的热点问题，构成五四新文化运动的重要组成部分。而在妇女界，妇女问题和妇女解放是首要议题，一批知识女性为此奔走呼号，身体力行。比如，蔡畅、邓颖超、向警予、杨之华、王剑虹等女界思想先驱，敢于冲破旧式礼教的窠臼，冲出闺房，走出学堂，觉悟新知，宣传进步思想，企望唤醒同胞。她们结社、办刊、撰文，掀起了20世纪妇女解放运动的第一个高潮。

五四新文化运动，请来了德先生和赛先生，以科学对抗愚昧，以民主反对专制。与此同时，那些进步知识分子和女界思想先驱们，还主动将西方女权运动思潮引入中国，尝试为中国妇女运动建立参照系，将中国妇女解放运动置于世界妇女运动的洪流之中，打开了妇女解放之门。随着中外交流的增多，一批知识女性得以游历欧美，直接受到了"欧风美雨"的洗礼，对中西方思想文化的差异，尤其是对中西方妇女历史与现状的对比的感受更为深切，不仅从思想上，也从作家队伍方面，为新女性文学历史高潮的到来提供了条件。可以说，新女性文学是女性解放的产物，也成为妇女解放的武器。女性掌握了文学，从某种意义上说就是走上了掌握自己命运的道路，第一次拥有了公开的话语权。这种话语权的获得，不仅是对封建礼教的叛逆，更是打破了传统社会根深蒂固的男权文化秩序。女性有机会拿起笔来，显示自己被遮蔽已久的文化创造力，使得她们不只是在物质上，更重要的是在精神上获得独立。正因为如此，被誉为五四新文学"开拓者"的陈衡哲、冰心，"五四的产儿"庐隐，"时代的反抗者"冯沅君，"中国的曼殊斐尔"凌叔华等，都以其主宰自我命运的精神战士的姿态，成为五四新女性文学的拓荒者。由此，可以说五四时期的女性文学是"叛逆者"的历史性书写。

很显然，五四时期新女性文学最主要的历史进步就在于"主体精神"的空前自觉。一方面，女性的文学创作书写了现代女性介入公共社会生活的心路历程，展示出她们对社会生活的思考；另一方面，女作家们在"为人生"的大主题下，表达了独立主张，创作了大量文本。五四时期的新女性文学，在形象塑造方面特点鲜明。女作家们以自己反封建制度和反封建婚姻的切身体验，塑造了一个又一个主张个性解放的鲜活人物形象，写出了新女性的叛逆性格和理想追求。新女性文学在刻画新女性形象时，真实地写出了她们为"主义、真理"而付出的巨大牺牲，这样的形象主体正是五四精神的集中体现。这些勇敢的女性形象，高举着"自由"的旗帜，在激流奔涌的时代浪潮中一路乘风破浪，成就了新女性形象的时代价值和审美价值。鲁迅先生在《娜拉走后怎样》一文中，犀利地指出了娜拉所遭遇的现实困局："不是堕落，就是回来。"而要寻找到真正的出路只有两条："第一，在家应该先获得男女平均的分配；第二，在社会应该获得男女相等的势力。"而在庐隐那里，这种体会更加深刻："我对于今后妇女的出路，就是打破家庭的藩篱到社会上去，逃出傀儡家庭，去过人类应过的生活，不仅仅做个女人，还要做人，这就是我惟一的口号了。"庐隐这"惟一的口号"将五四时期的新女性形象再次升华，即女性的解放不仅在于反抗封建婚姻，更重要的是彻底摆脱对男权的依附，最终以两性平等的姿态，做一个堂堂正正的人。这恰恰反映了五四时期新女性文学的思想高度，也是其影响力延续一个世纪而不衰的原因。

三　家国情怀与"潜文本"状态

20世纪30~40年代的中国社会，战乱频仍，局势动荡。自1927年大革命失败以后，社会情势急转直下，各种社会矛盾日益尖锐，政治斗争愈发激烈，民族战争愈发残酷。随着意识形态的割裂，以及抗日战争的爆发，广大的中国地界被分割为"沦陷区"

"国统区""解放区"等不同区域,"左翼文学""抗战文学""解放文学"等文学现象应运而生,女作家与女性文学亦在这样的社会历史潮流中浮沉。"血与火的年代营造了特定的语境,战争的硝烟遮盖了启蒙的声音,三四十年代的女性文学主潮更具时代性,更加民族化,更呈多样性。它标志着从五四走来的中国女性文学翻开了新的一页。"①

在民族存亡的历史大背景下,每个人的内心都无法平静,怀揣着救亡图存的急迫心情,无论是男人还是女人,"每个人都发出最后的吼声"。那些有良知、有气节的作家,首先想到的不是为实现自身性别解放而写作,正如巴金在纪念女作家罗淑时所言:"她们需要的是'遗忘',要忘记过去的一切,要忘记灾祸与悲痛,像唐·吉诃德那样地投身到神圣的抗战中去。"此时活跃于文坛的一批女作家,回应时代,调适自我,自觉或不自觉地以社会意识、政治意识作为主体意识的新支点,走向社会、走向民众、走向战场,女性文学创作的面貌发生了很大变化,正如谢冰莹所说:"在这个伟大的时代,我忘记了自己是女人。"

这个时期,文坛上女性作家的数量大增,女作家队伍蔚为壮观。她们当中有"左联"的骨干和革命志士,也有"新月诗派"的诗人;有"沦陷区东北女作家群"的代表,也有在"孤岛"中生活的女作家。尽管她们在政治信仰、文学追求方面各不相同,个人经历和命运归宿也迥然相异,但是在民族危亡的历史时刻,她们都直接、间接地担负起民族救亡的使命,用自己的笔彰显中华女儿的气节与风采。可以说,没有哪一个时期的女性文学同国家兴亡、民族命运拥有如此息息相关的密切联系。这个时期的女性文学作品,"一改昔日女儿情怀,对传统的叛逆、对自由的追求都染上了

---

① 乔以钢、林丹娅主编《女性文学教程》,河北教育出版社,2007,第69页。

沉郁的色彩。她们在'民族—国家'宏大母题的叙事书写中,对社会进行全方位的观察、扫描与思考,进一步拓宽了创作视野"。①

这个时期,女作家们从自我的心灵世界开始突围,既塑造出具有鲜明时代感的"时代女性"形象,又塑造出一系列来自社会底层的劳动妇女形象。可贵的是,女作家们没有孤立地写单个人的不幸,每篇作品背后都反映出政局混乱、经济危机、阶级对立、民不聊生的社会现实,从而刻画出旧中国斑驳的社会生态,在整体上塑造了苦难中国的悲剧形象,并且以凌厉的笔触揭示了被剥削、被压迫者的觉醒和反抗,于悲苦的生存境遇中透露出追求光明的强烈向往。这个时期的女性文学,在文学风格上与五四时期有着明显的差异,既保留了女性作家特有的细腻、敏感与柔美,更出现了"越轨的笔致",增添了冷峻的风骨。

在20世纪30～40年代,文学俨然成为社会革命的武器,时代、民族、国家的宏大主题赋予女性整体上的"去女性化",其文学意识虽然是自觉的,但在"国家民族"大文学观之下,女性文学意识处于潜文本状态。"在战火燃烧、社会动荡、经济萧条、文化围剿等多灾多难的环境中,女作家经历了前所未有的磨难,在国难乡愁的背景下,她们将自己对女性命运的思考融入对国家、民族命运的思考以及对人性的审视,在不懈的追求与探索中,由稚嫩渐趋成熟。"②

第二节 "时代新人"与"半边天"

女性文学意识作为百年文学史建构的重要一环,在时空的更替

---

① 乔以钢、林丹娅主编《女性文学教程》,河北教育出版社,2007,第70页。
② 乔以钢、林丹娅主编《女性文学教程》,河北教育出版社,2007,第68页。

中不断发展变化。由启蒙主导的近代文学起始,至反叛传统的五四新文学,再到国家大文学观贯穿的三四十年代,"新的人民的文学"询唤下的新中国文学,以及追求中西平等对话的新时期文学,女性文学意识经历了自在、被动、自觉、被遮蔽与再自觉的嬗变过程。

1949年新中国的成立,为中国妇女赢得了前所未有的政治解放,当女性从传统的封建主义、资本主义、帝国主义的束缚下走出来的时候,展现在她们面前的是一片艳阳天。

在新中国成立之初一派欣欣向荣的时代氛围下,中国女性在社会生活中的地位发生了历史性的变化,"在诸多领域中她们都有与男子同等的权利和地位,她们代表着中国妇女踏入社会舞台的心理动机和目标追求,她们在有意无意之间把男性当作了行动的楷模甚至竞争者"[1],"男女平等"成为时代的强音。很显然,新中国成立早期的女性文学创作受到了政治宣传的深刻影响,获得解放的女性就如同获得新生一般成为"时代新人",她们携带着蓬勃的朝气,以健壮的身姿和激荡的热情肩负着弘扬"妇女能顶半边天"的历史重任。

领袖毛泽东向全国人民发出号召:"为了建设伟大的社会主义社会,发动广大的妇女群众参加生产活动,具有极大的意义。在生产中,必须实现男女平等,只有在整个社会的社会主义改造过程中才能实现。"[2] "时代不同了,男女都一样","妇女能顶半边天",这些成为妇女政治地位提升的重要标志。当领袖的话语成为人们耳熟能详的口号,"铁姑娘队""妇女突击手""女子矿井队"等称号便在新中国各个行业中应运而生,成为"男女都一样"的社会现实

---

[1] 张敏:《从新时期银屏女性形象看妇女解放》,《重庆邮电学院学报》(社会科学版) 2003年第6期。
[2] 毛泽东:《〈妇女走上了劳动战线〉一文按语》,载中共中央文献研究室编《毛泽东文集》(第6卷),人民出版社,1999,第452~453页。

最形象化的注释。"男女都一样"的书面表达就是"男女平等",包括政治地位的提升、经济地位的独立和家庭婚姻生活的平等。五四时期女性解放运动所发出的要打破"男尊女卑"封建传统和观念的呼唤,在新中国借助权威话语的力量成为现实。

文学是生活的反映,"十七年"时期女作家葛琴的《女司机》、江帆的《女厂长》以及男作家李准的《李双双小传》等作品,均展现了"时代新人"的风貌——她们扬眉吐气,全身心地投入社会主义经济建设,成为新中国的"女英雄"和"劳动模范"。《女司机》塑造的是工业战线上的新中国女性形象,"这个剧本的主题思想,是写一批新的劳动妇女,在党的领导下,参加交通工业的奋斗过程。在这个主题思想下面,我写出了两个主要人物,也就是说,通过这两个人物,和这两个人物有关的各方面,来表现我的主题"。①《李双双小传》则真实地反映了中国妇女的主人翁意识,她们经历新、旧两个时代,在新社会能够当家做主,响应国家号召,积极投身新中国的农业建设。在新的时代,妇女不仅实现了社会地位的改变,而且能够在各行各业、各条战线发挥"巾帼不让须眉"的积极作用;她们承接时代新风,获得了脱胎换骨式的解放,她们勇敢而勤劳,承担起新的时代使命。不可否认,新中国妇女的解放具有重大的历史意义,这种意义丝毫不逊于西方女权主义运动几十年的进步成果,由此中国妇女的解放事业为世界妇女的解放事业做出了巨大的贡献。

"男女都一样"的豪情固然是对传统性别秩序的一种颠覆,但也意味着对两性之间差异性的抹杀。"花木兰"式的偶像效应使"铁姑娘""女汉子"成为女性的理想追求并转化为现实生活,其结果是妇女既被要求承担家庭责任,又被要求承担社会责任。另

---

① 葛琴:《〈女司机〉后记》,载张伟、马莉、邹勤南编《葛琴研究资料》,知识产权出版社,2009,第98页。

外,"十七年"时期的"妇女解放"在某种意义上更具有"解放妇女"的意味。彼时的妇女解放完全是由政治层面的意识形态所主导,是法律、法规和政策强力推动的结果,妇女依然处于被动地位,女性意识在"妇女解放"中所应具有的主动性并没有得到应有的发挥。在"妇女解放"的理想口号和"解放妇女"的社会现实中,女性的整体性被解构,其特有的性别意识在政治地位的提升中走向另一个极端——弱化甚至消泯。

"十七年"时期的女性文学创作,在创作主旨、形象塑造、表现方式等方面,始终沿着文艺"为政治服务""为社会主义服务"的方针而展开,文学的政治功能被大大强化,女性主体意识处于缺失的状态。

首先是创作主旨上的理想化表达。

新的时代、新的生活、新的人物,成为"十七年"时期的女性文学创作的现实土壤,"男女都一样"的时代精神,让作家受到了感染和激励。女性生活方式的巨大改变,催生了一批反映时代政治诉求的文学文本:新时代的劳动妇女勇敢地走出家庭,融入集体,在服务国家建设的无私奉献中实现自身价值;她们具有"为人民服务"的理想信念,满怀激情地投身革命工作,将自己锻造成为"女英雄""女模范""女干部"。《火车头》(草明)、《女司机》(葛琴)、《女厂长》(江帆)、《李双双小传》(李准)、《乘风破浪》(草明)、《静静的产院》(茹志鹃)、《土地》(陈学昭)、《小丫扛大旗》(黄宗英)、《特别的姑娘》(黄宗英)、《跨到新时代来》(丁玲)、《为了幸福的明天》(白朗)等作品,为广大读者塑造了一批新中国劳动妇女的典型形象,成为时代精神的缩影和妇女解放的样本。

草明的《火车头》,描写了东北解放后铁路工厂里发生的故事。工人们在党的领导下开展工业建设,奉献着自己无穷的创造力。作品着重塑造的主人公,便是工会主任方晓红,她与工人一道为新中国工业建设无私贡献光与热,是工业战线上一名优秀的女干部。与此类似,葛琴的《女司机》描写了新中国的劳动妇女在交通工业战线上的奋斗历程;江帆的《女厂长》,描写了女厂长带领工人开展工业建设的故事;茹志鹃的《静静的产院》,描写了经历新旧两个时代的寡妇谭婶婶,冲破封建传统观念,成为公社产院的产科医生的人生变化。女作家们不吝笔墨,以细腻的笔触塑造女性人物,描写她们精神饱满、身强体壮的状态,肯定她们的坚定意志,讴歌她们吃苦耐劳、忠诚奉献的品质精神。这些积极的文学实践,无一例外地表现了男女平等的政治诉求,阐释了"男女都一样"的时代精神。

其次是性别意识上的模糊化处理。

"十七年"时期的女性文学,塑造了一大批女英雄、女干部、女模范的高大形象。这些形象各异、本质同一的新时代的女性形象,响应党和国家的号召,积极投身国家建设和革命事业,她们无一不是社会主义建设中"巾帼不让须眉"的妇女典型。然而,综观这些女性形象,在文本创作的思维活动中,性别意识却是模糊不清的。由于政治对文学的过度干预,加之人们观念上对妇女解放理解的片面性,女作家在创作中有意无意地忽略了女性的性别特征和个体差异,做出了"高""大""全"式的描写。放眼望去,女主人公们都是健壮、强悍、干练、坚毅的"女汉子",阳刚有余,温婉不足,性别消泯,个性弱化,成为"男女都一样"的政治意识形态的文学图解。例如,《火车头》中的工会主任方晓红,性格开朗、活泼,富有朝气;《为了幸福的明天》中的邵玉梅,是一个身残志坚的兵工厂女英雄;《静静的产院》中的产科医生荷妹身体强健,接受新思想的能力强;《特别的姑娘》中的侯隽个子不高不矮,结结实实。

最后是表现方式上的"宏大化叙事"。

就文学表现而言,"十七年"时期的女性文学,很多作家采取了"宏大化叙事"的表现手法,描写了"时代新人"由"小家"走入"大家"的历史画卷。新中国的妇女解放,给妇女带来的最大变化就是冲破了"男主外、女主内"的封建窠臼,在政治上赋予了女性以"主人翁"意识,使得她们可以冲出家庭的小圈子,融入社会大舞台,成为社会和集体的一分子,投身国家建设的伟大洪流。

韦君宜的《女人》,讲述了城市知识女性摆脱夫权束缚,争取独立自主,进而参与国家建设的故事。女主人公林云为了从"小家"走向社会和集体这个"大家",坚决不做家庭中的玩偶,强烈抵制丈夫擅自把自己调到其身边工作,积极谋求与时代同步的女性担当。林云所处的家庭环境,不是具有落后思想的农民家庭,而是党的高级领导干部家庭,因此她的反抗更具有社会意义,使得这部作品具有特殊的文学价值。

杨沫的长篇小说《青春之歌》发表于1958年,生动细致地表现了女主人公林道静在复杂的民族矛盾和阶级矛盾中的成长过程,作品中所展现的"林道静的道路",也正是那个时代进步青年知识分子所经历的曲折历程的"缩影"。

1956年,"双百"方针得到确立和贯彻,中国文坛由此迎来了创作的春天,"十七年"文学创作出现了短暂的繁荣。"双百"方针不仅激发了众多作家的创作欲望,同样让深藏于女作家内心深处的女性意识得以苏醒,她们渴望"一种记录着女性欲望的女性写作或女人的表达"①,这种意愿是在文艺政策宽松的前提下出现的,更是久被压抑的女性书写的一次喷涌,女性意识结合着青春记忆的一次复苏。由此,催生了一批探索人情、人性和女性爱情心理的作品。

---

① 张京媛主编《当代女性主义文学批评》,北京大学出版社,1992,第279页。

宗璞的小说《红豆》即诞生在这一背景之下，是颇具代表性的作品。《红豆》描写了青年知识分子江玫的爱情生活和心灵成长，整部作品充满着浓郁的女性特色。故事被放置在北平解放前夕的学生运动浪潮中，通过对女大学生江玫与齐虹爱情悲剧的描写，揭示了在爱情与政治信仰发生冲突时人生抉择的主题。宗璞以超越阶级、超越政治信仰的勇气来抒写爱情，触及了"革命"与"恋爱"之间的矛盾，客观上疏离了主流意识形态。从艺术手法看，作家以女性特有的敏感体验书写女性心灵世界，从人性的角度来展现女性情感的细腻、微妙之处，整部作品充满浪漫情怀，兼有怀旧感伤、忧郁低沉的情调。有学者认为，《红豆》在同时期的文学作品中无疑是个"另类"，因其写出了爱的丰富性与人性的复杂性，不同于"文艺为政治服务"的传统叙事模式，给当时以政治挂帅和宏大叙事为圭臬的文坛涂上一抹暖色。

1958年，茹志鹃发表了短篇小说《百合花》，以其富有女性特色的审美表达，立刻引起文坛的关注。冰心曾对茹志鹃小说中的女性意味给予肯定，她结合茹志鹃的另一部小说《静静的产院》，肯定了茹志鹃小说的女性文学价值。冰心在《一定要站在前面——读茹志鹃〈静静的产院〉》一文中指出，茹志鹃作品中的女性写作具有不可替代性。冰心认为，新中国成立后，妇女精神面貌的变化虽然在很多新闻报道和小说里可以看到，妇女劳动英雄、先进模范形象能给人以感动和教育，"但是从一个妇女来看关于妇女的心理描写，总觉得还有些地方，不够细腻，不够深刻，对于妇女还不是有很深的熟悉和了解，光明的形象总像是蒙在薄薄的一层云纱后面"；茹志鹃作品的可贵之处在于"是以一个新中国的妇女的观点，来观察、研究、分析解放后的中国妇女的"，"抓住了故事里强烈而鲜明的革命性和战斗性，也不放过她观察里的每一个动人的细腻和深刻的细节，而每一个动人的细腻和深刻的细节，特别是关于妇女的"，冰心以一个女读者的阅读体验，欣喜地说，"仿佛是只有女作家才能写得如此深入，如此动人"，"作为一个女读者，我心里的喜欢和感激是很大的"。①

第三节 从"潜藏"到"被遮蔽"

学界曾对"十七年"时期女性文学的存在与否进行争论，并以对此时期女性文学的高度肯定作结。"十七年"时期的女作家和作品，已经成为那个时代同一类题材、同一类风格的组列，成为新女性文学史中不可或缺的一部分。这个时期的成就，既是五四时期女性文学优良传统的新果，更是20世纪40年代女性文学的直接延伸和发展。但是，这个时期又明显有别于其他时期，其女性意识混合着特异性与复杂性，呈现出"潜藏"的特征。它那昨是今非、时沉时浮的曲路，勾画出独特的命运轨迹。这种"潜藏"的特征，既是"主人翁意识"对"女性意识"同化取代的结果，也是文学意识形态化的一种表现。

回顾"十七年"文学初始，新中国的成立是一个开天辟地的大事件，那些亲身经历过血与火考验的战士、作家更是异常兴奋。那些被战争耽搁已久的创作计划终于有了实践的良机，新生活也急切地等待他们去反映。"在紧张的战斗空隙，我常常幻想：要是有一天革命胜利了，我要是能够平静地坐在书桌前拿起笔来写够多美！"杨沫的幻想不是她一个人的，是一种群体期望。所以，伴随着新中国的诞生，当代文学出现了一个颂歌时代。

在文学界，作家们从各个领域广泛开拓，创作了一大批英雄的

---

① 冰心：《一定要站在前面——读茹志鹃的〈静静的产院〉》，载孙露茜、王凤伯编《茹志鹃研究专集》，浙江人民出版社，1982，第283页。

赞歌、党的赞歌、人民的赞歌，谱写出一篇篇社会主义的颂歌。女作家们也同样以满腔的热情投入社会主义新生活的激流中；以主人翁的姿态拿起笔来，以女性特有的热情和柔美，参与到书写当代文学史的事业中来。这时，女作家队伍人数不多，其主体仍是现代著名女作家或成名女作家。全国解放后，由解放区和国统区、由都市和乡村聚首的作家构成一个新的作家群体。她们继承现代文学的光荣传统，适应新的形势，迅速调整自己，投入新的创作。就在新中国成立前夕，丁玲、草明、陈学昭就分别以自己的中长篇小说预报了当代女性文学的早春气息。《太阳照在桑干河上》《原动力》等作品，其视角从农村延展到矿区，其主要人物从农民写到工人，其涵盖地域从华北延伸到东北，在一个比较广阔的维度上反映了新民主主义革命、土地革命、工业革命的历史进程，拉开了社会主义革命的序幕。

陈学昭的《工作着是美丽的》，描写了一个从五四时代走来的中国女性，跨越新旧两个社会，为争取职业地位而奋斗的历程，从而"表露大时代的一个小角落或一个小小的侧面"（《工作着是美丽的·前记》）。草明的长篇小说《火车头》、陈学昭的《土地》、丁玲的《跨到新时代来》、白朗的《为了幸福的明天》更属于跨时代的文学新篇。此外，女作家们还创作出一批短篇小说、散文、通讯等，在儿童文学方面也做出了新贡献，如刘真的《我和小荣》、郁茹的《曾大惠和周小荔》等。再有，菡子的《和平博物馆》、柳溪的《妇女劳动模范果树英》（合著）、韦君宜的《前进的脚迹》、黄宗英的《在祖国需要的岗位上》（后改编为电影《平凡的事业》）等，都是当代女性文学的初步成果。尽管这时女性文学的自觉性、独立性并不十分明显，可女作家的创作实绩已经证明，当代女性文学有了一个良好的发端。

回顾20世纪50年代，中国当代作家的创作积极性被重新唤起,女性文学在当代文学的黄金年月形成了新局面。杨沫的《青春之歌》、草明的《乘风破浪》、茹志鹃的《百合花》《高高的白杨树》《静静的产院》、韦君宜的《女人》、叶文玲的《无花果》、刘真的《长长的流水》、冰心的《小桔灯》、黄宗英的《特别姑娘》《小丫扛大旗》、柯岩的《"小迷糊"阿姨》等,都是这个阶段的文学成果。此时,当代女作家已经以其丰硕的成果引起文学批评界的关注。杨沫、茹志鹃的创作都曾是"十七年"文学评论的热点。这些作品之所以引起广泛关注,正是因为它们出自女性之手,又很具有女性化的特质,我们很容易从作品的表征上感受到那种包裹在"主人翁意识"下的"女性意识"。韦君宜的《女人》细致地刻画了林云这个解放初期的新"娜拉"形象:她不情愿人们在工作中、在交际场合把她视为"负责干部的老婆",希望给她一个平等的称呼"同志"。

女作家叶文玲的一句话"信仰是我的太阳"代表着"十七年"女作家群体的普遍精神追求,也是"十七年"女性文学创作的主体精神。在这样的主旋律之下,"女性意识"被"主人翁意识""报恩意识""改造意识"所遮掩,呈现一种"隐性"特征。"时代不同了,男女都一样"自然成为女作家的神话想象,它遮蔽了女性文学的本真样态。

尽管女性文学创作无法摆脱意识形态和主流文学的制约,但性别意识仍有显露,女性与生俱来的文化特征很难被彻底磨灭——"十七年"文学之所以还有《青春之歌》,还有茹志鹃的"百合花"风格,还有宗璞那细腻的情爱心理描写,还有韦君宜《女人》中"新娜拉"的形象,说明女性意识、女性视角、女性笔致是抑制不住的。"十七年"女性文学仿佛"无花果",虽无火爆艳丽的花季,却悄悄地结出了果实。

1966~1976年的十年"文革"不仅给中国的经济和政治带来

了巨大创伤，也给文学界制造了一场空前浩劫。极左文化政策深刻地影响了一批知识分子的命运，更扼杀了包括女性文学在内的文学艺术的创造力。毋庸置疑，"文革"时期的女性文学，是在"十七年"女性文学的基础上发展而来的，它汲取了"十七年"女性文学的学养。"文革"时期的女作家创作是在极"左"的文艺政策的束缚和牵制下艰难前行的，此时的女性意识几乎完全淹没于政治意识之中。

"十七年"文学中的女性意识是被淡化的，发展到"文革"时期，女性意识逐渐消隐，为政治意识所取代。这个时期文学作品中的女英雄不再是独立的个体，她们化为一种符号，一种模式，转身为男性话语的代言人，女性意识几乎完全被遮蔽。然而，"文革"时期的女性意识并非绝对退场，一些由于种种原因而被剥夺了创作权利的知识女性留下了不能公之于众的手记与文学作品，这些手记和文学作品真实地反映了她们对时代的切身感受与思考，即所谓"潜在写作"。例如，来自革命圣地延安的女诗人灰娃的代表作《我额头青枝绿叶》《路》《穿过废墟穿过深渊》《只有一只小鸟还在唱》等，上海女诗人张烨的《追求》《迷惘之日》《一个戴高帽子游街的人》《雪城》等，"白洋淀诗群"诗人周陲的《情思》和赵哲的《丁香》等，这些作品是在政治意识框定的敏感时代中发出的珍贵的女性之音。

第四节　女性写作的新征程

女性文学作为新时期文学的一极，呈现出无比繁复多元的特点。从历时性角度而言，新时期以来的女性文学历经了女性作为人的认识阶段、女性作为女人的认识阶段、女性自审阶段。从共时性角度而言，这一时期女性创作体现出丰富性与多元化色彩，既有对小说创作的实验性探索，又有对日常生活的深切关怀，还有对重建民族文化的担当。不同于以往各时期的是，新时期女性文学的理论与精神资源主要源于西方。以西方女性文学为参照并进行平等对话，展开女性经验的书写。

走出荒唐的"文革"泥沼，中国文学进入了拨乱反正的新时期，因政治大动荡造成的文化饥渴在这一时期得到全面疏解，在政治的导向性作用下，文学艺术出现前所未有的繁荣景象。《三只报春的燕子》让人道主义精神全面复归；伤痕文学诉苦式的揭露和批评平息了国人积蓄已久的怨愤，并进入一个新的国家想象；反思文学深刻的历史意识、批判精神和使命感，以及对人的意识的觉醒和对深沉的命运的审美关注激荡文坛；改革文学的浪漫情调和理想色彩则充分体现了作家们巨大的政治热情和知识分子传统的救赎感，以一种理想的图式看取生并绘制生活。20世纪80年代的女性作家即在这样一种氛围中登上文学舞台，以巨大的创作热情和无与伦比的创作才华与男性作家并肩而立，开启了女性写作的新征程，成为新时期文学的一极。

一 新时期女性作家的群体亮相

中国新文学史上，女作家成群体式涌现，从五四到新时期，直至20世纪90年代，代代相继并逐渐成熟。新时期女性作家群产生于粉碎"四人帮"、党的十一届三中全会之后的社会主义新时期。谭正璧先生在她的《中国女性文学史话》第四版自序中做了如下的描绘："党的十一届三中全会以后，因为党的正确文艺路线的指引，女作家如雨后春笋，成批崛起，令人瞩目。著名的小说家如韦君宜、茹志鹃、冯宗璞、刘真、湛容、张洁、温小钰、张抗抗、叶文玲、王安忆、陈愉庆、航鹰、铁凝、乔雪竹、程乃珊、陆星儿,报告文学作家如黄宗英、陈祖芬,都有一定或很大影响。另有更大一批女作家开始活跃在文坛上。近据报载,知有一些女演员从事笔耕,并已写出了一批有一定质量的剧本。诗坛上还有一位颇受一部分青年读者欢迎的舒婷。还有一大群富有才华的女记者和默默地为他人作嫁的女编辑都在为我们社会主义的新文坛增添春色。这些女性文学家才华横溢,前途未可限量。即以她们已取得的成绩来说,撰写一部中国现、当代的女性文学史,内容已非常丰富多彩。"

的确,这一时期女作家队伍之壮大、创作成就之非凡、创作实力之强劲着实喜人。随着中国改革开放进程的不断推进和市场经济的逐步确立,一批女作家开始以鲜明特色蜚声文坛。她们如方方、池莉等,历史性地肩负起文学的"转型"任务,从先锋文学、传统现实主义文学以及西方的女性主义思潮中汲取多重营养,开拓自己的艺术世界,将女性文学推向了一个更高、更新、更为博大的新境界。

二 女性意识的觉醒与发声

新时期的女性写作一直处在时代的前列,女性以她特殊的视角,表达着内心最为迫切的"女性意识"——从关注女性自身的情感、独立的审美意识,到对自我的大胆、直率的描摹和解剖,再到对自身命运和民间生活的关注,无不体现着女性对自我的追寻。长期以来,女作家一方面跻身更广阔的社会生活,争取赢得与男性平等的地位来观看这个世界;另一方面,她们又敏锐地意识到男权中心的存在,随即展开对男权的批判,意图建立一个独立、自主的女权世界。新时期的女性文学,正是在这种矛盾运动中发展起来的。

新时期的女性文学,首先借助个性张扬与思想解放,通过追求爱情的主题而崛起。女作家在大量关于知识女性爱情的作品中，发出了"女人是人，不是性"的呼唤，寻求与男性平等的作为"人"的权利。在这里，女作家作品中既有深沉的历史思索又有深广的人情关怀；既有对社会改革进程的积极参与，也有对社会问题的深切关注。

20世纪80年代，杨绛、韦君宜、宗璞、谌容、张洁、戴厚英、程乃珊、航鹰、刘真等女作家率先登上文坛，并以各自极具特色的小说创作引起人们极大的关注。她们以人道主义精神积极投身新时期的文学大潮，与男作家共同承担起对民族历史的思考，对人心罹难的痛定思痛，流露出深沉的历史反思感与深广的人性之光。茹志鹃的《剪辑错了的故事》以正反对比的手法，将现实和历史加以对照，书写极"左"思潮泛滥中的虚假浮夸的历史及其对党和人民造成的巨大灾难；宗璞的《我是谁》对知识分子精神世界的叩问直指人心；张洁的《爱是不能忘记的》一反长期的束缚与压抑，尽管小心翼翼却开始正面描写了婚外情的精神之恋；戴厚英的《人啊，人》描摹美好情感，展示扭曲心灵。

文学创作干预生活、针砭时弊的现实主义传统为此时的女作家所承继。在参与历史反思的同时，女作家积极关注现实问题，并做出文学化的回应。张洁的《沉重的翅膀》力透纸背地写出了工业现代化努力摆脱沉重的历史负担，在不断斗争中艰难起飞的历史进程；谌容的《人到中年》以细腻的笔调，通过一个骨干眼科医生濒临死亡的故事，客观而真实地展现了一代知识分子的艰难人生与生存困境；铁凝的《哦，香雪》在"一分钟"里细致入微地描写了一群乡村少女希望摆脱乡村封闭、落后、贫穷的迫切心情以及她们自尊自爱的纯美心灵。

伴随个性解放与女性意识的萌生，新时期的女性对自我价值的追寻产生了强烈欲望。王安忆的"三恋"、陈染的《私人生活》、林白的《一个人的战争》是这一阶段的代表作品。

以陈染、林白、许小斌、海男为代表的私人化写作是20世纪90年代中期以后在文坛上出现的一种新的写作方式。这类作家以"新回忆录"或"新传记式"写作方式，表达了一种私人经验、私人意识与无意识，因而私人化写作的本质特征在于它是一种非代言式的写作，具有极强的另类色彩。

陈染的笔触永远指向自己的内心，她的一系列小说如《与往事干杯》《嘴唇里的阳光》《私人生活》等是感受性的叙事，充满了成长的焦虑与烦恼，通过讲述女性创伤性的个人成长记忆，书写女性个体的生命体验。林白的作品常以回忆的方式展开，女性意识强烈，她对女性的个人体验进行极端化叙述，讲述绝对自我的故事，善于捕捉女性内心复杂微妙的涌动，这些在带有自传色彩的长篇小说《一个人的战争》《玻璃虫》中得到展示。"一个人的战争"既意味着一个女人和男权中心社会的战争，又意味着一个女人自己和自己的战争——在男权巨大的阴影里，女人内心的撕裂。小说对女性灵魂的自我拷问以及对男权文化宰制力的指控达到了一定的深度。

王安忆发表于1986年的被合称为"三恋"的《荒山之恋》《小城之恋》《锦绣谷之恋》三部作品，将探索的笔触勇敢深入"性"的领域，借此来探讨女性作为女人的价值。在这些作品中，王安忆一方面以女性特有的细腻而感性的笔触与叙事来描绘两性关系中的女性心理，另一方面以其特有的女性立场来表现女性在两性关系中的处境、心态与超越。作家以一种惊世骇俗的声音发出了生命的呐喊，理智而又生动地讲述了一个女人经过情欲的骚动与洗涤后，在母性的皈依中走向生命与灵魂的和谐，达到对男人、对本我的超越的生命历程。

女性的自审意识萌发于五四时期，被鲁迅称为"高门巨族精魂"的凌叔华即为女性自审的开拓者,进入新时期真正具有自审意识并极具创作冲击力的当是铁凝。从《麦秸垛》的铺垫到《玫瑰门》的横空出世,再到《大浴女》的灵魂力作,铁凝通过对各类不同女性的生命展示与女性复杂灵魂的审视,开启了一扇女性世界之门。在《玫瑰门》中,作者塑造了一朵"恶之花"——司绮纹,并以此为轴心,审视着一个个女性的丑恶灵魂,审视女性因受压抑而萌发的摧残的痛苦、绝望的挣扎、疯狂的反抗。继《玫瑰门》发表10年之后,20世纪末,铁凝又推出了力作《大浴女》,将对女性灵魂的自审深入推进,书中的几位女性,无不在内外压力的挤压下,发生畸变、扭曲,更现人性的丑恶。铁凝用勇敢的心灵、温情又犀利的笔触直面不完满的女性心灵,将新时期的女性文学极大地向前推进。

第五节　新时期女性文学的多元化格局

新时期女性文学的发展探索是多轨道进行的,表现出了明显的丰富性。

一　从现代主义到文化寻根

20世纪80年代中期,以社会现实的重大变迁为契机,刘索拉、残雪等女作家将深刻的社会思考与特有的艺术表达相结合,并对西方的现代主义艺术进行精神意蕴上的借鉴,创作了一系列颇具现代主义精神的文本。残雪的《山上的小屋》《黄泥街》《苍老的浮云》是对人情世相、内心体验的一种深切而变形的外化,作者撕去文明人的面纱,把人类在非理性的聚集下所表现的丑恶、鄙陋、残缺展露无遗,并在艺术上将小说"向内转"的倾向推向极致。"九叶派"老诗人郑敏在20世纪80年代的诗歌领域进行了大胆的现代主义艺术实验,她承继了20世纪40年代"九叶"诗人现代派诗歌的写作传统,呈现出向内在心灵世界和潜意识场域探秘的倾向。她持续关注童年、等待、死亡等几个关键主题,创作了《童年》《雪仗》《诗人与死》《门》等一系列现代主义色彩浓郁的文本。

由传统男性作家举起理论大旗,并进行小说创作实践的20世纪80年代的"寻根小说"潮流,以寻找父亲、重建暗星文化霸权为宗旨的指向,决定了女作家参与其中的艰难与尴尬。王安忆的《小鲍庄》是这场潮流中为数不多的女性创作,她以深沉的笔调剖析了中华民族世代相袭的以"仁义"为核心的文化心理结构,揭示了"仁义"文化走向衰落的历史命运。而20世纪90年代的女性"文化散文"则集中体现了对民族文化之根的探访,她们以女性独特的生命感悟,站在社会边缘来反观理解边地自然景观和"化外"文明,反思中原文化和现代文明,关注人的异化和生存困境,彰显了"寻找精神家园"的文化主题。马丽华的《走过西藏》用富有表现力的笔墨,从容地向读者讲述了那片神奇大地的方方面面,向人们展示了雪山高原难以穷尽的自然风光;素素的"独语东北"系列散文,以一个女人的角色真正地贴近了东北的山林与平原,是东北山川人物文化志的书写代表;巴荒的《阳关与荒原的诱惑》是作者几次进出西藏考察写出的关于艺术与心灵体验的纪行散文,文字简练、图片优美,展现了荒原的迷人与诱惑,体现了浓重的西藏情结。

二 从日常生活叙事到女性性别经验

20世纪80年代后期日常生活叙事开始出现在女作家笔端,方方以《风景》拉开了新写实主义小说的大幕,她以亡者看生者的独特视角，描摹了新中国成立后汉口下层平民真实的生存图景，间接提出了"生存还是死亡"这一千古命题，将真实、黑暗而又残酷的"另类风景"呈现眼前。池莉以温婉的行文风格，细腻动人而又极具生活感的笔触对知识精英主题进行了无情解构，并将之凝于《烦恼人生》《冷也好热也好活着就好》的完美展现中；谌容的《懒得离婚》对中国式典型婚姻进行深入解析，以深沉而又忧郁的笔调展露人生选择的无奈，令人唏嘘；范小青的《杨湾故事》，通过几个女中学生竞争一个女兵名额的连环故事，表现了世事的无常、命运对人的戏弄以及人的主观努力之无谓。

在中国当代文学史上迟子建是一个独特的存在，谢冕在第二届"北京文学·中篇小说月报奖"颁奖会上，为迟子建的小说《世界上所有的夜晚》宣读授奖词，"向后退，退到最底层的人群中去，退向背负悲剧的边缘者；向内转，转向人物最忧伤最脆弱的内心，甚至是命运的背后。然后从那儿发出倾诉并控诉，这大概是迟子建近年来写作的一种新的精神高度"，诗性地展示了迟子建的行文风格与写作追求，使一个富有人道主义情怀、极具悲悯情感的作家形象跃然纸上。迟子建无比深沉地热爱着她生于斯长于斯的东北乡野，执着地表现黑土地上卑微而艰难的人生。转型期乡村的颓败、贫困与辛酸，在她笔下并没有呈现为残酷的荒原景观，相反，乡土之美抚慰着乡土之痛。她以女性特有的悲悯表现乡土大地上的朴素人生，对孩子和女性这两个弱势群体进行书写，成为20世纪80年代以来女性文学的独特财富。迟子建从来不把女性的悲剧归罪于男性，在她看来，男性同样是受害者。坚忍、包容的人性之光和宁静、悠远的大自然，构成迟子建乡土世界的温情与伤怀之美。同样来自东北的女作家孙惠芬带着《歇马山庄的女人》《上塘书》等作品崛起于文坛，颇受好评。此外，20世纪90年代以来，铁凝的《孕妇和牛》、王安忆的《富萍》、方方的《奔跑的火光》、林白的

《万物花开》等文本，都是关注当代底层乡村生活，尤其是关注底层妇女生存状况的佳作，它们在一种更具本土意味的性别经验中见证了社会历史的变迁。

三　从跨性别写作到对"女性主义"的借鉴

20世纪90年代以来，不断有女性文本试图开辟性别叙事的新路径，通过对宏大历史事件进行迥异于男性叙事惯例的改写，来实现对男权文化的颠覆和戏弄。王安忆的《叔叔的故事》即可视为一个典型代表，该小说创作于1990年，是女权主义第三时期的一个文本典范。尽管王安忆多次在公开场合宣称自己不是女权主义者，并声称自己的创作并不是对某种理论的演绎，而是着重现实感受的书写，但是我们依然可以从这一文本中体悟到文本本身与女权主义理论在某种程度上的契合，以及那个人人自危、小说已近末日的时代中的新的写作可能性。

新时期的女性主义文学具有西方女权主义的文化基因，并在吸收过程中发生了变异。20世纪80年代女性主义思潮登陆中国，与正处于转型期的女性主义文学批评发生碰撞、融合，出现了中国本土化的女性主义文学批评思潮和创作潮流。从新时期女性文学创作来看，其主要包含两大主题：表现女性的"社会性"以及对男性意识形态的颠覆与拆解。

西蒙娜德·波伏娃说："真正伟大的作品是那些与整个世界抗辩的作品……但要与整个世界抗辩就需要对世界有一种深切的责任感。"舒婷的《致橡树》是为了反驳一位老教授完全站在男性立场上，总是围绕着自己的需要来要求女人，把女人看作"第二性"的观点而创作的；张洁的《方舟》则率先扛起女性文学旗帜，倡导男女平等与平权。20世纪80年代后期的"新写实主义"作品如池莉的《烦恼人生》《太阳出世》、方方的《风景》《祖父在父亲心中》等都怀着对普通民众艰难的生存状态的同情，怀着从人民中拾取生活信心的愿望，表现了女作家的深切关怀。池莉说："我的规则是为人民写，我的希望是能沟通更多人的心，我的目的是让人们都生活得更好一些。"

这类女性创作与西方女性主义文化密切相连。女性创作的独特性在于其特殊敏感性，其往往凭借女性独有的感悟，触动时代的精神脉搏，反映普遍的人类精神愿望，引起读者共鸣。这些女性创作恰恰印证了女性主义的思想——"要与整个世界抗辩就需要对世界有一种深切的责任感"。

西方女性主义文学批评"身体书写"的理论对20世纪90年代的女性文学产生了重大影响。"我合起双眼，追寻我的感受……"埃莱娜·西苏相当准确地道出了女性主义写作的基本特征。这对新时期女性文学中的"私人化写作""解构性写作"具有重要意义。"私人化写作"在我国女性创作中第一次十分明确地具有了性别意识。"私人化写作"以女性个人的生命体验来命名自我和存在，并以一种近乎呓语式的内心独白对女性的私人隐秘体验进行了大胆的挖掘与表现。而以徐坤为代表的解构性写作，直接以对男性世界中男权文化秩序的怀疑与解构为艺术目标，以曲线方式张扬了女性主义。

在众多当代作家中，残雪以其特立独行的姿态活跃于中国文坛，成为中国最具特色的小说家之一。残雪的文学创作深受外国作家的影响，极大地吸收了外来艺术资源。首先，但丁的《神曲》对残雪的文学观念产生了相当大的影响，残雪通过对《神曲》故事模式的借鉴，对夜间游历神奇世界的模仿，孕育了自己对纯文学的追求，致力于对人类灵魂的反映。其次，卡夫卡对残雪的创作具有观念和方法两方面的影响：在创作观念上，表现为双方对自己所处的时代人际关系冷漠这一现实的共同认识；在创作方法上，体现为残雪对卡夫卡小说中魔幻因素的吸收。最后，博尔赫斯对残雪的创作也具有很大影响，主要体现在后者叙述技巧方面对前者的借鉴。

女性文学走过了 80 年的风雨历程，逐渐从单纯幼稚走向丰富成熟，如同一位年轻的女性经历几番风霜终于脱颖而出，魅力四射。女性作家透过性别的目光书写自己对生活的独特体会和对人性与情感的自觉思索，是对中国文学的补充与丰富。王安忆曾经不无骄傲地说："在使文学回归的道路上，女作家做出了实质性的贡献。"

第二章
现代女作家女性文学意识的理性宣言

中国现代女作家的女性文学意识经历自在、被动、自觉、被遮蔽与再自觉的嬗变过程。从自在到自觉、从被动到主动，她们走上文坛，从对文学的最初敏感到对文学的理性宣言，中国现代女作家的文学写作基于不同的创作动机与内在诉求：对"爱"和"温暖"的诗意追求、"对着人类的愚昧"的启蒙意识、革命见证人的责任意识、女性写作的生存需求，等等。她们的写作是女性生命的自然绽放、情感密码的精致编译以及身体叙事的精神狂欢。女性写作，"卖文，不卖'女'字"。不过在男性视域中，她们的创作是"越轨的笔致"，是"下半身写作"，没有守护"文艺女神的贞洁"。但是男性视域的"误读"并不能遮蔽女作家的创造性，她们在黑夜中思考，虽有"复仇"情结，却永远向着"温暖的憧憬"，追求"人生安稳的永恒意味"。

第一节　女作家的理性宣言与主体的内在诉求

中国现代女作家被"震上"文坛、被"带到"文坛，她们是被启蒙的对象，而进入启蒙之列的她们，也开始用文学进行启蒙。

她们心中充满对人类的爱，但是她们的表达方式有所不同：或直接"示爱"，追求爱的哲学，憧憬"温暖"；或直接批判，"对着人类的愚昧"；或二者融为一体。革命赋予她们崇高的理想，她们忘记自己是女性，以见证人的身份书写大爱。她们心底荡漾的爱，在文本中流淌，或在文本中潜行。从被动的生存需求到主动的精神追求，文学成为女作家自我生命的确证。

一 对"爱"和"温暖"的永恒追求

"有了爱就有了一切。"这句话伴随着冰心的一生，她用这句话时时刻刻告白自己，献出自己的爱。在她99年生命中，她确实无私地奉献着世纪之爱。冰心歌颂童心、母爱、自然，洋溢着一种广博的宇宙之爱、万全的人类之爱，形成了以爱的哲学为底蕴的诗意宗教观，或称艺术宗教。1924年她这样写道："爱在右，同情在左，走在生命路的两旁，随时撒种，随时开花，将这一径长途，点缀得香花弥漫，使穿枝拂叶的行人，踏着荆棘，不觉得痛苦，有泪可落，也不是悲凉。"

20世纪20年代的作家及其同龄人生活在严峻的现实中。外部世界对他们的心灵有着强大的冲击力，这时作家用母爱去化解心中的烦闷。在现实中有了烦闷，就躲到母亲的怀里，进而沉酣在母亲的怀里，以求精神的解脱和灵魂的安放。这里的"母爱"首先是一种世俗的人间亲情，源于冰心自身的情感体验。但她进一步把这种情感体验升华到另一个层面，即哲学层面，认为母爱是人间至爱，是世界和谐与友爱的本质。

冰心对童心的歌颂也有两个层面的意味：在感性层面，从儿童的天真、儿童的亲情中体会人性的美；哲理层面的意味是冰心关注童心的主要内涵，是用儿童无知无识的真纯状态与有知识即有挥之不去的烦闷的成人世界相对，赞美其"无"即大"有"的内涵，将它理解为哲学中的最高境界，与之相通的审美趣味、哲理思索是对沉默、宁静的充满诗意的赞颂。

从这个意义上说，这个参照系是基于孩子世界与成人世界的对比建构的。孩子的世界在文本中是一个单纯的存在，而在冰心的世界中是一个对比的存在。童心的"真"对应的是成人现实世界的"假"。感性层面的童心是其能指，哲理层面的童心是其所指。对"真"的赞美化于一片诗意当中。当作家重复表达对"真"的追求时，实际上童心的"真"的所指是青年人的烦闷以及他们所处世界的虚假。冰心对青年人的真诚告白是源于青年人的烦闷和忧愁，而她呼唤童心以及回忆时的甜蜜所表现出来的留恋意绪表明她对那个世界的规避，或许她也想通过童心去冲淡青年人内心的繁重意绪吧？

冰心以童心表现母爱，同样以童心去表现自然。自然是她爱的哲学的第三个母题，它同样具有两个层面：感性层面是热爱大自然的美，哲理层面则是在自然面前生命的顿悟。人与自然的和谐构成了宇宙的大调和。在文本的叙述中，宇宙万物与人类在同一旋律里踏着相同的生命节奏于短暂的生命运动中共同接受着宇宙的爱化，共同促成宇宙的大调和，共同实现宇宙的无限。

五四时期有和冰心一样的女作家，如苏雪林等，她们徜徉于自然之爱，获得一份与世俗对抗的宁静、安慰与补偿。如果我们进一步拓展冰心爱的哲学，会发现她所呼唤的是宇宙之和谐。放眼中国现代女作家的文本，我们会发现，这些女作家，无论是写俗世爱情悲剧，给人以无限悲凉，痛说"人生是一袭华美的袍，上面爬满了虱子"的张爱玲，还是说"你将格外不幸，因为你是女人"的痛苦的理想主义者张洁，她们在内心深处都曾经有过对爱的幻想，而现实冰冷地粉碎了她们的幻想，所以，其文本才流露出那种与世决绝的清高与孤傲，在性别的对抗中完成"宿命"的写作。换句话说，爱的哲学，在她们的笔下呈现的是另外一种样态，在俗世与现实中不可能实现的存在，而只能是躲在她们精神世界的一隅，或许是孤芳自赏式的存在。

萧红在《永远的憧憬和追求》中写道："可是从祖父那里，知道了人生除掉了冰冷和憎恶而外，还有温暖和爱。所以，我就向这'温暖'和'爱'的方面，怀着永久的憧憬和追求。"在祖父去世之后，她说："我若死掉祖父，就死掉我一生最重要的一个人，好像他死了就把人间一切'爱'和'温暖'带得虚虚空空。"温暖和爱，成为女作家永久的憧憬和追求。在现实世界中越是感觉到冰冷和憎恶，就越是憧憬温暖和爱，缺失性的心理补偿成为她们内在的诉求。作为女性，女作家更加深刻地体验到低矮的天空对女性的压抑，萧红是女作家当中的突出代表。但她始终坚持"为着一种理想而生存"。写作给予她的温暖和爱使她获得另一片天空，写作成为她的"宗教"。

对于女作家来讲，"女性的天空是低的"，这种性别体验最为鲜明。萧红说："我一生最大的痛苦和不幸都是因为我是女人。""女性的天空是低的，羽翼是稀落的，身边的累赘又是笨重的！……不错，我要飞，但又觉得……我会掉下来。"萧红对女性的生存世界与精神世界的不幸与痛苦有着真实的体验与清醒的认识，她以这种体验与认识进行创作，因而文本具有鲜明的性别倾向性。"女性的命运乃是历史的命运，女性的结局在这一历史中是早已写出的。惟一未曾写出的，是男性阵营们又无暇或无力去写的东西，乃是这淹没了女性、个人的生存的，注定了女性、个人的一切故事的历史本身，而这，正是萧红选择去写的东西，也是萧红与同时代女作家及男作家的根本不同。你不能不说，这是那时代女性给历史提供的一份不可多得的贡献。"①

---

① 孟悦、戴锦华：《浮出历史地表——现代妇女文学研究》，中国人民大学出版社，2004，第191页。

"女性的天空是低的",没有温暖,没有爱,是冰冷之在。萧红在散文集《商市街》中写道:"没有阳光,没有暖。"她在诗作《苦杯·二》中写道:"昨晚他写了一首诗,/我也写了一首诗,/他是写给他新的情人,/我是写给我悲哀的心的。"表达她精神上的寂寞、苦闷、失落、凄清。小说《小城三月》中的翠姨、《生死场》中的月英、《呼兰河传》中的小团圆媳妇和王大姑娘等,在男性遮蔽的低矮的天空中被冷眼相待,或抑郁而死,或被折磨而死,或贫穷、生病而死。那个"躲"在叙述者背后、远在香港、只能望乡不能归乡的萧红,在遥远的后花园中重温祖父给予的温暖和爱,其实更能凸显心境的冰冷与悲凉。

萧红把自己的性别体验对象化到人物主体之中,生命在主体间绽放。《生死场》书写"北方人民的对于生的坚强、对于死的挣扎",力透纸背,小说更突出的是在民族压迫与男权压制下女性的生存境遇与生命色调。金枝喊出恨男人、恨日本人、恨中国人,金枝到城里去,其中颇有深意。"在男性将身体升华的地方,萧红停留并详加质疑。女性的身体在性与爱中通常都成为牺牲,而且对女性来说,身体的痛苦无可摆脱。经历身体的毁损而无法自救,比祥林嫂之类死后有没有灵魂的精神问题,是更普遍的困惑。"[1] 金枝"恋爱、妊娠、结婚、痛苦地生活着……金枝的境遇同作者十分相似。在这个故事中,金枝的形象带着作者的印迹,是最有现实的人物。可以大胆地说,这部作品无论选择怎样的主题,如何发展,金枝的形象都必然会出现的。正如一位画家在描绘人物群像中,其中常有自己的肖像一样,作者在这幅农民群像中,也会勾画自己的形象的"。[2] 萧红选择自己熟悉的题材,她笔下的人物

---

[1] 艾晓明:《女性的洞察——论萧红的〈马伯乐〉》,《中国现代文学研究丛刊》1997年第6期。
[2] 〔日〕平石淑子:《论萧红的〈生死场〉》,《北方文学》1981年第12期。

不仅牵动着自己的思恋情绪,而且在很大程度上与自己有着"惊人的相似之处"。

当然这种相似,不是单纯的某种经历的相似,而是内在精神或心理的高度契合。进一步说,这种契合有时是出于作者的有意识,而有时却是作者的无意识。《生死场》中的王婆因急于干活而疏于把孩子稳稳放下结果导致孩子被铁犁扎死,小说中有一段王婆经常给人讲的故事:"孩子死不算一回事……起先我心也觉得发颤,可是我一看见麦田在我眼前时,我一点都不后悔,我一滴眼泪都没淌下。以后麦子收成很好……到冬天我和邻人比着麦粒,我的麦粒是那样大呀。"孩子与麦粒相比,麦粒更重要。如果王婆真的不后悔,她就不会像祥林嫂一样不停地讲这个故事。在她不后悔的自我表白中,我们似乎更清楚地看到了她内心深处的波澜。"不算一回事""不后悔"成为一个有意识的理性认定,而透过这不在乎的表层,一个受伤母亲滴血的心清晰可见。贫穷导致母性的暂时性丧失,或者说,贫穷使她没有办法实现母性。所以,不是王婆,而是恶劣的生存环境扼杀了一个孩子的生命。萧红把第一个孩子送给别人,似乎也有和王婆一样的不后悔的"宣言"。但在她生命的最后时刻,却嘱托端木蕻良寻找这个孩子。可以想象,在她的内心深处有多少次去"想"这个孩子,这是不是构成她一生无法言说的"痛"?第二个孩子刚生下不久,即抽风而死,她以诗歌表达她的"痛"。她失去孩子的痛,我们只能透过文本的蛛丝马迹去探寻。她写金枝失去孩子的痛,她似乎羡慕《呼兰河传》中的王大姑娘虽然生病而死,却有丈夫的爱与两个孩子的温暖。

我们不是窥探隐私,而是去寻找一个女作家的性别体验与她创作的内在关联。有学者认为:"《生死场》表现的也许还是女性的身体体验,特别是与农村妇女生活密切相关的两种体验——生育以及由疾病、虐待和自残导致的死亡。"① 性别体验贯穿萧红的创作，从女性主义批评视角观照，可以拓展萧红性别经验艺术创作的独到之处，也能体味萧红对温暖和爱的憧憬与追求的深层动因。

萧红把自我的生命体验融化到文学创作之中，透过文本，我们看到女性悲剧性的生存境遇与人类愚昧的精神自在，在悲凉的氛围中，可以感知作者与人物的冰冷与憎恶，痛苦与不幸。但是，萧红绝不是人类悲哀的咏叹者，她憧憬温暖和爱，显现她"为着一种理想而生活"的生存观念。

"人需要为着一种理想而生活着"，"即使是生活上的很琐细的小事，也应该有理想"。在罗荪的记忆中，萧红说这话的时候，"她使烟雾散漫在自己的面前，好像有着一种神秘的憧憬，增加她的幻想"。在友人的印象里，萧红非常"健谈"，像一个"理论家"："桃源不必一定和现实隔离开来，正如同现实主义，并不离弃浪漫主义，现实和理想需要互相作用……"② 萧红所看到的现实与文本所描写的现实尽管是冰冷、令人憎恶的，但她仍然追求自己的理想，追求温暖和爱。萧红的理想是做一个独立、有个性的"我"，获得爱情，有个温暖的家，成为一个画家、作家。她的这些理想在现实中实现的是她果真成为一个作家，而其他的理想或部分实现，或根本没有实现。

萧红想成为独立、有个性的"我"。娜拉式的出走或离开，是为了独立，追求自己的个性。但是她最后的选择往往与独立相悖，成为依赖他人的"附属品"。

萧红想获得爱情，她大胆地追求爱。每一次情与爱的选择，都

---

① 刘禾：《跨语际实践——文学、民族文化与被译介的现代性（中国，1900—1937）》，生活·读书·新知三联书店，2002，第188页。
② 罗荪：《忆萧红》，原载《最后的旗帜》，重庆当今出版社，1943。转引自晓川、彭放主编《萧红研究七十年》（下卷），北方文艺出版社，2011，第352～353页。

是投向温暖和爱，最初的情感与爱的交流，确实在一定程度上给予她温暖，然而到最后，得到的恰恰是难以逼出的冰冷。每一次的投向，都是追求一种精神的升腾，最后都没有获得预期的理想的爱情。她总是一个人到鲁迅先生家里"取暖"。"她没有一份好爱情，鲁迅及许广平曾经给予她的爱护就是她唯一可以投奔的温暖。"[①] 没有获得爱情，又多被误解。在人生的最后一刻，她说："平生竟遭白眼，身先死，不甘，不甘。"

萧红想有个家。母亲早逝，没有母爱的温暖；离开祖父和后花园，她从父亲的家门逃出，生活无依。被父亲开除族籍，她没有家、没有家乡。在战争的颠沛流离之中，宁可贫穷、饥饿，也不再回父亲的家门。她说："家乡这个观念，在我本不甚切，但当别人说起来的时候，我也就心慌了！虽然那块土地在没有成为日本的之前，'家'在我就等于没有了。"[②] 她想有个自己的家，她追求爱，却两次不幸跌落在自我追求的"夫家"的门前。她在诗作《苦杯·八》中写道："我没有家，/我连家乡都没有，/更失去朋友，/只有一个他，/而今他又对我取着这般态度。"她在香港望乡不能归乡，以寂寞悲凉的心境书写《呼兰河传》，深情回忆寂寞悲凉的小城，她的家乡——呼兰河。在生命的最后时刻，她想"与父亲讲和"。她想有个家，可她情归何处，魂归何处，家又在哪里？

获得爱情，拥有家，这些理想对于萧红来说都非常"奢侈"，理想与现实之间的差距非常大。但是，她成为作家的理想在10年间实现。早在哈尔滨读书的时候，她的理想是成为画家。但她没成为画家，她成为一个作家，当然成为作家也是她的理想。在自己的创作中体现绘画之美，是不是也是自己理想的实现？

[①] 闫红：《为什么受伤的总是她》，《文化博览》2007年第8期。
[②] 萧红：《失眠之夜》，载范桥、卢今编《萧红散文》，中国广播电视出版社，1993，第335页。

第二章 现代女作家女性文学意识的理性宣言

萧红一生都在"为着一种理想而生活着"。她不断向命运抗争,憧憬并追求爱与温暖。在创作中也是如此。文本给我们呈现的浓浓的温暖和爱是在后花园中与祖父一起度过的时光。虽然萧红的文本多有悲凉,但她时常在文本中透出一丝光亮,《生死场》中冬闲时女人坐到炕上一起聊天,畅所欲言时的幽默、欢喜与痛快,王婆等看望病重的月英的深情,《呼兰河传》中的王大姑娘与冯歪嘴子的爱,《手》中"我"和王亚明读书交流的快乐等。这些"好的故事"与"美的场景"嵌在悲凉的文本中,就像是掀开了一道缝隙,阳光照进来,让我们感觉到温暖和爱。正如鲁迅《野草》中除了《雪》《好的故事》等,绝大多数散文诗给人以黑暗、压抑甚至窒息感,但恰恰表明鲁迅对光明的追求一样,萧红在浓郁的悲剧氛围中对一丝光亮好似"轻描淡写",对不幸、痛苦、愚昧、麻木、冰冷与憎恶"精雕细琢",似乎"情有独钟",但恰恰表明她对温暖和爱的强烈的渴望与追寻。

女作家在创作中往往以特殊的意象表征温暖和爱。后花园的意象寄寓萧红对温暖和爱的憧憬,而当代女作家孙惠芬则以"狗皮袖筒"寄托她对温暖和爱的渴望。《狗皮袖筒》是孙惠芬创作的短篇小说。"狗皮袖筒"的意象所指是母亲的温暖。母亲的温暖是一种平常的却又是人间最大的温暖。虽然孙惠芬的少年时代可能并不缺少爱,但她是被忽视的。或者说,至少她认为自己是被母亲忽视的,她竟然认为,在她成长的岁月,被忽视是她的"宿命"。她的被忽视是因为母亲处处为别人着想,而她不是那些幸运的"别人"。因为被忽视,所以才格外渴望母亲的抚摸与宠爱,渴望触手可及的温暖。她把这种情绪记忆"转嫁"给《狗皮袖筒》中的吉宽和吉九兄弟,他们失去母亲,再也没有母亲的温暖。而孙惠芬却让他们发现母亲留下的"狗皮袖筒",并重温温暖。这个意象不仅让母亲的温暖留下,而且能够触摸得到。

《狗皮袖筒》中冬夜的寒冷、身体的冰冷与母亲曾经给予的温暖形成了鲜明的对比。狗皮袖筒是母亲给他们兄弟留下的最珍贵的礼物，这种珍贵不是说它多么昂贵，而是在他们心中所占的位置。吉宽找到它，就像一个孩子找到什么宝贝，母亲的身影会在眼前浮现，母亲的温暖就在身边，热乎乎的、暖絮絮的。它会驱逐冬天里的寒冷。因为狗皮袖筒，他生发从未有过的细心，为弟弟做饭；弟弟因为它，获得一种温暖。以前弟弟在梦中重温母亲的温暖，现在哥哥的做法让他感受到母亲的温暖，而正是这种温暖使弟弟获得了活着的满足，可以坦然地投案自首。母亲和狗皮袖筒是一体的，他们最想要的也是"像妈一样的温暖"。小说虽然极力渲染二妹子酒馆的温暖，但这种温暖更多的是一种自然的屋子里的温暖，虽然这种温暖也带有一种母性的味道，但是和母亲的无任何功利性的给予是不同的。在二妹子的热情之下，也略微带有要吉宽多掏出口袋里的钱的意思。狗皮袖筒的意象是一种温暖，然而作者越是强化这种温暖，越是让人感受到这种无功利性的朴素而至高无上的温暖在现实生活中的匮乏，因为这种温暖更多的时候只是或只能在梦中出现。

吉宽和吉九在一个冬天也没有暖过的身体，在母亲的狗皮袖筒中暖和起来。他们的冷，是来自在外打工"漂游"的恶劣环境以及非人待遇。这种冷，更重要的是心理之冷，人情之冷。这种人情之冷、人心之隔，似乎在《歇马山庄的两个女人》之中也能找到。源于作者情绪记忆的其所渴望的温暖就这样在人情之冷中失落，只能在狗皮袖筒中栖居。由此我们看到，女作家对冷的敏感、对温暖的期求。

女作家不仅善于在意象中追寻温暖，更善于在文本中建构善良气场的温暖图式。有创造性与个性的作家都有自己的小说美学品质，在卡夫卡是一种"恐惧"，在米兰·昆德拉是一种"智慧"，① 在鲁迅是一种"反抗绝望"，而对于葛水平来说则是一种"善良"。一种善良的气场在文本中建构了温暖的图式，然而这种温暖的图式又往往被现实所粉碎。富有意味的是，越是被粉碎得严重，越是渴望一种温暖。所以，葛水平小说善良气场的温暖图式往往以一种悖论的方式存在。

葛水平推崇"上善若水",② 认为"善是这个社会的终极目标"。③ 可见，善是她热情关注的高尚的生命品质，也是她极力追求的终极的人文情怀。善在她笔下是一种"生命存活的主因"，更是一种生命的可爱，"优秀的人身后都有一团气养着，那就是'善'，善不一定能助长学历高，却能让素养好"。④ 在葛水平看来，善良是一种"气场"。气场是隐性的，然而它是存在的。葛水平说有一种气场叫善良，是谈善良的普泛性、吸引力与扩张力。蜗居在城市里的葛水平所说的、所要的善不在城市，而在故乡，她现实的抑或精神的故乡，她知道，"无尽的朴素与长存的良善一定在故乡"。善是山里人的本性，她在《喊山》中写道："山里人实诚，常常顾不上想自己的难老想别人的难，同情眼前事，恓惶落难人。"

葛水平的善良理念与气场美学影响了其文本中的人物塑造和情节安排。《空地》中的张保红一直本着这样一条原则："帮了人家我少啥，心里还很熨帖，我要不帮人家，我几天心里都不熨帖！能帮不帮那我活的还叫一个人吗？"在张保红这里，善良是人的一种生命的本能，是人的一种原初的品性。葛水平的小说中多个人物都具有这样的本能和品性，如《守望》中的米秋水在自家生活非常窘困的情况下捡到被遗弃的婴儿并收养了她。耐人寻味的是，米秋水

---

① 胡志明：《智慧与恐惧：两种"存在的图"》，《外国文学评论》2005 年第 1 期。
② 葛水平：《上善若水》，《海燕·都市美文》2009 年第 5 期。
③ 葛水平：《善是这个社会的终极目标》，《飞天》2007 年第 6 期。
④ 韩石山、葛水平：《对事物最朴素的感情和判断帮助了我》，《文学》2008 年第 3 期。

作为一个从农村到城市讨生活的人完成了葛水平的善良，营造了一种善良的气场。我们隐隐约约觉得，在葛水平的理念世界中，只有农村人而且是故乡的农村人才有这样的善良。

然而，善在葛水平的小说中不是单向性的存在，而是一种矛盾性的存在。善良的葛水平相信人的善良本性，而恶是后天所致，她善于在善恶的互化中观照人物复杂的内心世界。《天殇》中天性善良的上官芳说"人善被狗欺"，"她决定不亏待自己的生命，生命的这一头是望不到那一头的，她觉得报仇和活命都一样神圣"。所以走上复仇之路，做了刀客首领，然而等待她的是自我生命的毁灭。她发出去的第一颗子弹射杀了自己的二儿子。她找到仇人，却射杀了无辜的春香。春香这个疯傻的女儿在关键时刻用身体和生命救了父亲。这是一个善良的悖论，也是一个复仇的悖论。上官芳"从一个小姑娘到一个小妇人，到一个含辛茹苦的娘，再到一个刀客，生命的形式就像一条河，在等待一场雨或一场雪"。上官芳走向"恶"是因为他者的"恶"，作者把她写成一个复仇的女神，在背离善的情境之下，她走向"恶"的"绝顶"。

葛水平的善良还在于她对笔下人物的描写，她并没有把"恶人"推向极端，而是在忏悔中度日，如《天殇》中的王书农骗得侄媳妇上官芳卖地，逼得她一家先后做了刀客，结果都命丧黄泉。最后，傻女儿春香因救他而死。作者一方面写了他的冷漠残酷，另一方面也揭示其形成原因，他在继父家受虐待、被排挤的生活养成这样的心理。所以，作者最后让他反思自己，找回自己，"有泪流下来，泪水把眼睛洗得越发亮了"。供奉着沁水无常（上官芳）的排位，把上官芳看成"胡子神"。王书农所走的路也是一条复仇之路，他搭上了自己女儿的性命，也只有这样的代价才能让他开始反思自己。正如葛水平自己所说："我始终相信每一种恶的背后都有善的存在。"

葛水平相信人的本性是一种向善的力，然而，善在其小说文本中以一种悖论的方式存在。善言善行，并没有相应的善果，而是走向它的反面。《空地》中张保红好心借钱给一女人，以为其是给孩子买奶粉，结果那个女人雇车逃走，离家弃儿而去；张保红心疼毛倪，带他玩、为他买东西，结果这个孩子吃核桃弄伤了自己的眼睛。《守望》中的米秋水收养弃儿，"处处与人为善，并不计算，也没有招谁惹谁的，整个一个与世无争的好人，总想着消灾避祸，相反，祸倒跟着自己了"。在这里，我们似乎读出宿命的味道、读出作家的困惑。

葛水平的文本体现了生活的真实性，善的矛盾性存在具有一定的不可抗拒性，善的悖论性在现实中也有它的必然性。尽管如此，葛水平还是执着地表现善，追求善，用善良之心去体味善良，用艺术之光去照亮一个温暖的世界，给人物，给自己。她笔下的人物往往为寻找温暖而努力，《比风来得早》中的吴玉亭懂得"温暖一个人的心，最基本的东西是给这个人温暖"，虽然他用心温暖的世界却是那样的"天穹和深渊"，是用金钱堆积的权力世界；没有温暖，才有《天殇》中王书农和上官芳的复仇，这无疑让他们走向了善的反面，而他们的结局正说明了背离善的代价。

作家用善良之心设置情节，建构善良的气场和温暖的图式。《比风来得早》中吴玉亭被官场抛弃之后找到自己生活的另一半，作者是否暗含这样的深意：为了在官场，失去个人的幸福；而离开官场，尽管是被官场抛弃，但收获了个人的爱与幸福。《道格拉斯》中王广茂被日本鬼子丢向涝池的孩子并没有死亡，给了苦难生活中的人们最温暖的回报。在这部抗日战争题材的小说中，葛水平也喜欢写普通中国人的民族情怀以及温暖的情感。她通过美国飞行员的感觉来写一种温暖，一个中国母亲唱给刚刚出生的孩子的歌，"歌声让他一度忘记自己目前岌岌可危的处境，怀想一些无序的片段，一种无名的温暖正尖锐地顶撞着他，他确实有想哭的意思"。而月月的笑、马宝贵的笑以及王广茂的笑，这些善良、朴实而真诚的中国人的"饱含着温暖而呛人的笑声"，让道格拉斯感觉"整个窑洞里的黑四下里推开了"，温暖让他疼痛的身体安宁下来。《纸鸽子》中的母亲何明儿要让儿子知道，"家是天下最好的温暖"，儿子吴所谓却试图离家出走，"这个家已经没有温暖了，温暖似风中之旗，他的温暖在另一个世界里，那个世界是自己的，自由的……"，他指的是网络中的世界。母子二人的隔绝使他们活在自我的生活假象中，那种表面的欢乐与决绝似乎到生命的绝处才能暂时卸妆式地回归。母子二人最后没有生命的告别，而是在昙花绽放中品味片刻的温暖。葛水平没有把这个故事写成悲剧，她给这个母亲留下期待与希望。《守望》中的麻田是米秋水童年的生活，是她一生的守望，而最后她命丧麻田。"阳光一点点升起，移到麻田的光线正好温暖了她的半边脸。"

葛水平说，她"只是想给善良的人一个事后温暖。仔细想来当时的创作可能是那一时那一地的我正处于一个完全的精神状态，一个很美好的情景突然闯进来了，虽然普通，但一下子就和我的精神搅和到了一起，难舍难分。我写的人物，我便不想让他（她）再受更多的苦难，人间的生命之链，应该是美丽的、良善的，一个永远也走不到头的苦难，我希望它不在人间。我需要做的事情只是从小说中分出一点心来关注他们的存在，当我把他们的一生固定在纸面上时，我甚至想给阅读的人一个美丽的颜色——活着——总有希望"。[1] 葛水平的善良营造了温暖的气场，在这一点，葛水平和鲁迅在《药》《明天》中所采取的策略一致。

善良气场的温暖图式是葛水平在小说中一直试图建构的，然

---

[1] 《小说界》记者：《文学是从泥土里生长出来的树——访谈作家葛水平》，《小说界》2008年第2期。

而，当她面对煤，面对煤与人生命的关系时，"没有办法不写到死亡"，当她"看到或听到更多的生命倒下时，她温暖不起来"，所以她写了《官煤》。煤给人的是温暖，而现在给人带来的却是巨大的灾难和彻骨的悲凉。残酷的现实击碎了她的温暖图式，而越是在观照现实的悲凉时，她越渴望一种善良与温暖，并极力在文本中给予她的人物以温暖。善良与温暖在她的文本中构成一种内在的张力。

善良是葛水平的生存观念与创作理念，是她独特的个性心理结构。善良气场的温暖图式在文本中产生一种特别的气场效应，也是一种美学效应，成为她内在的精神底蕴。她在一篇《创作谈》中说："生命的价值仅仅在于，我是否向真、向善、向美，即使目的地并未走到，但我是朝向这个目的地行走，行走得认真，摒弃了种种诱惑，走得执着。"这也十分吻合冰心在《关于女人》的后记中所说的："世界上若没有女人，这世界至少要失去十分之五的'真'、十分之六的'善'、十分之七的'美'。"葛水平相信善的气场效应，善是她的目的地，她的文学创作就是一股向善的力量，或者说，她执着地行走在善的气场之中，建构温暖的图式。

对爱和温暖的诗意追求、对真善美的执着探寻，凸显父权文化与沧桑世事之下女作家独有的生命体验、艺术追求与精神坐标，在一定程度上意味着中国现代女作家的精神成长。

二 "对着人类的愚昧"的启蒙意识

有的女作家爱的表达方式是直接的，在文本中清晰可见这种印记。但是，有的作家表达爱的方式不是直接的，文本的呈现好像在一种"黑暗"中进行，透过这"黑暗"，我们看到的是女作家那种穿越黑暗的"悲凉"，而这悲凉源于对人类、生活与人生的爱。她们写作的出发点是"对着人类的愚昧"（萧红语）。女作家把对生活的感受、对社会的认识、对人类心理的透视通过文本传达给读者，试图通过启蒙照亮人们的内心世界，使人们意识到自我存在的意义、自由追求的价值，从而获得自我认知的尊严，使人类抵达新的境界。我们不能评判哪一种更有价值、更具意义，对于文学创作来说，文学的价值取向自存在文本之中。

观照中国现代作家的创作实践，我们发现，作为启蒙的主体，作家相对于被启蒙的对象好像是"居高临下"的，但在女作家的笔下，她们与所描写的人物的关系呈现出不同的样态，有代言式的、改造式的、感化式的、解剖式的，也有悲悯式的。作家陈衡哲在《小雨点》的序中说："我每作一篇小说，必是处于内心的被扰，那时我的心中，好像有无数不能自己表现的人物，在那时硬迫软求的，要我替他们说话……这个搅扰我的势力，便是我所说的人类情感的共同与至诚。"这正像斯皮瓦克所说，属下不能说话，作为作家、知识分子有责任为他们说话。陈衡哲为他们说话，替他们代言，以达到改造社会心理的目的。陈衡哲说："我对于政治上恐不能有所努力……我所能努力的，是借了文艺思想来尽我改造社会心理的一份责任。"① 因而，启蒙意识在陈衡哲的文本中呈现的是以纯洁与无私之爱来改造社会心理。

陈衡哲的代言与改造具有鲜明的启蒙意识和目的所指，冰心和庐隐也试图通过创作感化而达改良之旨。冰心说："我做小说的目的，是要想感化社会，所以极力描写那旧社会旧家庭的不良现状，好叫人看了有所警觉，方能想去改良，若不说得沉痛悲惨，就难引起读者的注意，如不能引起阅者的注意，就难激动他们去改良。"②

---

① 中国社会科学院近代史研究所编《胡适来往书信选》，社会科学文献出版社，1970，第193页。
② 冰心：《我做小说，何曾悲观呢?》，原载《晨报》1919年11月11日，转引自强弓选编《冰心散文》，浙江文艺出版社，2000，第12页。

第二章 现代女作家女性文学意识的理性宣言

冰心以"沉痛悲惨"的叙事,引起阅读者的注意,以达到改良的目的。冰心自己的陈述,是说自己并不悲观,但她的文本引起家人对她心理的"猜疑",担心这样的叙事影响冰心心理的健康。她和陈衡哲一样,想改造社会、改良社会。庐隐也是如此。庐隐说:"宇宙间的森罗万象,幽玄神庙——常人耳目不易闻见,和观察不到的地方,创作家都能逐点的把他轻描浅抹的表现出来,无形之中,使人类受到极大的感化,所以创作家的作品,是人类的精神的粮——创作家的价值于此可见。"① 她们抵达的正如石评梅所说,通过写作,"大胆在荆棘黑暗的途中燃着这星星光焰去觅东方的白采,黎明的曙辉"。相对于代言、改造与感化的"温和"表述,白薇的"解剖"则彰显出"武器"的威力。白薇说,"我需要一种武器","解剖验明人类社会的武器!我要那武器刻出我的一切痛苦,刻出人类的痛苦","暴露压迫者的罪恶,给权势高贵的人们一点讨伐"。②

白薇的"解剖"非常鲜明,萧红"对着人类的愚昧"的宣言虽然似乎含蓄,但内涵的批判力非常强大。宏观审视萧红的创作,她是一个颇具独特创作理念与艺术追求的作家。她认为,"作家写作的出发点是对着人类的愚昧",而在题材的选择上要和自己的情感相熟悉,题材与情感"起着思恋的情绪"。于启蒙视域观照,一般作为创作者的启蒙者居高临下,而萧红则认为"我的人物比我高",显示出与众不同的主体姿态。这都表明她与现代作家、当代作家迥异的创作个性。

萧红在1935年《七月》座谈会上的发言,表明了自己的文学观念:"作家不是属于某个阶级的,作家是属于人类的。现在或是

---

① 庐隐:《创作的我见》,《小说月报》1921年第7期。
② 白薇:《我投到文学圈里的初衷》,载郑振铎、傅东华编《我与文学》,上海书店出版社,1981,第15页。

过去，作家们写作的出发点是对着人类的愚昧。"① 从萧红的表述中，我们可以看出萧红是想做一个重要的区分。她要区分的是：文学是属于人类还是属于阶级的。左翼文学强调文学的阶级性，萧红的表述具有很强的现实针对性，为了说明文学属于人类，而非阶级，她使用"现在或是过去"。我们知道，一旦涉及过去，即试图想证明文学人类属性的历史源头，强调历史传承，当然这也是萧红为自己作为一个弱者找到更强说服力的缘由，不是"我现在说的"，而是"过去就是这样"。面对权威，萧红似乎不经意的表述富含深意。萧红关于文学的表述超越阶级性，观照的是文学的人类普遍性。

正是在这个意义上，萧红和当时的左翼作家有所不同。左翼作家以阶级观点描写底层生活，虽然萧红也关注底层、书写底层，但是她从"对着人类的愚昧"出发，表现底层民众的悲惨生活和他们麻木的精神状态。"这一点使她和激进的左翼思潮保持了心理的距离，也自觉地和民粹主义区别出来，思想的源头更接近五四开创的启蒙理想。"② 当然，一般的文学研究者都会注意到这一点。但是，萧红所说的"对着人类的愚昧"还有一个非常重要的方面，就是关于文学表现人类与表现自我的问题。萧红的文本是很"自我"的，渗透着她自己深刻的生命体验，文本中处处可见她生命的光影。然而，这并不是沉溺自我的一种表现，而是在"自我"中寻找人类的因子，这使她的小说和单纯自我表现的小说不同。她"对着人类的愚昧"，启蒙世人。别林斯基认为："一个庸俗的卑琐的无聊的人，在一部艺术作品里面，只会变得意味深长而又富有现实性，因为他表现了现实生活的一个方面，通过他的个性，代表了包含同一概念

---

① 萧红：《现时文艺活动与〈七月〉》，《七月》1935 年第 15 期。
② 季红真：《对着人类的愚昧——萧红作品集》，《小说评论》2006 年第 2 期。

的整个一类人，整个一群人。"① 而正是这一点，使20世纪90年代之后那种只关注自我的身体而没有形成形而上思考的"私化小说"无法企及。

现代女作家"对着人类的愚昧"的启蒙意识与现代的启蒙语境有关。中国现代知识分子受西方启蒙思想的影响，在科学与民主的旗帜之下，以现代意识观照中国传统文化与人们的生存现实。现代作家回望历史，关注现实，描写苦难，表现悲剧，批判落后，揭示愚昧，反思传统，追问病源。在中国知识分子的启蒙思想中，有疗救式的、代言式的、改造式的、感化式的，也有解剖式的。"写作的出发点是对着人类的愚昧"，萧红的宣言和这些启蒙思想有相通之处，但又不尽相同，她的启蒙思想的形成和自己的地域文化与生命体验有关。对于她来讲，重要的是什么是人类的愚昧，怎样对着这些愚昧，对着愚昧的艺术效果如何等，其中包括强大的批判力诉求。

在萧红的笔下，无论是在偏僻的乡村、落后的小城，还是在北京、上海、武汉、哈尔滨这样的城市生活的人，在他们的身上都有"人类的愚昧"。

首先，愚昧是"体验不到灵魂"的物化生存。萧红说："乡村，永久不晓得，永久体验不到灵魂。"又说："在乡村永远也感受不到灵魂，只有物质来充实他们。"正如她在《生死场》中所写："在乡村，人和动物一样忙着生，忙着死……""愚夫愚妇"（胡风语）的生死场在萧军的眼中就是这样一幅景象："事实上这全书所写的，无非是在这片荒茫的大地上，沦于奴隶地位的被剥削、被压迫、被碾轧……的人民。每年、每月、每日、每时、每刻……在生与死两条界限上辗转着，挣扎着……或者悄然死去；或者是浴血斗

---

① 《别林斯基选集》（第二卷），满涛译，上海译文出版社，1979，第23页。

争着……的现实和故事。"萧军在《生死场》重版前记中的这段话用了四个省略号,耐人寻味,他从时间、空间、方式等方面以语言的有限性揭秘生死场内涵的无限性,"浴血斗争"之前自在状态的生存是体验不到灵魂的物化生存。麦子、山羊、铜板等才最真实,而夫妻情(如金枝与成业、月英与丈夫)、父子(女)情(成业与婴儿)、母女(子)情(母亲与金枝、王婆与幼子)在它们面前不堪一击。物化,才是生存的见证,灵魂的追求荡然无存。体验不到灵魂的生存是人类的愚昧性生存。

其次,愚昧是思维习以为常的惰性存在。鲁迅在《狂人日记》中曾发出"从来如此,便对么"的质问,所针对的就是国民的思维惯性。面对"历史性"的存在,没有思考的欲望更没有改变的欲望,只是顺从之,任其"自然而然",尽管这个存在是一个惯常的"杀手",却被看成上天的"福利"。《呼兰河传》中下过雨的大泥坑淹死过猪、鸡、猫、狗,也淹过小孩,"可没有一个人说把泥坑子用土填起来不就好了吗?没有一个"。而这泥坑"施给当地居民的福利"却有两条:一是"抬车抬马、淹鸡死鸭",热闹,有谈资,得以消遣;二是淹死猪,便有肉吃,"经济,也不算不卫生"。小城的人们有吃就好,有热闹就好,而不问这吃和热闹的代价。他们没有想改变什么,思维惰性严重压制改变的诉求。冯骥才在《三寸金莲》中说,小脚里头藏着一部中国历史。其实这历史就包括思维惰性。萧红的深刻之处在于揭示小城人把灾难当"福利"、把残害当施恩、把悲剧当喜剧的思想的愚昧。

再次,愚昧是传统落后习俗的固化守成。习俗在历史的沿革中传承下来,其中有精华也有糟粕。把传统落后的习俗或糟粕当成天经地义,这在萧红的文本中处处可见,如女人生产的刑罚(《生死场》),毒打、教训新媳妇(《呼兰河传》),"好女不嫁二夫郎"(《小城三月》)等。鲁迅在《我之节烈观》中说:"社会上多数古人模模糊糊传下来的道理，实在无理可讲；能用历史和数目的力量，挤死不合意的人。这一类无主名无意识的杀人团里，古来不晓得死了多少人物。""古往今来，直接死于统治者屠刀下的人少，更多的却是死在'无主名无意识的杀人团'的不见血的'谋杀'之中，这难道不是一个痛苦的、令人难以接受的铁的事实？站在历史的高度上看，这又何尝不是一出民族的愚昧、人性的扭曲的喜剧？"①萧红描写"无主名无意识的杀人团"戕害生命的血淋淋的现实，传统落后习俗固化守成的愚昧导演了诸多人间悲剧。

最后，愚昧是对人类生命存在的漠视与戕害。服毒的王婆一息尚存却被抬进棺材、月英生病被丈夫折磨、成业摔死婴孩（《生死场》），众人围观小团圆媳妇被折磨而死、大家看人"上吊""其乐无穷"（《呼兰河传》），翠姨心中有爱无处诉说抑郁而死（《小城三月》），王亚明因家中开染衣房而有一双又黑又蓝又紫的手却因此被当成"怪物"（《手》）等，萧红笔下的生命没有得到尊重、没有得到呵护。人与人之间的冷漠是对生命的冷漠，这些生命同样被"无主名无意识的杀人团"所漠视、所戕害。

张爱玲也善于写人与人之间的冷漠，但这种冷漠源于主体有意识的自觉的疏离；萧红书写人与人之间的冷漠，这种冷漠源于生命无意识的自在的"认同"。或者说，张爱玲所书写的冷漠在于"人类的文明"，而萧红所表现的冷漠在于"人类的愚昧"。二人对于冷漠都不遗余力地进行"解剖"，张爱玲揭开的面纱所遮掩的是赤裸裸的"人类的虚伪"，而萧红撕去的厚布所覆盖的是血淋淋的"人类的真实"。张爱玲让人看不见的"冷漠"在人与人之间潜行，让人不寒而栗；萧红让人看得见的"冷漠"在生与死之间爬行，令人触目惊心。

---

① 钱理群：《改造民族灵魂的文学——纪念鲁迅诞辰一百周年与萧红诞辰七十周年》，《十月》1982年第1期。

萧红在启蒙语境中被启蒙也自觉地成为启蒙者，她"对着人类的愚昧"举起写作的利器，试图唤醒愚昧的生存的人类，以一种自由的、灵动的生命在大地上生活，获得人的完整性，重建人类的温暖与爱。如果说，萧红笔下的人更多的是因贫穷、落后而"体验不到灵魂"，呈现的是一种天然的初始的愚昧状态，那么，在物质相对丰富的今天仍然体验不到灵魂则是人类更大的愚昧与悲哀。启蒙的历史性价值也就在于此。迟子建在2015年的香港书展名作家讲座上说："一个作家不能丢弃审美，但同时也不能刻意营造世外桃源，作家的笔要像医生手中的针，把社会的脓包挑开。"也许，启蒙对于现实的中国来说仍是一种处于未完成状态的思想文化。

和"对着人类的愚昧"相关联的，是女作家"起着思恋的情绪"的题材选择。

写作的出发点对着人类的愚昧，具有鲜明的启蒙意识。在萧红看来，作家属于人类，不受阶级身份限制，他可以选择任何题材，重要的是把握出发点，把握写作的精魂。就创作的整体来说，萧红对文学的人类行为的普遍认识，与左翼作家自觉或不自觉的疏离，保持了文学的独立性，也彰显了自己的个性化追求。然而，就每一个创作个体来说，并不是任何题材都可以成为主体最好的选择，萧红特别强调"起着思恋的情绪"这一点。她的这一观点似乎是一块"试金石"，只有作家选择的题材与自己"起着思恋的情绪"，才可能走向血肉丰满意义深刻的所指，否则将成为"空洞的能指"。

萧红在《七月》座谈会上说："为什么在抗战之前写了很多文章的人现在不写了呢？我的解释是：一个题材必须跟作者的情感熟悉起来，或者跟作者起着一种思恋的情绪，但这多少是需要一点时间把握的。"从理论上说，作家可以选择任何题材作为自己的观照对象；而就主体的创作实践来讲，需要把握与自己情感熟悉起来的题材。这似乎是一个非常明显的创作真理，但是在中国现当代文学的创作中，我们发现，并不是每一个作家都能够理性地对待题材以及自己的创作。萧红的这句话，我们可以从两个层面来理解。

第一，题材的时间把握与情感熟悉。作家不能急于写自己并不熟悉的题材，尽管题材很有时代性与现实性，符合主流意识形态，或者尽管题材很热，符合大众审美期待。题材客观存在，但题材何时成为"我"创作的题材，这需要一个情感熟悉的过程，需要作者对题材的把握与沉潜。萧红指出抗战之前写文章的很多人现在不写了，这是一个客观事实，但这也说明这些作家的选择非常理性。有些作家因为各种各样的情况，急于写自己不熟悉的题材，导致创作失败。有的作家从现代走到当代，但再也没有创作出超过现代时期的作品，虽然导致这种现象的原因很多，但其中一个重要原因，就是急于写自己并不熟悉的题材。萧红在香港写作《马伯乐》，借马伯乐之口表达对适时性题材的反思："现在这年头，仍然不写'打日本'，能有销路吗？再说你若想当一个作家，你不在前边领导着，那能被人承认吗？"在特殊的时代语境中，作家创作会受到多方面的影响，但是耐得住寂寞，真正做到把握题材，还是需要时间的考验。

第二，题材与自我的思恋情绪。题材需要时间的把握才能在情感上熟悉起来，不能急于写自己不熟悉的题材，只有当不熟悉的题材变成熟悉的题材时，才可能成为作家选择的题材，这似乎是针对现在而指向未来的。从另一角度来说，作家应该写自己情感熟悉的题材，这似乎是指向作家自己已有的丰富的积累。在萧红看来，这种题材就是"跟作者起着一种思恋的情绪"。宏观审视萧红所有的创作，她都是选择与自己情感熟悉或起着思恋情绪的题材。散文《商业街》是对作者自己贫穷与苦难生活的真实描述，诗歌是对自己情爱经历的真诚表现。胡风在《生死场》后记中说："使人兴奋的是，这本不但写出了愚夫愚妇的悲欢苦恼，而且写出了蓝空下的血迹模糊的大地和流在那模糊的血土上的铁一样重的战斗意志的书，却是出自一个青年女性的手笔。在这里，我们看到了女性的纤细的感觉，也看到了非女性的雄迈的胸境。"萧红是生死场的"目击证人"，无论是"愚夫愚妇的悲欢苦恼"，还是"铁一样重的战斗意志"，都为她的情感所熟悉。如果说《生死场》中的生与死、《马伯乐》中的战争逃难等是因萧红的人生阅历与生命体验而情感熟悉的题材，那么《呼兰河传》《小城三月》等题材除了情感熟悉之外，还与萧红"起着思恋的情绪"。

与作者情感熟悉，"起着思恋情绪"，客观的题材变成创作主体的对象化存在。但萧红不忘初衷，写作的出发点是对着人类的愚昧，所以题材选择和写作的出发点也是密切联系在一起的。茅盾在《呼兰河传》的序中说："无意识地违背了'几千年传下来的习惯而思索而生活'的老胡家的小团圆媳妇终于死了，有意识地反抗着几千年来传下来的习惯而思索而生活的萧红，则以含泪的微笑回忆这寂寞的小城，在这悲壮的斗争的大时代。"《呼兰河传》代表萧红创作的最高成就，她的一切创作思想在这部作品中都得到最好的体现。呼兰河小城，是萧红的故乡，她背井离乡多年，因为时间与空间的距离，在童年的记忆中这座小城成为最佳的审美对象。娜拉式的出走遭遇战乱，不断追逐又不断逃离，生命与情感颠沛流离，没有安稳的栖居之地。在这样的心境中，小城的"无意识"与萧红的"有意识"在时间把握、情感熟悉、思恋情绪等方面处于一种无缝隙的相融状态。"对着人类的愚昧"，萧红以自己的情感与生命体验进行题材选择，所以显示不同的创作个性。《呼兰河传》成为20世纪的文学经典。

在中国当代作家中，很多作家的创作在当时可谓备受关注，而从文学性的角度考察却发现它们存在不足，后来逐渐淡出文学史视野，而没有成为经典。其中一个重要的原因就在于写自己情感不熟悉的题材，主体和题材处于"隔"的状态。用萧红的话说，就是题材和作家本人没有起着思恋的情绪。起着思恋的情绪，才能不隔，题材才能与自我发生情绪上与精神上的联系，题材才能成为"我"创作的题材、成为"我"能驾驭的题材。

对于女作家来讲，对着人类的愚昧，并不意味着居高临下，"我的人物比我高"的主体姿态是女作家的特别之处。

对着愚昧，创作主体在相对文明之中，才能对相对的愚昧有所视、有所察、有所思。"愚昧是不同文明间的极端形态，以及以之作为唯一衡量标准的绝对论思维方式的谬误。"① 萧红笔下的人物处于愚昧的人群中，却没有对愚昧的认识。"对着人类的愚昧"，方向性所指非常明确，所有人类的愚昧都是作家写作的出发点。这似乎会产生一个疑问，对着人类的愚昧的时候，"我"在哪里？"我"在人类的愚昧之中，还是在人类的愚昧之外？如果说"我"在人类的愚昧之中，那么"我"如何对着愚昧？如果"我"在人类的愚昧之外，那么"我"如何描写愚昧？或者人类的愚昧和"我"发生怎样的联系？愚昧的人类和"我"的关系如何？

鲁迅在《我是怎样做起小说来》中说："多采自病态的不幸的人们中，意思是揭出疾苦，引起疗救的注意。"鲁迅作为萧红的精神导师，对萧红的影响极大。她对着人类的愚昧的写作出发点受鲁迅的启蒙思想影响。萧红与中国现代作家具有相似的启蒙意识，所不同的是，萧红对着人类的愚昧，不是居高临下的，而是那种"我"是人类愚昧之一，"我"和作品的人物处于"同一地平线上"的状态。但随着写作的深入，萧红感觉自我和笔下人物之间的关系发生了根本性变化，悲悯与被悲悯置换为被悲悯与悲悯，自我成为被悲悯的个体性存在，表现出"我的人物比我高"的主体姿态，和

---

① 季红真：《最初的心路——〈文明与愚昧的冲突〉再版后记》，《书城》2014年第7期。

疗救式、代言式、改造式、感化式、解剖式、同情式等作家与笔下人物的关系不同。萧红说:"鲁迅的小说的调子是很低沉的。那些人物,多是自在性的,甚至可说是动物性的,没有人的自觉,他们不自觉地在那里受罪,而鲁迅却自觉地和他们一起受罪……鲁迅以一个自觉的知识分子,从高处去悲悯他的人物……我开始也悲悯我的人物,他们都是自然奴隶,一切主子的奴隶。但写来写去,我的感觉变了。我觉得我不配悲悯他们,恐怕他们倒应该悲悯我咧!……我的人物比我高。"①

在萧红看来,鲁迅和他笔下的人物一起受罪,从高处悲悯人物。而萧红最初的感觉和鲁迅一样,也悲悯人物,也就是说自己也是从高处"俯视"人物,后来感觉发生变化,觉得是人物应该悲悯她,她自觉比笔下的人物还低。之所以发生悲悯与被悲悯的置换,有以下三个方面的原因。

首先,启蒙话语的成因有别。就现代中国来说,萧红先是被启蒙者,然后才是启蒙者,而成为启蒙者之后才能确证以前的被启蒙者身份。鲁迅的启蒙话语源于西方启蒙思想,萧红的启蒙话语源于中国现代启蒙思想(其中包括鲁迅的启蒙思想)影响、东北地域文化体认与战争期间的生命感知。"鲁迅的国民性话语主要是西方文化价值参照下的自我反思,而萧红文学的文化批判力量更多是来自于对地域性文化背景和战争状态下人的麻木、卑微、粗鄙的生活形态的强烈体认。如果说鲁迅的启蒙是一种文化实践的话,萧红的文化批判视角则是一种生命实践。相对于文化实践,生命实践虽然缺少思想的光辉和理性的深度,但却充满了日常经验和个性感受,更具细节与生命力。"②鲁迅的写作是为"画出沉默的国民的魂灵",

---

① 聂绀弩:《回忆我和萧红的一次谈话》,《新文学史料》1981年第1期。
② 张丛皞:《谈萧红的文学史价值——为萧红诞辰百年而作》,《学术与探索》2011年第3期。

他的国民性批判关注的是典型人物的塑造，通过个体揭示国民性存在的普遍性，比如阿Q等。而萧红重视的则是群体形象的勾画，通过群体的愚昧反映人类愚昧的普遍性存在。萧红先是以启蒙者姿态或曰高于人物的姿态悲悯人物，可是在进入人物的被启蒙之中，才发现自己也是曾经的被启蒙者，和人物处于同样的状态，这种认识促使她改变主体姿态。

其次，自我生命体验的丰富性与复杂性。萧红自身的境遇凄凉，经历各种各样的磨难，从情感的角度来说她笔下的人物所经历的"磨难"她都非常熟悉，或者说因为选择了自己情感熟悉的题材进行创作，笔下人物的一切都是她所熟悉的。他们和她一样，她和他们一样，命运多舛，充满悲剧色彩。她和他们彼此同情与悲悯。

最后，与人物精神和心理的同构性。如果说外在同样具有悲剧性的生存境遇促使萧红改变对人物的悲悯，而觉得自我和人物相互需要悲悯的话，那么她对人物精神与心理的开掘（或者说她对着人类的愚昧）使她发现，"我"与人物同构。"我"不仅在"愚昧"之中，而且在她的人物之下。所有这些与她"起着思恋的情绪"的人物，突然间变得"比我高"。人物是"自然的奴隶"与"主子的奴隶"，萧红通过对人物的描写发现了自我隐藏更深的"奴隶的心"。人物促使萧红反观自身，人物见证作家的成长与成熟。这也说明人物不是受控于创作主体的悲悯性存在，他们可以获得自我的主体性而使作者成为悲悯性的对象。因而，这些被启蒙者自身却有了启蒙的意义与价值，他们首先启蒙的是作者，然后才能启蒙读者，正如鲁迅所期待的"扰乱了读者的心"。

萧红被她创造的人物所创造。从"悲悯"到"我的人物比我高"，萧红对"我"与人物之间关系的认识有了根本性的变化。在我们的阅读视野中，我们经常看到作家这样的表述，同情人物、悲悯人物，或如20世纪90年代以来的"为老百姓写作""作为老百姓的写作"，这里作者和人物的关系从前者俯视后者变为两者平视。但萧红的"我的人物比我高"似乎和中国现当代作家对人物的认识不同，萧红不是俯视也不是平视，而是"仰视"。但这里的"仰视"不是现当代作家书写英雄人物时才有的"我的人物比我高"的仰视，而是对着人类的愚昧书写底层小人物时候的"我的人物比我高"的"仰视"，这不仅是"女性的纤细的感觉"与"非女性的雄迈的胸境"的融和，更是匍匐大地的广博的人类情怀与反观自身的深刻的生命意识的浑然一体。也许，这正是萧红的伟大之处。

萧红从观照自我、观照女性升华为对性别、对人类的深刻认识。她"对着人类的愚昧"，似乎冷静而无情，但是在悲凉的叙述中她仍然是带着爱、对温暖有着美好的憧憬。就像是鲁迅一样，在鲁迅的作品中我们看到更多的是凛冽的外"冷"，但其中蕴含着强烈的内"热"。萧红对文学和人类行为的普遍认识，与左翼作家自觉或不自觉的疏离，保持了文学的独立性，也彰显了自己的独立性和个性。

现代女作家在被启蒙中自觉地成为启蒙者，女作家的启蒙意识有不同的表达方式，但是新时期作家的文学观发生了较大的变化。她们不像现代女作家那样具有代言、改造、感化、解剖等精英式的启蒙意识，在新时期相对宽松的文化语境中，她们从非精英的立场出发去进行文学创作。铁凝说在写《哦，香雪》的时候，"我想我只说我自己，因为我也不能代表我同代的其他作家，可能从一开始写作，我就没有代言人的心态"。[①] 而20世纪90年代进行个人化写作的女作家，她们不想为谁代言，她们想"自白"。[②]

[①] 铁凝、王尧：《文学应当有捍卫人类精神健康和内心真正高贵的能力》，《当代作家评论》2003年第6期。
[②] 林白：《生命热情何在》，《当代作家评论》2005年第4期。

三 革命见证人的使命意识

已经历或正在经历的革命是中国现代女作家永远不能忘却的生命记忆,无论生活发生了怎样的变化,这种记忆都会在她们的创作中以不同的形式表现出来。然而,对于她们来讲,重要的不仅是记忆是什么,更是这段记忆对于她们的成长、对于她们后来的人生、对于她们后来的命运意味着什么。虽然这段记忆成为已然的过去,然而它们的影响力一直在她们的生命中存在。作为革命的见证人,当革命正在发生的时候,她们年轻的璀璨的生命光华在革命中绽放,革命给予她们的生命特别的意义。也许,还有许多和她们一样年轻的生命在革命中逝去,而这些生命在后革命时代却以特殊的方式提醒着她们生命特别之意义。或许,从此开启的写作与一般意义上的写作相比,也具有特别之意义。

她们是革命的亲历者,她们是革命的见证人,对革命的书写成为她们的使命,成为她们的责任。当革命正在发生之时,对于她们来讲,写作就是革命。谢冰莹作为北伐的亲历者,试图让世人了解惊天动地的悲壮的革命故事,因而在从军途中写了《从军日记》。而写作之于冯铿,更具有革命性的意义,"在她那里,写作不是记录什么,而是一种革命的行动,因而她的作品具有更浓厚的宣传——战斗色彩"。[1] 新中国成立之后,草明看到党的路线受到广大群众的热情拥护,看到工人如火如荼的现实生活和斗争,深感"痛快",在这种情境之下创作《乘风破浪》。茹志鹃感觉到在伟大的时代里,社会生活发生了翻天覆地的变化,面对一切之"新","热情难抑","心潮逐浪",所以,怀着一种对时代的敬意和责任

---

[1] 孟悦、戴锦华:《浮出历史地表——现代妇女文学研究》,中国人民大学出版社,2004,第137~138页。

感进行文学创作。

革命见证人的责任意识，促使作家从正面的角度言说革命与政治，陈学昭感受到"工作着是美丽的"，白朗"为了幸福的明天"在不断成长中贡献力量，丁玲具有"跨到新时代来"的激情。女作家如果发现自己的创作与政治、与主流意识形态不符或发生所谓的"偏差"，则会主动或被动地接受心理的"规训与刑罚"，比如杨沫对长篇小说《青春之歌》的修改。丁玲在新时期复出时的作品《杜晚香》是她思虑再三的选择。她认定："不论将来发生什么变化，《杜晚香》这样的主题精神是不会遭到非难的。""丁玲是一直以革命理想和革命利益及需要来规范自己的。"①

对于这些革命的亲历者来说，一方面其有面对革命进行创作的"冲动"（我们很难说这冲动和灵感之间的确切联系），另一方面其有面对革命进行创作的"责任"。后者在中国当代女作家尤其是"十七年"女作家的创作中表现得特别明显。面对现实生活，已然的革命的经历者和依然的革命的亲历者这种双重的身份，往往会使女作家在创作中把革命书写作为心理的补偿。或者说，创作具有一种使命意识和责任意识，同时具有补偿心理。而这补偿本身也具有双重性，一方面是对过去英雄的补偿，对英雄"欠下的债务"的补偿，另一方面则是对自我心理的补偿，因在现实中的情感缺失而追忆似水年华中的温暖。

杨沫在新中国成立之后，感受生活发生的巨大变化，情不自禁想起胜利来之不易，先烈为革命付出生命的代价。作为生者，同时也是胜利果实的品尝者和享受者，如果在胜利面前缄默无语，无疑意味着对英雄与先烈的"背叛"，所以，杨沫，"活着的人"，"革命斗争的见证人"，觉得有责任记录革命的真实，以告诫后来人生

---

① 刘慧英：《走出男权传统的藩篱——文学中男权意识的批判》，生活·读书·新知三联书店，1995，第55页。

活来之不易。因而，无论在何种情况下，她都全身心地投入创作。通过创作，在回归历史的真实场景中，杨沫完成了自己的使命，对英雄和先烈有了一个"交代"。她与他们对话，也是缅怀自己的青春之歌，在心理上寻求一种安慰和补偿，也有一种平静中的不平静，或者不平静中的平静。

在历史的转型期，女作家的敏感使她们能够捕捉时代的脉动，无论是宏阔的外部世界还是微细的内心世界，她们都精心描摹。革命的冲突与变动、内心的寂寥与焦灼，在"革命的第二天"，一切如期而至。作为革命的见证人，已然革命和依然革命的双重见证，新旧时代的碰撞在她们的心里产生巨大的震颤。而此时缅怀前一个革命时代的温暖是一种更好的补偿。茹志鹃18岁参加革命，参加抗日战争两年，参加解放战争三年，前线的生活对她一生的创作产生了重大的影响。在残酷的战争环境中，战友之间的温暖在茹志鹃的心里刻下深深的印痕，所以，反"右"期间人与人之间的紧张关系使她情不自禁地"缅怀"那种格外的温暖。[①] 前一个革命固然残酷，但人与人之间的关系在残酷中倍显和谐与温暖；正在发生的革命似乎"如火如荼"，却让茹志鹃惶惶然不知所措，人与人之间表面的热情下却是无法言说的冷漠与疏离。前一个革命的历史场景在现实的茹志鹃面前晃动，那种可触摸、可嗅到的温暖气息无疑成为寂寞黑夜里的灯火，在一刹那间点亮内心世界。就在这时，她写了战争，以历史文本中人与人的温暖来抵挡现实生活中人与人的冷漠，在追忆与缅怀中进行自我心理补偿。

谢冰莹、冯铿、丁玲、草明、白朗、杨沫、茹志鹃等，中国现代女作家在革命中不断成长。革命经历在她们的生命中刻下印记，她们的创作和革命有着千丝万缕的联系。作为革命的亲历

[①] 茹志鹃:《〈百合花〉的写作经过》,《语文教学与研究》1996年第3期。

者、革命的见证人，她们书写革命，对此怀着一种责任感和使命感。当然，她们最有权力言说革命，也最有权力言说革命和女人，言说革命的女人和女人的革命。而对于从旧时代走过来的现代女作家来说，两个革命时代在给她们丰富的生命体验的同时，也让她们感受到不同革命的风雨。她们在文本中回望过去，是一种责任和使命，也是一种缅怀和补偿。

革命经历不可能成为所有现代女作家的经历，也有在革命年代并不书写革命的女作家，比如张爱玲和苏青等，革命书写与非革命书写（日常生活书写）互补性的存在为我们提供了更加广阔的历史图景。当然也有生活在和平年代的女作家，革命是父辈一代的历史，她们在商品化与世界化的浪潮中进行写作。有的女作家觉得，"文学应该承担一种功能，即使不谈责任，但是至少得有捍卫人类精神的健康和我们内心真正高贵的能力"。[1] 有的为自己代言，如私语写作者。有的则思考如何讲述"中国土地上的人和事"，[2] 中国作家怎样才能"有出息"，[3] "中国文学与文化对世界最独特的贡献"是什么，[4] 等等。革命见证人与非革命见证人的书写存在不同的价值取向。

对"爱"和"温暖"的永恒追求、"对着人类的愚昧"的启蒙意识、革命见证人的使命意识，中国现代女作家对文学的认识与实践的内在诉求彰显知识分子的历史理性与人文情怀，更展现女作家特有的生命体验与文学理念。然而，文学之于她们，也是物质生存与精神生存的统一。

---

[1] 铁凝、王尧：《文学应当有捍卫人类精神健康和内心真正高贵的能力》，《当代作家评论》2003年第6期。
[2] 赵艳、铁凝：《对人类的体贴和爱——铁凝访谈录》，《小说评论》2004年第1期。
[3] 迟子建、阿成、张英：《温情的力量——迟子建访谈录》，《作家》1999年第3期。
[4] 蒋韵：《我们正在失去什么》，《当代作家评论》2005年第4期。

四 女作家写作的需求层次

马斯洛把人的需求分为五个层次，即生理需求、安全需求、归属需求、尊重需求和自我实现需求。对于中国现代女作家来讲，她们进行文学创作既有物质需要，也有精神需要。当然，在不同的时代、不同的语境下女作家的创作需求有所不同。而对于同一个作家来讲，其最初登上文坛的动因和后来的追求也会有所不同。不过，无论她们最初有怎样的需求（生存、宣泄、快乐、复仇，等等），不断地超越自我直至抵达自我实现这一层次，仍然是中国现代女作家普遍追求的。

中国现代女作家，无论是丁玲、谢冰莹、苏青、张爱玲、萧红、草明等，还是新时期的方方、王安忆、林白等，都曾以写作为生，或以写作追求更好的生活。1929 年，伍尔夫在《一间自己的屋子》中说："一个女人如果想要写小说一定要有钱，还要有一间自己的屋子。"① 钱之于女性的重要性同样被鲁迅所关注。鲁迅在《娜拉走后怎样》中说："为娜拉计，钱，——高雅的说罢，就是经济，是最要紧的了。自由固不是钱所能买到的，但能够为钱卖掉。"② 对于女作家来讲，是先有钱、有自己的屋子再写小说，还是先写小说才有钱、才能有属于自己的一间屋子，这是个问题。当然，每个女作家的家庭境况不同，经济对于她们来讲就是不同层次的问题。

对于一些女作家来说，她们不是一开始就成为职业作家的，初始写作是作为自己生活的排遣、补充、宣泄，之后她们才逐渐成为

---

① 〔英〕弗吉尼亚·伍尔夫：《一间自己的屋子》，王还译，生活·读书·新知三联书店，1989，第 2 页。
② 鲁迅：《坟》，人民文学出版社，1980，第 154 页。

职业作家。丁玲在《我怎样跟文学结下了"缘分"》中说："对一切不满……找不到答案,非常苦闷,想找人倾诉,想呐喊,心里就像要爆发而被紧紧密盖住的火山,于是在无其他任何出路的情况之下,开始写小说。"丁玲写作《莎菲女士的日记》,"丁玲本人也正是出于对这种寂寞之中的拯救需要而执笔写作的,她早期的这些专注于女性处境的创作本身便是一声缄默之中的绝叫,虽然不再像'五四'那样有同辈们应和的声浪,但却是'五四'以来第一声真正女性的绝叫(绝叫者,为当年茅盾的评价——引者注)。这叫声不再掺杂任何借来的成分"。① 丁玲与胡也频在一起生活之后,只能以她赚取的微薄的稿费为生,写作成为生活的必需。

对于女作家来说,有时候写作的宣泄期与写作的谋生期会发生变化。苏青在《天地》发刊词中积极倡导女性写作,认为女性写作最大的理由"便是女子的负担较轻,著书非为稻粱谋,因此可以有感便写,无话拉倒,固不必如职业文人般有勉强为之之痛苦也"。这时候似乎是有了"钱",但这时候的苏青并没有真正属于自己的一间屋子,当然她无法预知自己未来的写作恰恰是"为稻粱谋"。苏青最初写作是一种排遣,因生女儿而遭家人嫌弃。后来进行写作则完全是生存需要。作为大学生的苏青,因与富家子弟结婚、怀孕而辍学,成为一名"全职太太",而丈夫在失业之后却与她离婚。为了三个孩子,她必须自谋生路。写作成为她的选择。痛苦的经历成为她写作的素材,深切的体验外化,经由她的笔自然流露。正如西苏所说,"妇女必须把自己写进本文——就像通过自己的奋斗嵌入世界和历史一样"。②

---

① 孟悦、戴锦华:《浮出历史地表——现代妇女文学研究》,中国人民大学出版社,2004,第119页。
② 埃莱娜·西苏:《美杜莎的笑声》,黄晓红译,载张京媛主编《当代女性主义文学批评》,北京大学出版社,1992,第188页。

谢冰莹出狱后只能以卖文为生，后来的她甚至过着"左手抱孩子、右手写文章"的困窘生活。但她没有被饥饿摧垮，反而更加坚强，写作更加投入、更加深刻，因为饥饿加深了她对现实的认识，有了为同样饥饿的人而书写的新的创作动机。虽然被催稿，过着非常紧张而拮据的生活，但她没有写过任何"帮闲"的文字，在她的文字中，只有真实的血和泪铸成的铮铮铁骨。

当然，女性写作的生存需求不是纯然的物质需求。或者可以说，她们之所以以写作为生，是因为她们有精神的需求，有创作的冲动，在此基础上进行创作并获得成功，从而获得物质基础。物质生存与精神生存的互为性，在女作家的笔下表现得非常明显。她们和男作家不同，考察现代男作家的职业选择，如果他们不当作家，可能还有很多职业等待他们去选择，而对于女性来讲，在现代可以选择的职业非常少。西苏认为："迄今为止，写作一直远比人们认为和承认的更为广泛而专制地被某种性欲和文化（因而也是政治的、典型男性的）经济所控制。我认为这就是对妇女的压抑延续不绝之所在。"[①]

启蒙的力量使现代女作家被"震上"文坛，她们有些郁闷想通过文学的方式来进行表达，职业选择的有限性、表达自我的迫切性等决定女作家选择写作的方式来生存——物质的与精神的。所以，她们从最初表现自我的苦闷到表现一代女性或几代女性的生存苦闷，是一种从混沌到逐渐澄明的境界。我们不能说，女作家一走上文坛，就带着非常理性的启蒙意识，她们在被启蒙的过程中，逐渐获得自我的表达，如丁玲、谢冰莹、苏青等。而有的作家或许有所不同，如冰心、陈衡哲等，她们一开始写作并不是为了物质生存，而是为了精神追求。我们不能说，为了物质生存的写作境界低，为

---

① 埃莱娜·西苏：《美杜莎的笑声》，黄晓红译，载张京媛主编《当代女性主义文学批评》，北京大学出版社，1992，第192页。

了精神生存的写作境界高。女作家的物质生存与精神生存是无法分开的。或者说，大多数一开始是物质生存需求，逐渐地，精神生存变为更重要的需求。

王安忆最初写作是为了养活自己，"我写作的初衷只是为了找一条出路，或是衣食温饱，或是精神心情，终是出路"。[1] 方方说："常常有人问我的创作动机。我跟他们说经济是一根鞭子。我为什么很努力地写小说，就是因为没有钱用。"固然经济对于男作家一样重要，但是对于女作家来说，有了"经济"，才可以想象"自己的一间屋子"，由此方方在《奔跑的火光》中塑造的女性想盖一座房子，她觉得自己没有家。方方认为："这实际上就牵涉妇女经济独立的问题，你如果不独立，没有自己的家的话，就永远没有着落的感觉。我觉得女性的结局和归宿在于自己的独立，有自己真正意义上的家，你才有真正温暖的感觉。"[2] 可是在她满足了基本的生活需求之后，她认为写作也是一种倾诉的需要。"我写小说，也是一种倾诉的需要"，"把倾诉感作为一种动力"。[3] 林白有"如果有一天我写不出来了，我和女儿又会没饭吃了"的经济上的焦虑，当然写作之于她还有"温暖的"效用。[4]

女作家的创作，从物质生存到精神生存，最具代表性的是萧红。"对创作有一种宗教情感"，[5] 这是端木蕻良眼中的萧红。写作之于萧红具有特殊的意义，萧红对创作具有特殊的感情。获得两情相悦的恒久爱情、拥有温暖的家在萧红是不能实现的梦想，但写作分外眷顾她，她对创作有着宗教般的执着，这让她获得特殊的温暖

---

[1] 王安忆：《自述》，《小说评论》2003年第4期。
[2] 方方：《我写小说，从内心出发》，《当代作家评论》2003年第4期。
[3] 方方：《我写小说，从内心出发》，《当代作家评论》2003年第4期。
[4] 林白：《生命热情何在》，《当代作家评论》2005年第4期。
[5] 端木蕻良：《我与萧红》，载晓川、彭放主编《萧红研究七十年》（上卷），北方文艺出版社，2011，第482页。

和爱,也使她取得了创作上的成功。

写作给予萧红青春与生命。16岁用文言文写《大雨记》轰动全校,22岁被未婚夫抛弃在旅馆,因欠债而被挟持为人质,失去人身自由,写求救信给报社,最后感动编辑前去探视,在危难之中是求救信救了她的命。她因写作找到伴侣,一起出版《跋涉》。因写作而结识鲁迅,得到鲁迅的赏识、帮助和提携,开启写作的黄金时代。因写作与爱人分手,萧红与萧军的一个分歧在于,萧红想在安静的地方继续写作,而萧军则愿意在战斗中丰富人生。因写作而去香港,"她认为一切要服从创作,既然到了香港,环境安定了,避开了轰炸,免去了负担,我们都年轻,希望拼命写东西"。① 所以,写作成了她的"宗教"。

写作给予萧红温暖和爱。因写作之缘,她经常去鲁迅先生家"取暖"。在生活的寂寞与情感的孤独中依靠写作温暖自己,当良师逝去、伴侣分离,唯一可以依靠的只有文学。在文学中,她获得的温暖和爱超过任何一个他人能给予她的,包括亲人、朋友和伴侣。

写作是萧红自我生命的确证。虽然她靠写作谋生,但是写作的生存需求不是纯然的物质需求。物质生存与精神生存的互为性,在萧红的笔下表现得非常明显。对于萧红来说,写作不是简单的物质需要,也不是一味地宣泄与排遣,它成为一种生存方式。萧红说自己"梦里写文章",② 在"文艺咖啡室"栖居自己的灵魂,可见对写作之"迷恋"。写作,成为萧红自我生命的确证,也成为她自我实现的最高境界。

萧红对写作有着宗教般的执着,在写作上她有自己的理想,或曰"野心"。她说自己不写《一件小事》《头发的故事》这样的小

---

① 端木蕻良:《我与萧红》,载晓川、彭放主编《萧红研究七十年》(上卷),北方文艺出版社,2011,第482页。
② 聂绀弩:《回忆我和萧红的一次谈话》,《新文学史料》1981年第1期。

说，要写"《阿Q正传》《孔乙己》之类"的小说，"而且至少在长度上超过"鲁迅。① 萧红向经典作家学习，在创作上不断寻求超越。从《呼兰河传》《小城三月》到《后花园》，"她完成从抗战作家到乡土作家的辉煌转身"。② 她的文本具有经典的辐射性，内含"底层写作的问题，身体叙事的问题，民族国家的问题，性别的问题，党派政治的问题，终极关怀的问题，以及热遍全球的现代性问题等等，甚至连后殖民的问题都有，当然是早期后殖民的问题"。③ 沿着精神导师开辟的道路，萧红向自己的写作理想迈进。

写作之于女作家，具有特殊性。中国现代女作家的写作不再是"身边文学"，写作不是简单的宣泄与排遣，而是成为一种生存方式。白薇学过文理多个学科，但觉得"都不对我的调，都不能在我的苦闷中为我寻一条出路，最后我才自习文学"。④ 张洁说："没有什么是我的救命稻草，只有写作才是我的救命稻草。""文学是我生命存在的一种形式。"⑤ 徐坤则认为"我写故我在"。写作，成为女作家自我生命的确证。这也成为女作家自我实现的最高境界。

第二节　女作家的理性宣言与性别意识的彰显

写作使中国现代女作家延续物质生命、升华精神生命。她们的文学宣言和文学文本，和她们的生命体验相契合，和她们的人生经历相关联，或隐含或张扬女性在性别文化中的第二性地位。从被启

---

① 聂绀弩：《回忆我和萧红的一次谈话》，《新文学史料》1981年第1期。
② 季红真：《溃败：现代性劫掠中的历史图景——论萧红叙事的基本视角》，《文艺争鸣》2011年第3期。
③ 季红真：《萧红留给我们的遗产》，《沈阳师范大学学报》2013年第6期。
④ 白薇：《我的生长和殁落》，《文学月报》1932年第1期。
⑤ 荒林、张洁：《存在与性别，写作与超越——张洁访谈录》，《文艺争鸣》2005年第5期。

第二章 现代女作家女性文学意识的理性宣言

蒙者到启蒙者再到被悲悯者,她们对人类的愚昧具有普泛性和超越性认识;无论是作为革命的见证人还是非革命见证人,她们对革命的女性与女性的革命、日常生活中的女性和女性的日常生活都有特殊的认识和书写。她们在对生命的自然书写中表达自己真诚的生命体验,从而使女性的生命在文本中自然绽放。她们从自我出发,但拒绝单纯以"女"字为卖点,拒绝以媚俗而迎合。女性的天空低矮,她们处于性别文化场域的底层,所以她们格外憧憬爱和温暖。从这个角度上说,女性叙事与底层叙事的主体身份具有同构性。她们对女性文学、女性写作以及自我的写作归属有不同的看法,因而性别意识的呈现也有所不同。

一 "卖文,不卖'女'字"的有声力量

女作家浮出历史地表,给现代中国文坛带来从未有过的活力与鲜亮颜色,当然也给文坛带来新奇景观。女作家以孱弱身躯最初亮相文坛之时,需要文坛的扶持、鼓励乃至欣赏。然而被欣赏的同时,也存在女作家被窥视与被消费的现象,女性依然是被看的第二性。在启蒙现代性的影响下,女作家在追求个性解放的同时,也充满自我警觉与自我醒知。她们不再"彷徨",喊出"卖文,不卖'女'字"的口号,这"呐喊"是她们共同的心声,以从未有过的有声力量震动文坛。

20世纪30年代丁玲拒绝为杂志的"女作家专号"撰稿。在丁玲看来,杂志的"女作家专号"以及编辑如此约稿,看中的是"女"字,而不是作为作家的丁玲本身,不是丁玲书写的文字本身。丁玲的拒绝具有鲜明的性别意识,这一性别意识不是以强调与凸显女性为标志,而是要求以平等的姿态来对待女性、对待女作家。在延安时期,丁玲在《三八节有感》中写道:"'妇女'这两个字,

将在什么时代才不被重视,不需要特别的被提出呢?"① 由此可见,不希望"特别"正是丁玲性别平等意识的特别之处。

中国文坛,一直存在对女作家的"偏爱",当然也有对女性写作的批判,如果说在批判中我们能够明显看到对女性写作的"误读",那么在"偏爱"中实际上也存在误读,而这种"误读"比起批判可能更具隐蔽性,"误读"的程度更深。王朔说自己向《空中小姐》投稿时,被误认为是女性作者,"蒙编辑接见"。② 看起来,这似乎和《呼啸山庄》作者的命运刚好相反。

艾米莉·勃朗特的《呼啸山庄》在发表时用的是一个中性的名字,当大家不知道这是女性的作品时,"有的大为不悦,认为它意志消沉,有的感到震惊、痛苦,有的感到厌烦、恶心,即便如此,还是有一部分人认为这部小说是一位有希望的、也许还是一位伟大的新作家的作品"。③客观地说,这些评论都是从批评者自身的角度出发,从自己的阅读感受出发,还比较真实。可当知道作者是女性时,却出现了"一边倒"的批评,对作品的贬抑超过一切。同一部作品,同一个作家,只因性别却产生了如此不同的评价。所以,性别在这里成为一个"问题"。这说明,写作和性别有关,文学是有性别的。批评家能否公正地从文本出发赏阅、品评,同样是个"问题"。

80 年前丁玲不想"女"字被强调,80 年后依然被强调,而且还会有"美女作家""她们丛书""红罂粟丛书"的时尚标签,还会加上更加直观的图像化的表达,配以作家从童年到当下的 15 张照片。"而在照片的选择上,则突出的是一种中产阶级女性的形象和趣味。这样一种因素的引入,显然在很大程度上改变了出版物的

---

① 丁玲:《三八节有感》,《解放日报》1942 年 3 月 9 日。
② 陈染、王朔:《关于写作的对话》,《大家》2000 年第 4 期。
③ 卡洛尔·奥曼:《男性批评家笔下的艾米莉·勃朗特》,载玛丽·伊格尔顿编《女权主义文学理论》,胡敏等译,湖南文艺出版社,1989,第 126~127 页。

性质，即它不再是纯粹的文字消费品，而同时是对女作家本人的消费。"[1] 一些女作家的作品在出版时被特别地强调"女"字，如陈染《声声断断》的装帧很注重女性性别，出版社将大幅的裸身照作为卫慧《上海宝贝》的封面。"女"字的非正常使用，影响了一些女作家对女性文学、女性写作与研究的理解。

王安忆被李昂认为是大陆最不显女性气质的作家。王安忆说："我之所以不喜欢被称作女性作家，是因为女性小说有些特点我不喜欢。比如写小的哀乐、伤感和忧愁，这都是境界比较低的，把身边琐事写成风月型的，就更讨厌了。我觉得应该写大悲剧。"[2] 王安忆认为女性小说之小，实际上是担心女性作家只写类似中国古代女性的"身边文学"，而她呼唤的是"大悲剧"的创作。女作家不能局限自己的创作。王安忆不喜欢女作家这个称谓，还在于她担心若以女作家的身份写作，作家会以超强的自我意识维护女性形象，从而导致文本创作失真。

当被问及女性写作的时候，铁凝也有类似的想法："我对女性主义这个话题一直比较淡漠，但是你说了，一部小说它可以提供给人从不同的角度去说它，去品头论足，我也没什么意见。但是我写作的时候，没有这种很鲜明的女性主义立场。我想文学还是从人出发的，文学本质上是一件从人出发的事情，有的时候纯粹的女性作家她会退居第二位。"[3] 铁凝承认男女作家在写作心态和思想方面的不同，但认为自己的创作和女性文学没有什么特别的关系。她担心女性写作会窄化自己的文学创作，包括男性批评家也认为，把《玫瑰门》这样的写作定格为女性写作，是"小看"了《玫瑰门》的

---

[1] 贺桂梅：《90年代"女性文学"与女作家出版物》，《现代中国》2003年第3期。
[2] 王安忆、斯特凡亚、秦立德：《从现实人生的体验到叙述策略的转型》，《当代作家评论》1991年第6期。
[3] 铁凝、王尧：《文学应当有捍卫人类精神健康和内心真正高贵的能力》，《当代作家评论》2003年第6期。

意义。铁凝说:"我后来强调要警惕这种性别的纯粹视角,我就觉得过分了容易陷入自恋,那她的空间是非常狭窄甚至到狭隘,我想这是我自己应该警惕的。"① 陈染也说不会专为女性主义写作,也不愿意被女性主义这个概念所限定。②

女作家对"女性主义""女性写作"的讨厌、反感与拒绝,实际上和商品化时代对女性的消费有关。她们不想成为被消费的对象,她们和丁玲一样,只卖文字,不卖"女"字,而这恰恰表明她们鲜明的女性主义立场。

二 女性生命的自然绽放

虽然女作家对自己女性写作的归属有不同的看法,但有的女作家还是认为男女作家有别。铁凝认为,"男性总是要扮演思想者的角色","女性作家没那么多心理负担,一定要做一个伟大的思想者"。③ 女作家不想扮演思想者的角色,并不是说女作家的创作无思想。实际上,只不过是思想的不同表达而已,她们更注重"思想的表情"。"我无法从思想那里获得思想的表情,于是我的神情再优越也只能是茫然的优越。"④ "思想的表情"在文本中起着至关重要的作用,若无"表情",思想只是枯燥的沉积或悬浮,无法显现与释放;或者说,表情成为思想的承载体,无表情,思想无法成形而外化。那么,"思想的表情"何来?女作家如是说:"小说对读者的进攻能力不在于诸种深奥思想的排列组合,而在于小说家由生命的

---

① 铁凝、王尧:《文学应当有捍卫人类精神健康和内心真正高贵的能力》,《当代作家评论》2003 年第 6 期。
② 陈染、王朔:《关于写作的对话》,《大家》2000 年第 4 期。
③ 铁凝、王尧:《文学应当有捍卫人类精神健康和内心真正高贵的能力》,《当代作家评论》2003 年第 6 期。
④ 铁凝:《"关系"一词在小说中》,《当代作家评论》2003 年第 6 期。

气息中创造出来的思想的表情。"①"思想的表情"在"生命的气息"中创造出来,生命成为思想的表征,生命的气息亦即女性生命的自然绽放即可创造"思想的表情"。

女作家从自我的生命体验出发进行文学创作,如果说这也是一种天才,那么,"艺术的天才,是将纯真无杂的生命之火红焰焰地燃烧着的自己,就照本来面目投给世间"。② 固然有生命不能承受之重,但她们自我的"生命的燃烧"投给世间的一刹那,③ 犹如"澄明的生命之灯"照亮了世界。④ 她们不仅书写女性的生命历程,更是把目光投向内在的心灵世界,进行"生命的探索"。⑤ 女性文学研究专家之所以执着于以"生命"为关键词观照女作家的创作,是因为生命的书写是女性写作的重要表征。萧红的《生死场》书写"北方人民的对于生的坚强、对于死的挣扎",力透纸背,小说更突出的是在民族压迫与男权压制下女性的生存境遇与生命色调。当然,我们更不能忘记《呼兰河传》中的小团圆媳妇、王大姑娘,还有那个"躲"在叙述者背后、远在香港、只能望乡不能归乡的萧红。萧红把自己的生命体验对象化到人物主体中,生命在主体间绽放。

虽然在"十七年"特殊的时代氛围中,有主流意识形态等对女性作家生命写作的遮蔽,但是文本中还是会透出一丝女性生命的光亮,如《青春之歌》《红豆》等作品。新时期相对宽松的文化语境使女作家的生命意识更加凸显,舒婷以木棉的身份"致橡树",是

---

① 铁凝:《"关系"一词在小说中》,《当代作家评论》2003年第6期。
② 石评梅:《再读兰生弟的日记》,载杨扬主编《石评梅作品集·散文》,书目文献出版社,1983,第223页。
③ 刘思谦:《"娜拉"言说——中国现代女作家心路纪程》,上海文艺出版社,1993,第66页。
④ 刘思谦:《"娜拉"言说——中国现代女作家心路纪程》,上海文艺出版社,1993,第229页。
⑤ 乔以钢:《多彩的旋律——中国女性文学主题研究》,南开大学出版社,2003,第84页。

对两个生命性别平等的呼唤。她的思想、"思想的表情"在木棉的生命中呈现。在女性生命的自然书写中,新时期的女作家和之前的女作家有所不同,新时期的她们从自我的内心出发,生命气息创造"思想的表情",更注重的是自我的生命气息。所以,她们不想"代言",她们只想"独白"或"自白"。她们对自我生命的认知,是"我是软得像水的白色羽毛体"。①

即便是在书写底层的文本中,她们依然注重自我的生命气息。同样是对底层的关注,在五四作家那里有着代言的启蒙性,而对于个人化写作的作家来说,则是一种自白。林白说:"对底层的关注是必须的,但我希望不是站在外面的一种张望,而是置身其中,也就是说,是从自己的生命出发,散发出自己的生命气息。是自白,而不是代言。"②她们认为自己没有代言能力,也没有代言的权利,她们有的是从生命出发对底层的关注与观照。所以,无论是私语化的写作还是底层写作,都是女性生命的自然绽放。

三 女性叙事与底层叙事的身份同构

首先,女性文学的历史并不缺少底层叙事,特别是新文学史上的三四十年代,女作家笔下的底层故事、底层妇女形象成为左翼文学的重要实绩,构成了一种文学传统,因此,在女性文学领域底层叙事久已有之,并非当下的新创构。其次,女性群体与"底层"同为弱势群体,创作主体与对象主体具有立场和身份的同一性,"同是天涯沦落人"的平等心态形成了女性叙事与底层叙事的互文性特征。最后,女性天然的母性使其犹如圣母博爱众生,她们以母性的光芒烛照底层的时候,叙述主体与对象主体之间自然形成了一种互

---

① 翟永明:《女人独白》,《中国摄影家》2013年第12期。
② 林白:《生命热情何在》,《当代作家评论》2005年第4期。

为依存的"母子关系",同构性自此生成。

"底层叙事""底层写作""底层文学""乡下人进城""打工族文学"等,这一系列概念实际上从20世纪末就陆续出现在一些文学评论中,近年来几乎构成一种创作热点。某些作家甚至自觉地将"底层写作"确立为自己的创作目标,构成创作领域一道亮丽的风景。批评家、各种媒体也热衷于对这些创作现象进行批评和对相关概念进行理论阐释,从而形成一种批评热点。人们在关注或热衷于这一现象的讨论时,有论者认为女性文学的"贵族化"使之远离底层叙事,[①] 也有论者认为,女性文学虽然存在底层叙事的现象,但是往往出现"错位",只有"本土女性主义"叙事,才算真正实现了女性的底层叙事。[②] 底层叙事与女性叙事在主体身份上有什么关联,在建构所谓底层叙事的文学形态中,女作家的时代性和审美特征怎样,都是值得深入探讨的问题。正是基于此,我们从文化审美心理角度来探究女性叙事与底层叙事在主体身份上的同构性。

(一) 底层叙事的现代女性文学传统

讨论女性叙事与底层叙事关联性的前提是承认底层叙事或底层文学的客观存在性,而且我们认为底层叙事从某种意义上说古已有之,《诗经》、古乐府中都可见底层叙事。底层叙事,尤其应该被视为新文学的重要传统,而非新世纪的新现象。所谓底层叙事,可以划分为启蒙化的底层叙事、视点下移的底层叙事、底层人的底层叙事三种。三种不同形态,是从创作主体出发,依据作家的创作立场和写作姿态加以界定的,在这里我们暂时将性别维度搁置起来,因为无论是男作家还是女作家都存在这三种形态的底层叙事。

启蒙化的底层叙事是指,作家站在启蒙者的立场上叙述底层的

---

① 孙绍先:《"贵族化"的中国"女性主义"》,《天涯》2005年第1期。
② 董丽敏:《个人言说、底层经验与女性叙事》,《社会科学》2006年第5期。

故事，塑造底层人的形象，目的在于从文化精神上改变"细民"的蒙昧状态，改善其景况，实施文学"新"民的战略。这种形态的底层叙事从梁启超到鲁迅都曾主张过、实践过，鲁迅的"改造国民性"正是底层叙事的一面旗帜，"哀其不幸，怒其不争"是启蒙者的普遍心态。启蒙化的底层叙事承担着近现代的"文学政治"使命，其实启蒙在任何时候都是需要的，因为国民的"根性"问题不会轻易在一次文化的或文学的革命中就彻底解决。新文学史上就曾经历了五四启蒙运动和"新启蒙运动"等多次启蒙运动，"文革"后的新时期，在第三次思想解放浪潮中再度出现"新启蒙"思潮，就证明了这个道理。既然社会文化需要启蒙，文学启蒙的主题是长久的，那么，启蒙化的底层叙事就不会终结。

视点下移的底层叙事是指，创作主体至少曾经是高居于底层之上，与底层之间存在某种距离，所以才意识到要叙述底层就必须"视点下移"，而这里的"视点下移"应当被视为创作主体自觉采取的写作姿态，底层叙事作为结构文本的一种叙事策略并非宏大的"战略"。此种现象在"知识分子写作"中普遍存在，近年来尤为盛行，以至于评论界有人质疑：这种底层叙事是不是真正意义上的底层叙事？答案则是：此乃伪底层叙事也。因为在这种文学创作现象中，作家常常把底层的痛苦、灾难和问题推向极致，不但不回避灾难和死亡，甚至有意渲染、夸张血腥和暴力，底层的痛苦、灾难和问题往往在"黑色幽默"和"无厘头"中被轻易化解。即便为了主人公的"践诺"需要而设置出把工友的尸体装到废弃的轮胎里、做成稻草人，甚至边走边唱"我多快乐"等情节，也算不上正常的底层叙事。其实，细心的"草根族"应该意识到文学中的自己有被"涮"的感觉。用所谓"大众文化语境""后现代主义话语"等新概念、新语词似乎也遮蔽不了这种居高临下的"涮人"之嫌。

底层人的底层叙事似乎属于纯粹意义上的底层叙事。说它纯粹，是因为这种形态的叙事无论是叙述主体还是对象主体都具有"底层"的文化身份，等于"我手写我心"的自叙传，创作主体的经验性和文学的自我写实构成了双重主体的同构性，类似所谓打工者自己写自己的"打工族文学"。但是，文学与生活的关系告诉我们，叙述不等于生活本身，既然是叙述，就必然有了主体的想象和虚构，虚构具有权威性，因为它已经超越了生活实况，也必然超越生活原生态。从这个意义上而言，你只要站在叙事者的立场上进行文学叙事，那么，真正的底层生活和底层形象就被审美化了。所以，我们不能说上述三种底层叙事孰优孰劣，只能做文学底层叙事的分层分析，从中考察文学家的创作心态，文学所表征的文化层次，以及文学的时代语境特征等内涵。

新文学史和女性文学史昭示着一个现象，女作家及其作品都曾经有过上述三种形态的底层叙事，底层叙事实际上早已形成女性文学的传统。冰心的《超人》和《分》，丁玲的《水》和《阿毛姑娘》，萧红的《生死场》和《牛车上》，谢冰莹的《女兵自传》和《一个乡下女人》，草明的《原动力》和《女人的故事》，罗淑的《生人妻》，冯铿的《贩卖婴孩的妇人》，丁玲的《太阳照在桑干河上》，草明的《乘风破浪》，韦君宜的《女人》，张洁的《沉重的翅膀》和《方舟》，王安忆的《长恨歌》和《遍地枭雄》，迟子建的《伪满洲国》和《世界上所有的夜晚》，方方的《风景》，池莉的《烦恼人生》，徐坤的《草根族》，马秋芬的《蚂蚁上树》，孙惠芬的《民工》和《吉宽的马车》等，虽然这些都在不同层面属于底层叙事，但其主题指向、作家写作时的处境、作品所反映的时代背景各有各的不同，情况比较复杂。

比如，像《生死场》这样的作品在新文学批评史上被公认为具有"启蒙文学"的价值和特征，诚如鲁迅所评价的那样，作家把"北方人民的对于生的坚强，对于死的挣扎"写得"力透纸背"。

同时，我们也特别注意到《生死场》也是北方苦难民众的生死场，更是那些生活在列强、地主和男权多重压迫之下底层妇女的生死场。再比如，同是东北女作家、被誉为"小萧红"的迟子建，她一方面大胆开拓了"伪满洲国"这一重大的历史题材，从国家、民族、民俗文化的多重视角描绘了"伪满洲国"的历史文化地图，另一方面她以痛失丈夫的孤独心态真实地刻画了矿区寡妇在矿难之后人为制造的生存困境中那种比矿难还要深重的心灵之痛。还有，方方、池莉把知识分子的居高临下和知识女性的优雅姿态降到"零度"，努力呈现原汁原味的"汉正街""猫子"们的生存样态，"新写实小说"无疑属于底层叙事。更有像谢冰莹似的女作家，逃婚离家，在穷困潦倒、无以为生的窘况中，比底层还不如，只能靠喝自来水活命，写自己、写底层女人的故事，其创作心态确实是底层的。事实告诉我们，女性的底层叙事文本往往很难划分出启蒙化的底层叙事、视点下移的底层叙事、底层人的底层叙事，底层叙事仿佛与生俱来地存在于女性叙事的框架中，构成女性文学的重要传统。当然，既然作为女性知识分子，难免有知识分子普遍存在的耽于幻想、不切实际、感伤苦闷、迷惘彷徨的情况，莎菲无论如何也不会发出贩卖婴孩的女人的痛苦之声，她的痛苦局限在一个患了肺病的小知识女性的"性苦闷"层面。

（二）天涯沦落人的共在性

女性叙事包括两方面的含义：作为女性的叙事和关于女性的叙事。女作家对底层的叙事从某种意义上说是女作家关于女性的叙事，这一方面源于许多女性处于生活的底层，另一方面在于女性处于两性世界的底层。虽然女作家关于底层的叙事有的并不完全是关于女性的，但是同为弱势群体的身份使底层叙事与女性叙事成为叙事的双重结构。

什么是底层？陆学艺主编的《当代中国社会阶层研究报告》是这样定义的：对组织资源（政治权利）、经济资源和文化资源的占有程度极低的阶层。清华大学教授孙立平在《断裂：20世纪90年代以来的中国社会》一书中认为，中国社会进入20世纪90年代后，社会结构逐渐转变为与80年代截然不同，而这一现象的本质就是"断裂"。也就是说，"断裂"现象出现在城市和农村、就业者和失业者、中产阶层和底层弱势群体之间。孙立平指出："80年代中国的弱势群体仅仅是老弱病残者，然而自从进入90年代开始扩大到农民、离农工人、失业者等。这一数字高达8亿～9亿人。"从社会学的角度考察，当代中国底层人口比例高达64.8%。从性别的角度来说，相对于男性，女性虽然浮出历史地表，试图和男性站在同一地平线上，但是男权文化在当今的文化语境中仍然处于优势和霸权地位，女性仍然处于第二性。所以，同高高在上占中心地位的男性相比，女性处于边缘、处于底层。从这个意义上说，女作家书写底层，并不是为底层代言，而是书写自己，她把自己处于文化底层的真切感受对象化到文本中的底层叙事中。换句话说，通过文本中的底层叙事我们可以触摸到女作家作为边缘人和底层人的心灵实态。底层人的精神同构性使女作家在书写底层时具有特有的优势，倾听别人的声音实际上是倾听来自自己的心灵之声。

从创作主体与对象主体之间的关系来看，关于底层的叙述有三种情况：人在心在式，如贾平凹的《秦腔》；人不在心在式，如王安忆的《富萍》；人不在心也不在式，如余华的《活着》。①从创作实际来看，女作家对底层的书写风格多种多样。一是写实性的。20世纪80年代和90年代崇尚新写实小说的女作家虽然标榜"零度叙事"，但阅读文本之后仍可以看出创作主体对书写对象的态度，如

---

① 杨剑龙、薛毅、钱文亮等：《底层生存与纯文学：面对时代的问题》，《江汉大学学报》2006年第2期。

马秋芬对下岗女工、架子工的同情(《蚂蚁上树》),方方在《风景》中对人性恶的揭露等。二是诗化的,如孙惠芬的《歇马山庄的两个女人》等,歇马山庄的两个女人在心灵的孤寂中建立的友谊在"不经意"中破碎,作者孙惠芬对破碎的始作俑者潘桃的态度是非常模糊的,作者强调的重点不是潘桃说出李平的秘密导致二人失和这件事本身,而是强调留给读者那种友谊破碎后的怅惘的感觉。三是闲聊式的,如王安忆的《发廊情话》、林白的《妇女闲聊录》等。四是寓言化的,如钟晶晶的《哭泣的箱子》等。

钟晶晶的《哭泣的箱子》通过一个发廊妹拖着一个装着她杀死的打工仔尸体的箱子到处"流浪"的故事揭示女性梦想的幻灭和无法安顿的心灵。她在《创作谈:被埋葬在箱子里的梦想》一文中说:"这篇小说很容易被人看作是典型的'底层'小说,确实,它写的是位于我们这个社会下层的打工仔和发廊妹的故事,但我更愿意把它看成是一篇关于人对梦想的追求以及这梦想破灭的寓言。那只沉重的箱子里装的与其是一具让我们爱恨交加和恐怖的尸体,不如说是被我们亲手杀死的、永远无法安顿也无法丢弃的梦想。"① 作者多次强调箱子、梦境,梦中的故事总是和母亲、姐姐有关,女孩梦见红鲤鱼和黑鲤鱼,梦见哭泣的男人。同时作者多次强调箱子在哭,箱子里的人在哭。当初背着箱子背井离乡是为了实现自己的梦想,然而,现实生活彻底粉碎了这个梦想。带着梦想来到城市的姐姐和强人都劝女孩回家,苦难的经历告诉他们:城市并没有他们所要的一切,他们的命一文不值。作者通过强人叙述道:"死还不容易?从脚手架掉下来,可以被摔死。找老板要工钱,会被保镖们打死。生了病没钱看病,可以病死。领不到工钱卖粮,自然会饿死。走到马路上不小心,会被汽车撞死。实在死不了啊,像我,哪一天

---

① 钟晶晶:《创作谈:被埋葬在箱子里的梦想》,《北京文学》2006年第8期。

去泡发廊女，还可以被几个恶人杀死……还要我告诉你，一个民工该怎么死吗？"从强人痛恨的哭诉中我们可以看到底层人尤其是民工在城里的生活窘境。他们的根不在城里，而是在自己的家乡；家乡再苦再穷，也是自己的家乡；村寨的人再势利，也是自己的乡亲。姐姐当年给家里写信寄钱只是为了赎罪，为了求得家人的原谅，把所有积蓄都用上了，就是为了换得家乡的一声召唤。女孩拖着沉重的箱子以性为交易，找男人帮忙。出卖自己，是她生存的基本途径。她已经学会了引诱他人的微笑。最后，她撕碎了火车票和钱，彻底地绝望。她拖着装尸体的箱子，一个哭泣的箱子，是尸体在哭，是女孩在哭。箱子里的男人和箱子外的女人，追寻梦想的男人被杀，梦想无法实现；而一直追求梦想的女人杀死男人，等于亲手杀死了梦想。作品采用现在进行式和过去进行式的双重叙述结构，过去进行时叙述的是对梦想追求的起因，现在进行时叙述的是梦想破灭的过程、精神流浪的过程。在《哭泣的箱子》中，作者把底层叙事和女性叙事有机融为一体，底层叙事成为女性叙事的载体，或者说底层叙事是女性叙事的寓言化呈现。作者富有意味地塑造女孩的姐姐，一个为了追求梦想而离乡、无形中成为女孩模仿对象的女性，然而她现在走向"无路可走"的"哀莫大于心死"的地步。

女作家的底层书写具有双重的意义，表层是对底层人生活的关心，深层则是对女性的生命书写。不是拯救与唤醒，而是书写自我的心灵感受。她们用底层叙事实现对底层人尤其是对女性生命理想以及价值意义的追问。蔡翔的《底层》引起了很大的反响，其中所指的底层不仅是物质上，更是精神上的。对底层的书写是对底层生存状态、心理状态和精神状态的关注。曹征路在《我们的时代困惑》中说："当我们寻求用底层来叙事的时候，实际上是在寻求一种表达，希望用这种表达的方式来突破我们的困惑。所以底层的问题,就是中国的问题。底层的困境,就是知识分子的困境。因此,所谓底层叙事,实际上就是我们大家的叙事。如果仅仅把底层写作当作一种苦难题材,一种关怀姿态,我认为是没有什么意义的。它是我们大家为了寻求文学精神,寻求真善美统一的那样一种叙事。所以它不存在谁为谁代言的问题。"① 对于女作家来说,更是如此。她们希望通过底层叙事来表达自己作为女性的精神困惑,写底层是她们对自身生命、生存的一种思考与表达。无论是王安忆的《发廊情话》、钟晶晶的《哭泣的箱子》,还是马秋芬的《蚂蚁上树》等,女性无一例外地成为底层的写作对象。由此,女性叙事和底层叙事构成互文性的存在。

(三) 母性之光烛照的底层世界

如果说,女性叙事与底层叙事的第一种身份同构是"同是天涯沦落人",书写底层等于书写女性自己,那么,另一种身份同构则在于女作家的母性情怀对底层的天然关注。鲁迅说:"女人的天性中有母性,有女儿性。"② 女性天然的母性使其犹如圣母博爱众生,她们以母性的光芒烛照底层的时候,叙述主体与对象主体之间自然形成了一种互为依存的"母子关系",同构性自此生成。

弗洛伊德说,女人的天性只有通过做母亲才能被唤醒。对于女作家来说,母性情怀表现在三个方面,一是女作家擅长书写母性。女人天生就散发着母性的光芒,英国女作家伍尔夫在《到灯塔去》中塑造了散发母性光辉的拉姆齐夫人,她"把这个瞬间铸成了某种永恒的东西……这就具有某种人生启示的性质,在一片混乱之中,存在着一定的形态;这永恒的时光流逝……被铸成了固定的东西。

---

① 曹征路:《上海大学讲演我们的时代困惑》,当代文化研究网,2006 年 7 月 6 日。
② 《鲁迅全集》(第三卷),《而已集》,人民文学出版社,1981,第 531 页。

生命在这儿静止不动了"。① 在女作家的笔下，母亲成了世界上最完美无缺的"女神"的化身，母爱成了最伟大的"善"的象征。女作家执着于对母爱的书写。二是女作家对于自己的创作成果犹如母亲对于婴儿一般，每一个新的生命的诞生都伴随着痛苦与快乐。三是对于自己书写的对象，尤其是对于处于底层的那些无处倾诉的"人"，女作家怀着母性的情怀走到他们的心灵深处，抚平了苦闷孤独中受伤心灵的创口。

萨义德在《东方学》中讲道："'自我身份'的建构……最终都是一种建构，牵涉到与自己相反的他者身份的建构，而且总是牵涉对与'我们'不同的特质的不断阐释和再阐释。"② 女作家对自我女性身份的建构通过母性庇护底层而形成的母子关系实现。母性大爱无疆，女作家以一种特有的母性情怀书写底层，女作家和底层形成"母子关系"。在对"子"的着重表现中透露出女作家的母性，所以，底层叙事和女性叙事具有同构性。

底层是离乡的悲歌、卑微的求渴、失落的泪水、边缘的无奈和无尽的哀伤。"我们的时代不顾一切地飞速前行。可是，在这一诗性外表下所掩藏的某些个体的命运，却也不可避免地经历和承受着时代变革中的屈辱的眼泪、失去土地的茫然、背井离乡的苦痛、生存根基被动摇之后的心灵失衡。"③ "无数的个体汇成了潮水和泥石流，然而他们参与制造的经济学数字和 GDP 的神话却淹没和覆盖了这些卑贱的生命本身，遮蔽了他们灰尘下的悲欢离合和所思所想。"④ 作为底层人的书写，"作品的感人和有价值之处就在于，它

---

① 〔英〕弗吉尼亚·伍尔夫：《到灯塔去》，瞿世镜译，上海译文出版社，2000，第 172 页。
② 〔美〕爱德华·W. 萨义德：《东方学》，王宇根译，生活·读书·新知三联书店，1995，第 425 页。
③ 张清华：《"底层生存写作"与我们时代的诗歌（写作）伦理》，《文艺争鸣》2005 年第 3 期。
④ 张清华：《"底层生存写作"与我们时代的诗歌（写作）伦理》，《文艺争鸣》2005 年第 3 期。

们是写作者通过自己的发现和书写来实现对劳动与劳动者价值的一种伦理的捍卫，并由此完成对自己心灵的净化和提升"。① 女作家与此相同，她们通过书写底层来书写自己。但是，女作家与此又有不同，女作家书写自己的心灵感受，同时以博大母性触摸和抚慰底层和自我的痛楚心灵，孙惠芬之于吉宽（《吉宽的马车》）、马秋芬之于廖珍和架子工（《蚂蚁上树》）等莫不如此。

马秋芬的《蚂蚁上树》获得"小说选刊奖"，评委会的小说颁奖词写道："《蚂蚁上树》以极大的同情心与道德热忱，形象描绘了底层民众特有的生活形态，马秋芬的作品为底层写作探索了成功的向度。"② 小说写的是建筑工人的底层生活，一是来自城里的下岗职工廖珍，二是来自农村的架子工吴顺手。作者一方面书写他们生活的艰难尤其是生活环境的艰苦，另一方面着重书写他们心灵的孤寂与苦闷。作品这样写廖珍对家的温暖的渴望："没有女儿在家，廖珍每回一推家门，扑面而来的就是冷寂。她每迈一步，这冷寂就放大一倍。即使夏天的气温闷热，那无处不在的冷寂，也沁入她的骨髓，令她的心立时缩成一坨。"对于来自农村的民工来说，离乡的孤独、性的苦闷变成有重量的实体在夜晚袭来。作为工地上仅有的两个女人中的一个，廖珍像姐姐甚至像母亲一样关怀这些离家的男人。作品中写道："一个暖房和一个细心女人合起来，一份属于大众的温情就在这工号里不期而至了。"大众的温情、母性的温暖成为工地上的热源，有的民工找廖珍补衣服，就像苏雪林所说，"慈母的一片真挚的爱心，细细写刻在每件衣裳的褶缝里，熨痕中"，而"小一点的靠在她的身上睡着了"。在这里，母性是仁慈与善良、无私与爱。如果说，工地上的男人是离家的孩子，廖珍则

---

① 张清华：《"底层生存写作"与我们时代的诗歌（写作）伦理》，《文艺争鸣》2005年第3期。
② 《马秋芬》，盛京文学网，http://www.sywriter.com/Read.aspx?id=2575。

是能给予他们温暖的母亲。孤寂中的"母亲"在对"孩子"爱的播散中摆脱了孤独和寂寞,那么,女作家深切体会到底层人的生活真实,同时以母爱烛照底层,其在对底层的书写中实现了自我母性的身份建构,所以女性叙事和底层叙事以母子关系的同构性方式呈现。

女作家作为故事的叙述主体,面对底层的对象主体,以母性中的爱、温柔照亮了底层世界。然而,她们不是拯救,而是抚摸与同情,在生活的凉意中给底层一种母性的温暖。

和男作家相比,女性写作带有经验性特征,这就使女性与底层形成一种平视的关系,避免了主动与被动、主体与边缘的对立性书写。所以,女作家的底层书写更多的是平视的,是入乎其内的"同是天涯沦落人"的底层叙事,是母性烛照下的女性叙事。女性叙事和底层叙事主体身份的同构性,无疑使女作家对底层叙事具有天然的优势,同时,也可能因缺少审美距离而导致审美超越性的缺失。

四 身体叙事的精神狂欢

也许是被禁锢得太久,女作家在启蒙现代性的影响之下,个性意识不断加强,对自我认知的意识逐渐凸显,她们突然发现自己身体的特殊意义。她们通过身体叙事,实现精神的狂欢。"妇女通过身体将自己的想法物质化了;她用自己的肉体表达自己的思想。"① 如果说,用生命的气息创造思想的表情这样的表达还相对含蓄,那么在身体叙事中,女作家以身体表达自己的思想显得更加显露和直接。她们书写身体,发现生命的秘密,发现创造的快乐与审美的愉悦。身体叙事,是启蒙现代性与审美现代性的合二为一。

---

① 〔法〕埃莱娜·西苏:《美杜莎的微笑》,黄晓虹译,载张京媛主编《当代女性主义文学批评》,北京大学出版社,1992,第195页。

身体叙事，是启蒙现代性的产物。在启蒙现代性的影响之下，身体从以前作为一种自在的存在转而成为一种自为的存在。启蒙点醒身体的各个器官。中国现代女作家开始关注身体的时候，或者说，她们意识到身体存在的时候，是她们个性意识与生命意识双重觉醒的时刻。当被遮蔽、被束缚、被禁锢的身体第一次全面地释放出来后，她们回到了自身，不是写"身边"，而是写身体。回到身体，找到自己作为一个人的完整性。身体，由此成为审美观照的对象。

中国现代女作家以身体表达思想，由此身体叙事获得形而上的意义。丁玲在《莎菲女士的日记》《梦珂》中以"女性的名义使女性成为文本中的观察主体、思维主体、话语主体，改变了长期以来女性被讲述、被阐释的命运"。①萧红《生死场》的身体叙事是联结国家、民族的宏大叙事。女作家的身体叙事在现代文学中并没有于顺境中行走，有时遭遇搁浅。20世纪50～70年代，身体被束缚在政治空间之内，而较少回归到人自身。这个时期的女性写作只在一定程度上和一定范围内涉及身体叙事，性别意识是潜行或隐形状态。"理性的制裁越严酷，肉体的反弹越凶猛"，新时期女作家"做的第一件事便是抽掉脚下的基石，让身体处于悬浮的准自由状态！然后才是有些神秘的冲刺"。②她们在理性制裁与肉体反弹的张力中发现新的空间，探索人的精神世界的复杂性，解剖人的灵魂状态的渊深性，以求自由地创作。身体被禁锢的欲望，是本源性的存在，在她们看来，应该被解放，回到历史真实的自在位置——"故地"。"也许我的写作，就是重返故地，在向黑暗深渊的挺进中解放

---

① 刘思谦：《"娜拉"言说——中国现代女作家心路纪程》，上海文艺出版社，1993，第145页。
② 残雪：《自述》，《小说评论》2004年第4期。

被制约的欲望，让其转化为纯精神的结晶状态。"① 身体的悬浮指向精神的思考，为精神的结晶而存在。束缚的身体被解放，禁锢的欲望被打开，女作家获得另一个层次上写作的自由。这自由包括写什么的自由，也包括怎么写的自由。

20世纪90年代，"直到林白和陈染她们的横空出世"，以及卫慧、棉棉的代际相承，身体叙事更有别样的生命景观。她们不仅把生命体验融入文本创作，而且女性特有的成长经历与生命体验成为文本表现的对象，她们以惊世骇俗之笔书写她们作为女性的个人化的经验。林白和陈染"她们俩的出来是对女性写作的一个很大的补充，至少说她们写出了男作家写不出来的东西。这是一种非常非常个人的、深刻的体验"。② 女作家的女性身体叙事源于性别化的生命体验，是男作家这个"他者"依靠道听途说、想象与虚构无法言说，或者言说也无法抵达的生命真实。

女作家的身体叙事属于女性特有的生命体验，属于她们的身体叙事。在身体叙事中，她们开始了更加自觉的写作。"什么时候我把身体当成一种书写来看待，什么时候我就开始了自觉的写作。一个人能够通过自身的书写获得享乐获得存在的状态获得生命的无穷意义。自身的书写渗透了自身的享乐和解放。而写作和想象所触发的性灵对写作又是一种神秘的验证。"③ 自身的书写是自身的"享乐"和"解放"，也是女性写作的"享乐和解放"。它不仅属于生命的个体，更属于女性的群体。然而，女性的身体叙事，不是男性目光的猎物，"享乐"和"解放"，是属于释放生命的精神狂欢。

---

① 残雪：《自述》，《小说评论》2004年第4期。
② 方方：《我写小说，从内心出发》，《当代作家评论》2003年第4期。
③ 唐亚平：《我因为爱你而成为女人》，载谢冕编选《黑色沙漠》，春风文艺出版社，1997，第223页。

第三节　男性视域的误读与女作家的艺术创造

女性通过写作把自己嵌入文本、嵌入历史，不过男性视域以以往文学规范的"是"说"不是"，以"大"说"小"，以"全部"说"部分"。男性视域的"理所当然"与女作家文本的隔离造成对文本的"误读"。男性视域的误读源于对文学不同的看法，但也正说明女作家创作对既成观念的挑战，她们有属于自己的文学观念，有自我的文学创作、内涵指向与审美哲思。

一　"越轨的笔致"与女性写作的别致

有些女作家的小说创作结构松散，节奏缓慢，缺少传统小说学的谨严"内核"，因而多被指责为"不是小说"。这是传统小说学以既定的"是"来评定女作家小说的"不是"。但是女作家以"不是"为"是"，显现其独特的创作追求。鲁迅在《生死场》的序言中谈到萧红"越轨的笔致"，是指萧红的小说不符合惯常的文学规范和审美规范。

萧红认为，作家写作的出发点是"对着人类的愚昧"。和她的这一创作理念相对应的，创作主体对于愚昧应该是无情地嘲讽，在艺术方法的运用上更多的应该是讽刺性，这在她的文本中都有所存在。但是萧红对温暖和爱的憧憬，使她的创作又多了些温情。萧红一直是为着一种理想而生存，所以为了这理想，她不断地向命运抗争，把创作视为宗教。当然，对创作的宗教情感，不仅是对创作的执着，更在于对创作的不断超越与突破，既是对自我创作的突破，也是对其他作家的超越，找到属于自己的艺术表达方式，她的"越轨"，是要建构属于自己的现代诗学理想。萧红找到了，就是被批评家称为萧红体的跨文体写作。

跨文体写作是直到20世纪60年代在西方后现代语境中才出现的批评范畴，虽然跨文体写作作为一种现象一直存在。在中国，20世纪90年代末跨文体写作在文坛形成一股创作热流，这和期刊编辑的大力提倡有关，凸凹文本、无文体写作等都是如此。但是在中国现代文学史上，所谓跨文体写作并不是编辑倡导出来的，而是作家自我的追求，鲁迅、郁达夫、沈从文、萧红等莫不如此。这和作家的创作观念、精神气质以及所处的文化语境有关。研究萧红的跨文体写作，对于我们思考今天的文学创作有较强的现实意义。福柯说："写作就像一场游戏一样，不断超越自己的规则又违反它的界限并展示自身。"[①] 萧红的文学创作"越轨"，呈现出文体越界的现象，是一种跨体或曰破体写作，其融合诗歌、散文、戏剧、小说等多种文体，同时融合绘画、民俗等非文学因素。萧红跨文体写作模糊了文体之间的界限，是各种文体间的互动，其强化场景、风俗和氛围，使文本获得独特的审美意味。

（一）越轨的自我宣言与他者视域

跨文体是当代批评的"新概念"，因而在现代文学中，并没有哪一个作家标榜自己是跨文体写作，虽然跨文体是现代作家创作的实态。萧红的生命体验表明她追求自由飘逸的风格，她较少受传统的束缚，面对既成的小说学，她不是简单地认同，而是勇敢地挑战。挑战的结果是，她的小说在他者的视域中呈现不同的状态，在20世纪30~40年代，有些人认为她的小说"不是小说"，后来，有些人却将其看成艺术上的独创，是萧红体、"注册商标式"。而现

---

① 〔法〕福柯：《什么是作者？》，载王岳川、尚水编《后现代主义文化与美学》，北京大学出版社，1992，第288页。

在我们可以把萧红的创作称为跨文体的写作方式,它是萧红追求的现代诗学。

萧红说:"有一种小说学,小说有一定的写法,一定要具备某几种东西,一定写得象巴尔扎克或契诃夫的作品那样。我不相信这一套,有各式各样的作者,各式各样的小说。"① 绝大多数研究萧红的文章都引用这段话,但是没有一篇解释其中的含义。我们可以把它理解为萧红小说创作的宣言。这段话表面看来似乎是萧红脱口而出,但实际上它是萧红关于小说的诗学观念和创作理念。我们可以从两个方面来分析。

一是关于"有一种小说学"的看法,这也分为以下两个层次。

第一层,"小说有一定的写法,一定要具备某几种东西"。萧红所说的"小说学"是指在20世纪30年代的中国文坛上一些批评家、理论家对小说的看法,他们认为,小说一定要有什么。例如,梁实秋认为,"好的小说必须要有一个故事做骨干,结构要完整,要有头有尾有中部",他的意见是"小说必须要有故事";② 穆木天借用一流小说研究家的说法,认为小说"须具有结构、人物、背景等等的要素",而"无结构、人物、背景诸条件"是反小说的,是随笔或散文;③ 还有人认为小说"结构无妨平淡,不必曲折离奇",但"结构却不可不缜密,绝对不可松懈"④,更要有一个"完善的结构""精密的结构"。⑤ 从中可以看出,当时的小说学看重小说的

---

① 聂绀弩:《萧红选集》序,《萧红选集》,人民文学出版社,1981,第2页。
② 梁实秋:《现代的小说》,载吴福辉编《二十世纪中国小说理论资料》(第三卷),北京大学出版社,1997,第258~259页。
③ 穆木天:《小说之随笔化》,载吴福辉编《二十世纪中国小说理论资料》(第三卷),北京大学出版社,1997,第239页。
④ 胡怀琛:《现代小说》,载吴福辉编《二十世纪中国小说理论资料》(第三卷),北京大学出版社,1997,第262页。
⑤ 徐国桢:《小说学杂论》,载吴福辉编《二十世纪中国小说理论资料》(第三卷),北京大学出版社,1997,第65页。

几个要素尤其是对结构的要求非常严格。而这种小说学是萧红不屑于遵从的,她的小说结构的"松散"便是明证。沈从文自称是文体家,在20世纪30年代,苏雪林批评沈从文创作上的缺点首先是"过于随笔化"。① 沈从文认为自己的小说疏忽于结构,他说:"我没有写过一篇一般人所谓的小说的小说,是因为我愿意在章法外接受失败,不想在章法内得到成功。"沈从文说得含蓄、迂回,柔中有刚;而萧红则是带着对传统小说学的挑战和叛逆的姿态宣布自己的创作诗学的,也就是说,她是自觉"越轨"。

第二层,这种小说学认为,小说"一定写得象巴尔扎克或契诃夫的作品那样"。我们要追问的是,"像巴尔扎克或契诃夫的作品那样"到底是怎样?从上下文的连贯性考察,他们的小说具备小说的几大要素,尤其是在结构上非常讲究。契诃夫小说的特点主要是在相对集中的场景、紧凑的故事情节中通过语言和动作塑造人物,钟情于小说的结构布局,结构性强,人是其关注的焦点。契诃夫的小说在20世纪30年代中国作家的心目中是"最完整的形式和内容"。② 所以萧红的宣言也是针对小说的完整性而言。那么除了结构性强之外,他们的作品还有什么不是萧红所认同或所遵循的呢?巴尔扎克和契诃夫代表的是欧洲批判现实主义的小说传统。契诃夫的文学宣言是,"按照生活的本来面目描写生活"。恩格斯说巴尔扎克"在《人间喜剧》里给我们提供了一部法国'社会'特别是巴黎'上流社会'的卓越的现实主义历史,他用编年史的方式几乎逐年地把上升的资产阶级在1816年至1848年这一时期对贵族社会日甚

---

① 苏雪林:《沈从文论》,载钱理群编《二十世纪中国小说理论资料》(第四卷),北京大学出版社,1997,第266页。
② 叶灵凤:《谈现代的短篇小说》,载钱理群编《二十世纪中国小说理论资料》(第四卷),北京大学出版社,1997,第407~408页。

一日的冲击描写出来……他汇集了法国社会的全部历史"。①巴尔扎克书写的是现在进行式的生活，当代性即历史性是其显著的特点。米兰·昆德拉认为，"自巴尔扎克开始，我们的存在的'世界'具有历史性特点，人物的生活处在一个充满了日期的时光空间内。之后的小说再也无法摆脱巴尔扎克的这一遗产"。②萧红《呼兰河传》等作品呈现的是一种过去式的状态，而这种过去式的生活可能一直延续到现代乃至未来，时间性不是它的显性特征，"像动物一样忙着生死"的常态性是它的焦点所在。萧红在《破落之街》中写道："这破落之街我们一年没有到过了，我们的生活技术比他们高。和他们不同，我们是从水泥中向外爬。可是他们永远留在那里，那里淹没着他们的一生，也淹没着他们的子子孙孙，但是这要淹没到什么时候呢？"巴尔扎克说自己是法国社会的书记官，他要做的是历史学家，"让每一篇小说都标志一个时代"。③巴尔扎克遵循批判现实主义的生活真实性原则，而萧红的作品除了《生死场》等小说可以模糊看到时代的场境，其他大部分小说都淡化时代背景。萧红没有巴尔扎克那么大的"野心"，企图做一个时代的记录者。萧红只想写自己所观、所感、所想，描述那些被历史记录遗忘的人们的生存状态，而这样的生存状态作为历史的片段映衬出历史的氛围，具有极高的人类学意义。

二是"我不相信这一套，有各式各样的作者，各式各样的小说"。这是掷地有声的反传统、反经典，真正的"越轨"言说。萧红的小说诗学是一种敞开的诗学，是真正的文体解放，标志着她思想的开放性。

---

① 〔德〕恩格斯：《致玛·哈克奈斯（1888年4月初）》，载《马克思恩格斯选集》（第4卷），人民出版社，1972，第462~463页。
② 〔捷克〕米兰·昆德拉：《小说的艺术》，董强译，上海译文出版社，2004，第45页。
③ 〔法〕巴尔扎克：《人间喜剧》前言，《巴尔扎克全集》（第1卷），罗芃等译，人民文学出版社，1998，第7页。

传统的小说学是对一种创作法则和审美趣味的限定。而"趣味的法则和规矩可以成为天才的桎梏；为了飞向崇高、激动、伟大的境界，他予以粉碎。有天才的人的趣味就是：对作为自然的特征的永恒之美的喜爱，使他的画幅符合于他创造的我不知道是什么样的范例，根据这种范例，他才形成对美的观念和情感。表现使他激动的需要不断受到文法和惯例的困扰"。① 对于萧红来说，她并没有受到传统小说学法则和规矩的束缚，她不相信"这一套"，她以现代意识突破小说的固化与概念化。她认为，小说因作家的不同而不同，每一个小说家都有自己创作的方式，她也正是以自己的方式在进行创作。针对她的方式，不同的人评价不同。鲁迅在《生死场》的序言中谈道："叙事和写景，胜于人物的描写，然而北方人民的对于生的坚强，对于死的挣扎，却往往已经力透纸背；女性作者的细致的观察和越轨的笔致，又增加了不少明丽和新鲜。"

越轨即是打破已有文学创作的观念与体例，文体也打上自我的烙印，"萧红体"诞生。

胡风在《生死场》的后记中指出《生死场》的短处与缺点："第一，对于题材的组织力不够，全篇显得是一些散漫的素描，感不到向着中心的发展，不能使读者得到应该能够得到的紧张的迫力。第二，在人物的描写里面，综合的想象的加工非常不够。个别地看来，她的人物都是活的，但每个人物的性格都不凸出，不大普遍，不能够明确地跳跃在读者的前面。"

在20世纪40年代，萧红的小说在他者的视域中"不是小说"。这可以从茅盾对萧红《呼兰河传》的评价中看出：

> 也许有人会觉得《呼兰河传》不是一部小说。

---

① 〔法〕狄德罗：《论天才》，载古典文艺理论译丛编辑委员会编《古典文艺理论译丛》（第6册），人民文学出版社，1963，第131页。

> 他们也许会这样说：没有贯穿全书的线索，故事和人物都是零零碎碎，都是片段的，不是整个的有机体。
>
> 也许又有人觉得《呼兰河传》好像自传，却又不完全像自传。
>
> 但是我觉得正因其不完全像自传，所以更好，更有意义。
>
> 而且，我们不也可以说，要点不在《呼兰河传》不像是一部严格意义的小说，而在于它这"不像"之外，还有别的东西——一些比"像"一部小说更为"诱人"些的东西：它是一篇叙事诗，一幅多彩的风土画，一串凄婉的歌谣。①

茅盾这段话的前半部分是指传统小说学对萧红作品的认识，这种观点带有普遍性；后半部分茅盾说《呼兰河传》是诗、是画、是歌谣。风土画是说它的民间性、世俗性与绘画性，歌谣具有民间性与音乐性。这是茅盾跳出小说文体，从跨文体和文学性的角度对萧红的肯定，也是当时能够真正体恤文本、具有远见卓识的批评。

20世纪30年代，传统的小说学掌握言说小说的话语权。虽然在当时，受美国小说家海明威等人创作的启示，也有中国作家认为："现代短篇小说，已经不需要一个完美的故事，一个有首有尾的结构。"② 但这只是个别的声音，并没有动摇传统小说学的地位。由此，我们可以看到萧红不信的"这一套"背后的强大力量。20世纪40年代，虽然有茅盾这样的批评家肯定萧红的创作，但这样的声音仍然太少。

而当代评论家对萧红的评价和传统小说学的法则明显不同，杨义称萧红是"诗之小说作家"，葛浩文说萧红的文体是"注册商标

---

① 茅盾：《论萧红的〈呼兰河传〉》，在《萧红全集·呼兰河传》（长篇小说一）中作为序，凤凰出版社，2010，第125页。
② 叶灵凤：《谈现代的短篇小说》，载钱理群编《二十世纪中国小说理论资料》（第四卷），北京大学出版社，1997，第407~408页。

个人'回忆式'文体"。德国汉学家顾彬认为，从西方的观点来看，20世纪40年代中国文坛对萧红《呼兰河传》不是小说的指责并不成立，它同"艾伯哈特·莱默特所讲的渲染环境氛围以及弗朗兹·斯坦泽尔意义上的全景描绘都有相通之处。大量的情节、人物和回忆在此被引入来对农民的生活世界做生动刻画"。[1] 学者赵园认为，萧红的小说具有"散文特征"。所有这些表明，萧红的小说不是传统意义上的小说，而是一种新型的跨文体小说，这是她"不信这一套"的小说诗学主张与创作实践的实绩，至此萧红的跨文体创作在当代他者的视域中获得自我的独立价值和审美意义。

（二）越轨的文本表征与审美意味

萧红的跨文体写作是多种文体与多种因素的融合，从它"不是什么"的角度来谈似乎比较容易，而探求"它是什么""它怎样"却比较困难。跨文体，是指融小说、散文、诗、戏剧于一体，熔文学因素与异质因素于一炉，是艺术的浑融之境。萧红的跨文体写作在场景的象征性铆接、风俗的审美性存在、氛围的艺术性营造中臻于化境，具有独特的审美意味。

首先，戏剧性：场景的象征性铆接。萧红的跨文体小说大多情节结构弱化、故事背景淡化，但她特别注重场景的自然转换与象征性铆接。在《呼兰河传》中，"除了那种经常是诗意盎然的回顾的本领外，许多场景的象征性铆接，最终都可以让我们说这是一部叙述得经常是扣人心弦的杰作"。[2] 场景的铆接如同电影蒙太奇画面的组接、戏剧表现空间的转换与连缀、拼图的无缝隙拼贴，它关注空间场域的立体延展，而不是时间的线性发展。虽然在萧红的小说中有线性时间的存在，但是在每一时间段共时性的空间敞开是她文本

---

[1] 〔德〕顾彬：《二十世纪中国文学史》，范劲译，华东师范大学出版社，2008，第225页。
[2] 〔德〕顾彬：《二十世纪中国文学史》，范劲译，华东师范大学出版社，2008，第225页。

的聚焦点。

萧红的每一部小说都有一个大的场景与空间，如生死场、呼兰河城、小城等，而这些大的场景与空间又被分割成几个小的空间，在每一个小的场景与空间又上演着不同的活剧。"它的故事片段是戏剧化的，而它的章节安排是场景性的。犹如民间地方戏开演时的搭台子，拉大幕；小说里的呼兰河是一座大舞台，各个不同地方是它的小场景。这种由场景进入故事，把人物置于场景的方式，使得《呼兰河传》的结构接近现代影视观众熟悉的一种戏剧类型：情境喜剧。"① 呼兰河城的大泥坑淹死牲畜与家禽，人们借此得以吃肉、热闹和消遣；染缸房里边"两个年轻的学徒为了争一个街上的妇人，其中的一个把另一个按进染缸里给淹死了"；后花园里，"我"和祖父嬉闹与游戏；老胡家，婆婆和小团圆媳妇打与被打；磨坊里，冯歪嘴子和王大姑娘以及孩子的生活。《生死场》也是如此，由麦场、菜圃、屠场、荒山、都市等17个场景组成，表现北方人民"对于生的坚强，对于死的挣扎"。从传统小说学结构性的角度看，其小说结构松散，未经过周密的设计，似乎不够严谨。没有情节的统一性，读者很难把它当成小说，但它存在着"某种更为深层的东西来保证小说的统一性：那就是主题的统一性"。② 这正是萧红跨文体小说的特别之处。"在小说提供给我们的东西中，我们越是看到那'未经'重新安排的生活，我们就越感到自己在接触真理。"③ 场景与在此空间中活动的群体是重点，小说具有群体的浮雕感。

在萧红的跨文体小说中，不是哪个或哪几个人物是小说的主角，他们似乎都是主角，又都不是主角。《生死场》的主角是人的

---

① 艾晓明：《戏剧性讽刺——论萧红小说文体的独特素质》，《中国现代文学研究丛刊》2002年第3期。
② 〔捷克〕米兰·昆德拉：《小说的艺术》，董强译，上海译文出版社，2004，第103页。
③ 〔美〕W·C·布斯：《小说修辞学》，华明等译，北京大学出版社，1981，第25页。

生死场,是生存,是生与死;《呼兰河传》的主角是呼兰河城。所有的场景与空间都指向小城,小城具有凝聚力与向心力,那些场景与空间都成为小城、小城人某一个侧面的象征,它们铆接在一起就构成小城的总体性象征,反过来说,铆接在一起的场景与空间成为小城整体形象的具象化呈现。

司马长风在《中国新文学史》中说:

>小说的要素是人物、情节和环境,一般的小说都以人物或情节为中心,《呼兰河传》则以环境——一座小城为主轴,在现代小说中实属罕见。鲁迅的《故乡》,虽具有这种倾向,但浅尝辄止。
>
>沈从文的《边城》,名为边城,实际上是写翠翠和老渡船。认真的把一座小城作为小说,实是萧红的首创。
>
>……
>
>以小城为主轴,没有什么曲折动人的情节,而东北的小城小镇,又那样荒凉简素;所写寥寥几个小人物,也都是灰色的小人物,就像脚踏的土、路旁的石、荒野的草,从来不会吸引人注意的;可是萧红那支点铁成金的笔,竟把他们写得那么鲜活可爱,显出了非凡的才能。书中的有二伯,比鲁迅笔下的阿Q更有血色更活气,小团圆媳妇可与沈从文笔下的萧萧争辉;冯歪嘴子可与老舍笔下的祥子媲美。她使小城里的人物获得了不朽的艺术生命。
>
>全书七章,没有贯通紧密的情节,以独语式的白描,各自成篇。但是连缀在一起,又像生命那样和谐。

其实每一章都是一篇散文诗。在现代作家中,沈从文的《边城》,老舍的《月牙儿》,徐訏的《彼岸》都表现了不同的风格。这四部作品,在现代文学中都是出类拔萃的杰作。

在现代文学经典的视域中观照萧红及其创作，更可看出她跨文体写作的经典性存在。

观照跨文体写作的视域宏阔，它关注个体，更重视群体性。也许人物性格不够鲜明，不似巴尔扎克和契诃夫那样塑造典型环境中的典型人物。鲁迅在《生死场》的序言中说，"叙事和写景，胜于人物的描写"，这也可以解释为"描写人物并不怎么好"。[①] 但是，它的宏观性与象征性的场景所带来的空间感和浮雕感优于传统的小说创作，而这也正是萧红的追求。

其次，民间文化景观：风俗的审美性存在。在萧红跨文体小说场景里活动的，不仅是人，还有风俗或曰民俗世相与民间文化景观，因而它的浮雕感是植根于风俗画中的浮雕，而不是单纯的人物的浮雕。这些风俗不是作为人物的陪衬，而是和人物具有同等重要的意义和价值，甚至我们会有这样一个印象，萧红的跨文体写作中人物形象模糊而民俗事象凸显。不能想象，如果抽掉这些风俗和民间故事，萧红的小说还会有什么？在萧红跨文体文本中，风俗成为主体审美观照的对象，是具有特定价值的审美性存在，和人物一起在文本中跃动。

风俗和人之间的关系是互动的，风俗是集体的历史的生成，风俗一旦生成，作为一种文化范式，就会反过来规约人们的思想和行为。正如巴尔扎克所说，风俗是民族的生活方式，"人的心的历史"，"社会关系的历史"。《呼兰河传》整个第二章都在叙述小城中的盛举，跳大神、唱秧歌、放河灯、搭台子唱戏、赶庙会等，小城人共同参与的这些盛举是风俗的外显形式，是特定的地域文化模式。其他章节也或多或少地谈到小城的风俗，磨坊里的打梆子，养猪的唱秦腔，看新媳妇，打新媳妇，吃白糖的年糕、红糖的年糕

[①] 萧军：《鲁迅给萧红萧军信简注释录》，黑龙江人民出版社，1981，第236页。

等，它们虽构不成盛举，但恰恰蕴含民族文化心理的隐形结构。"百病皆无"的12岁少女成为团圆媳妇之后，因为不害羞、坐得直、走得快，被婆婆吊在梁上狠打，皮鞭抽、冷水浇、热水烫。打新媳妇是当地的风俗，"哪家的团圆媳妇不受气，一天打八顿，骂三场"。婆婆是"为了她着想，不打得狠一点，她是不能够中用的"。《小城三月》中因民间有"好女不嫁二夫郎"的说法，翠姨作为"出了嫁的寡妇的女儿"而深感命运不济，她没有勇气选择自己的生活，抑郁而死。这些深层次的风俗和人的文化心理连在一起，成为集体无意识。杨义在《20世纪中国小说与文化》中认为，萧军《八月的乡村》"所提供的是东北人民在'九一八'后特殊的历史条件下为生存而斗争的心理情态，具有特定的时间内涵。萧红的《生死场》思考的问题远比萧军更辽阔深远，思考着处在原始半原始状态人的生与死的哲理及人类的机制，所提供的是东北特定环境中长期形成的民间文化景观，以及这种文化景观在日本侵略条件下产生的反应"。

萧红对风俗的描写和鲁迅在《药》中对以"人血馒头"为药、在《祝福》中对捐门槛等风俗的描写一样，是通过风俗审视中国的传统文化和国民性，与沈从文对风俗的描写不同。对于沈从文来说，风俗是一个民族集体创作的抒情诗。他通过风俗书写优美、健康、自然而又不悖乎人性的人生形式，发掘人性美与人情美，建构自我的"希腊小庙"。和鲁迅、沈从文相同的是，萧红也把风俗渗透到小说的叙事中，写人写风俗；不同的是，萧红把风俗作为独立的章节书写，写风俗写人。可以说，萧红对风俗的描写更加偏爱和执着，这是因为萧红在不能归乡而只能望乡的复杂心境中书写风俗：一方面，这些风俗是关于故乡的记忆，它能够勾起和故乡亲密接触的生命体验的亲切感和愉悦感；另一方面，她回望这些记忆中的、现在仍然存在的风俗，这让她又有一种疏离感和陌生感，她触摸到一种民族的疼痛,而后花园的世界只是她和祖父两个人的已然成为记忆的世界。风俗在文本中的凸显融合着熟悉与陌生、快感和痛感,它弥漫、渗透文本的每一个角落,成为萧红跨文体写作的审美性存在。

最后,诗性:氛围的艺术性营造。场景、风俗在萧红的跨文体文本中经过艺术性的加工营造一种诗性氛围。"氛围是一件事物的磁场,是一件事物在人类心理上的投影。"① 在传统小说中作为背景存在的气场与氛围在萧红跨文体写作中成为主调,因而萧红的小说被有的批评家看成"氛围小说"。② 小说离不开故事,但故事不是小说。传统小说重视故事高于一切,它用讲述的方式给读者一个清晰的有意思的情节,而跨文体写作则侧重用描述的方式给读者一个模糊的有意味的诗性气场。朱光潜说:"第一流小说家不尽是会讲故事的人,第一流小说中的故事大半只像枯树搭成的花架,用处只在撑持住一园锦绣灿烂生气蓬勃的葛藤花卉。这些故事之外的东西就是小说中的诗。"③ 萧红的跨文体写作在传统小说学那里不是小说,但是在茅盾那里是"诗",在理论家这里是"小说中的诗"。之所以被称为诗,关键在于艺术氛围的营造。这体现在以下三个方面。

第一,抒情语体的运用。萧红的跨文体写作总体上呈现抒情性特征,这主要源于抒情语体的运用。"萧红作品的语言结构……是在模仿情绪,它们是依据作者本人极为深潜极为内在的情绪来组织的,也因而往往又像是随意的省略,有其明显的有意的不规范性。你只有在这种语言结构的整理功能中,在这种语言组织与一种诗意

---

① 端木蕻良:《我的创作经验》,载钱理群编《二十世纪中国小说理论资料》(第四卷),北京大学出版社,1997,第281页。
② 刘锡庆选编《萧红氛围小说》,上海文艺出版社,1996,序第13页。
③ 《朱光潜美学文学论文选》,湖南人民出版社,1980,第26页。

情绪的对应关系中,在这种语言组织附在的情绪中体验那美。"①《呼兰河传》第四章共分五节,其中第一节开始不久便出现"刮风和下雨,这院子是很荒凉的了",而第二节至第五节直接以"我家是荒凉的""我家的院子是很荒凉的""我家的院子是很荒凉的""我家是荒凉的"开头,这种语体奠定了文本的抒情基调,营造一种荒凉的氛围,与萧红在香港寂寞写作的心境呼应。

第二,描述性语言的运用。讲述性语言是指用全知视角概括故事的历时性内容,而描述性语言是以客观的视角让故事自己叙述自己。②萧红有效运用这两种语言方式,尤其是大量运用描述性语言,使文本获得一种对话氛围。在跨文体文本中,萧红显然不是要把故事讲得"有意思","一旦小说放弃它的那些主题而满足于讲故事,它就变得平淡了",③而是要把小说写得"有意味"。第一人称的儿童叙事是双重的限知叙事,所以在很大程度上能够让故事叙述自身,没有全知的话语权威,但是给故事和读者以充分的自我空间。叙述者和故事之间、叙述者和读者之间、故事和读者之间都构成一种对话性,所以文本很容易把读者带到作者营造的艺术氛围中。

第三,虚实关系的处理。这涉及两个方面的问题,第一个问题是真实与虚构问题。传统小说学不把萧红的小说看成小说,一方面在于其结构的散漫,另一方面在于《呼兰河传》这样的小说像自传又不全是自传。自传的真实、非自传的虚构在萧红的文本中并存,在小说中如此,在散文中也是如此。《萧红全集》中《商市街》的所有文章被作为散文分类,但是其中《弃儿》等篇章被有些批评家

---

① 赵园:《论萧红小说兼及中国现代小说的散文特征》,《赵园自选集》,广西师范大学出版社,1999,第91页。
② 格非:《小说叙事研究》,清华大学出版社,2002,第93~96页。
③ 〔捷克〕米兰·昆德拉:《小说的艺术》,董强译,上海译文出版社,2004,第104页。

看作萧红的"早期小说"。① 也就是说,萧红的小说散文化,散文小说化,所以有些人认为是小说,有些人认为是散文,这是萧红跨文体写作的结果。"萧红追求的不是小说的功力和结构匀整,而是散文化的小说。她写了大量小说后,还有人把她当作优秀的散文家。"② 对于文本来说,它是小说还是散文并不重要,它是真实还是虚构也不重要,重要的是,它是不是如贝尔所说的"一种有意味的形式",能不能激起读者的审美情趣。第二个问题是实写与虚写的问题。一是萧红写风俗写得实,而有些人物写得虚,读者可以感觉到、想象出人物的大体轮廓,但看不出人物的清晰面貌,因为萧红不注重肖像描写,而是注重空间场域中人的生存状态。二是萧红写情感虚实相映,《小城三月》中表现翠姨的感情实实虚虚,而对哥哥的情感则多半处于虚写状态。三是第一人称的儿童视角作为限知叙事,有的事情必然处于虚写状态。因为萧红很好地处理了虚实之间的关系,所以她的作品存有艺术空白与召唤结构,具有模糊与朦胧之美。

和传统小说具备人物、情节、环境三要素不同,场景、风俗与氛围构成萧红跨文体小说文本的主要因素,这是她"不信这一套"而构建自己的"这一套"的现代诗学理想与具体化实践,显现戏剧的智慧、"诗的别才与散文的风韵",③ 当然还有绘画的天才。

(三) 越轨的文体诉求与心理结构

萧红挑战传统,挑战权威,生活如此,写作也是如此。表面看来,跨文体写作仅和她的精神气质、个性特征有关,其实并非如

---

① 刘锡庆选编《萧红氛围小说》,上海文艺出版社,1996,序第3页;林幸谦:《萧红早期小说中的女体书写与隐喻》,《南京师范大学文学院学报》2004年第4期。
② 杨义:《20世纪中国小说与文化》,上海三联书店,2007。转引自晓川、彭放主编《萧红研究七十年》(上卷),北方文艺出版社,2011,第16页。
③ 杨义:《中国现代小说史》(第二卷),人民文学出版社,1998,第562页。

此，我们还可以从文体、接受主体以及萧红的文化心理结构等方面分析她跨文体写作的历史成因。

首先，从文体自身的角度分析，跨文体写作在于文体的诉求和小说的融合能力。这可以分为以下两个层次。

第一，在现代性的视域中，跨文体写作是一种历史的存在，它有着自身的合理性。文体的产生是文学实践与发展的结果，但这并不意味着文体是固定的、永恒不变的，或者文体之间永远是泾渭分明的，而恰恰说明文体是动态的过程。正如什克洛夫斯基所说，任何一种对文体的划分都是历史的划分。对于文体来讲，没有绝对的是或不是。文体划分的局限性正说明跨文体写作的合理性。拉尔夫·库因说："所有的归类都是凭经验来操作的，而不是按逻辑进行的。它们是由作家、读者和批评家三者共同参与建构的一种历史假设，其目的是为了阐释和审美的需要。文类为阐释提供了期望，一旦发生某种偏差，文类就有可能成为阐释的羁绊。"[①] 文体的划分是为了阐释文本的需要，这是积极的一面，但这种经验的固化反过来会限制对文本的阐发从而走向消极，20世纪30年代和40年代对萧红小说的评价就是如此。这成为文体划分的一个悖论。从这个意义上说，跨文体写作更符合文学创作本身，更具合理性，我们由此可以看出萧红"不信这一套"的深层原因。

第二，小说本身就具有跨文体的特征，这源于它的"融合能力"。米兰·昆德拉说："小说有一种非凡的融合能力：诗歌与哲学都无法融合小说，小说则既能融合诗歌，又能融合哲学，而且毫不丧失它特有的本性（只要想想拉伯雷和塞万提斯就可以了），这正是小说有包容其他种类、吸收哲学与科学知识的倾向。"[②] 这种融合能力包括对其他文体的融合，也包括对非文学因素的融合。萧红的

[①] 杨金才：《文类、意识形态与麦尔维尔的叙事小说》，《外国文学评论》2000年第1期。
[②] 〔捷克〕米兰·昆德拉：《小说的艺术》，董强译，上海译文出版社，2004，第83页。

小说融合了诗、散文和戏剧的因素，同时融合了绘画、民俗等异质因素，跨文体特征十分明显。

其次，从接受主体的角度分析，跨文体写作和接受主体的审美需求有关。"阅读是对作品的欲求，是要融化于作品之中，是拒绝以作品本身的言语之外的任何其他的言语来重复作品。"[①] 因此，对文本的阅读与接受是接受主体的自由，是一种主体能动性的表现，但是文体"这一观念是种简单化了和普遍化了的概念，使我们可以迅速辨别出一类文本的主要特征。被告知我们要读的文本是小说或诗歌，阅读时我们就会自动激活这种文类的成规性知识"，"并以此来指导对文本的阐释"。[②] 文体对文本的预设禁锢了接受主体的审美思维，窄化了文本的阐释空间。我们不能否认文体对接受主体前理解的积极作用，但是对于接受主体来说，它面对的不是文体，而是文本。只要文本具有文学性，能够激起他的审美期待，无论是什么样的文体，对于他来说，都是不重要的。所以，跨文体写作是接受主体的审美需求，它的存在是必然的。

最后，从文化心理结构角度进行分析。萧红的文化心理结构以五四新文化和西方文化为主，虽然萧红也阅读中国古典文学，但是受其影响不大。中学时代，萧红阅读鲁迅、茅盾、郁达夫、冰心、徐志摩等人的作品，而后来更受到鲁迅的影响。她不仅是在"表现的深切"如对国民性思想的批判上学习鲁迅，在"格式的特别"上也潜移默化地受到鲁迅的熏陶。鲁迅《秋夜》写道："在我的后园，可以看见墙外有两株树，一株是枣树，还有一株也是枣树。"这个最具陌生化和审美意味的句子被萧红在《呼兰河传》中转化成这样的表述方式："那终年有病的老太太的祖母，她有两个儿子，

---

① 〔法〕罗兰·巴特：《批评与真实》，温晋仪译，上海人民出版社，1999，第 76 页。
② 〔荷兰〕杜威·佛克马：《松散的结尾并非终结：论形式手段、互文性与文类》，王蕾译，《西南民族大学学报》2007 年第 4 期。

大儿子是赶车的，二儿子也是赶车的。"可见受鲁迅影响之深。萧红的跨文体写作尤其受到鲁迅《伤逝》《故乡》等文本的影响。五四时期文学带有青春期的诗性特征，和萧红的内在气质比较吻合。也正是因为这一点，她选择了屠格涅夫"纯粹的艺术的描写"，①而不想写得像"契诃夫那样"。

萧红的文学创作不仅依赖于丰富的学养和深厚的文化底蕴，更多的是女性对人生的敏感，所以，在她的心理结构中没有束缚，没有框框，随意而为，随性而动，正如伍尔夫所言：女性的风格就是自由的风格。她的创作是靠灵性、灵气支撑的，当然还有对创作的宗教般的执着与大胆的探索。胡风在萧军面前夸萧红："你肯定能写得比她深刻，但常常是没有她的动人。你是以用功和刻苦，达到艺术的高度，而她可是凭个人感受和天才在创作。"②回忆方式和童年视角是天才感觉的完美选择。回忆性叙事带有抒情色彩，童年视角具有随意性和非逻辑性，它们在诗性与灵性的结合中成功创造了萧红的跨文体写作。

萧红的跨文体写作没有束缚和规约，她的越轨，是文体的解放，是主体的解放，是自由精神的张扬。巴赫金说："一种体裁总是既如此又非如此，总是同时既老又新。一种体裁在每个文学发展阶段上，在这一体裁的每部具体作品中，都得到重生和更新。体裁的生命就在这里。"③萧红的跨文体写作打破传统，开创了现代小说诗学的新路向，创造了小说的新形式，促进了小说的现代化进程。跨文体文本是现代小说诗学的重要实践成果，具有独特的审美品格。米兰·昆德拉认为，小说的智慧是不确定的智慧，这是塞万提

---

① 耿济之：《前夜·序》，载沈颖译《前夜》，商务印书馆，1921，第1~2页。
② 杨义：《中国现代小说史》，人民文学出版社，1986，第551页。
③ 〔俄〕巴赫金：《陀思妥耶夫斯基诗学问题》，白春仁、顾亚玲译，生活·读书·新知三联书店，1988，第156页。

斯留给我们的遗产。我们是否可以把这种内在指向性也看成外在形式的指涉？就形式来说，小说同样是一种不确定的智慧。"文字里闪出一种智慧的光辉来，屠格涅夫能够，乔治桑能够，萧红能够。"① 萧红的跨文体写作注重场景的象征性铆接、风俗的审美性表现和氛围的艺术性营造，融合多种文体与非文学因素，具有不确定性的模糊之美、照亮生活的智慧之美以及文体系统的整体之美。

如果时间凝固在20世纪40年代，那么萧红小说"越轨的笔致"的创造性虽然在鲁迅、茅盾等批评家那里会得到一些支持或认同，但更多的可能还是得到"不是小说"的认定。当然，这丝毫不影响萧红小说创造的意义之所在，因为历史是最好的检验者，时间是最好的证明。岁月的流逝使萧红小说的光彩更加凸显，"不是"成为"是"，不再是女作家单纯的以"不是"为"是"。换句话说，正是女作家以"不是"为"是"所创造的先锋性与超越性才能成为当代批评视域的"是"，而且是具有独创性的"是"。

和萧红一样，许多女作家"任性"，不信那一套。这也是女作家的"韧性"，坚持不信那一套。张爱玲面对傅雷的批评，在《自己的文章》一文中回复："我还是只能这样写。"② 她们的"任性"和"韧性"，和性别内质性有关，和历史承继性相连。后来的一些女作家，从萧红、张爱玲那里也学会了"任性"和"韧性"。和萧红有着诸多渊源、被称为当代萧红的迟子建说："也许我是女性作家的缘故，我的小说叙事节奏比较舒缓，形成了散文化的倾向。"③ 方方说："不管你们外界玩什么花招，写了什么新的东西，我只是按我自己想的去写。而且我很坚定地认为我自己这条路是对的，我

---

① 端木蕻良：《我的创作经验》，载钱理群编《二十世纪中国小说理论资料》（第四卷），北京大学出版社，1997，第281页。
② 张爱玲：《自己的文章》，《苦竹》1944年第2期。
③ 迟子建、闫秋红：《我只想写自己的东西》，《小说评论》2002年第2期。

不管你怎样。"① 方方的"不管你怎样"和萧红的"不信这一套"如出一辙，任性，颇具挑战性。而林白的一些表述竟可以被看作萧红当年的"宣言"在半个世纪之后的回响：

> 我知道这不合规范，看上去零乱，没有难度，离素材之后一步之遥，让某些专家嗤之以鼻，让饱受训练的读者心存疑虑。
> 但我热爱片段。
> 片段使我兴奋，也使我感到安全。
> 是谁确立了这样一种价值观呢？只有完整的、有头有尾的、有呼应的、有高潮的东西才是最好的，整体性高于一切。生活已经是碎片，人更加是。每个人都有破碎之处，每颗心也是如此。②

在女作家的"宣言"中，有"谁"、"你们"、"外界"与"我"之间的矛盾冲突。"谁"、"你们"和"外界"形成强大的权力话语与批评权威，但是女作家坚定地认为，"你不可改变我"。她们在任性中有韧性、彰个性、显执着，她们不是按照既成的规范写作，她们的写作是"从内心出发",③ 听从自己"内心的声音",④ 开创"我"的独特创作。历史的实践表明，她们给文坛带来的确实是别具一格的文本，具有不可替代的意义和价值。

二 "下半身写作"与身体观照的深求

20世纪90年代以来，女作家的身体叙事在新时代语境中备受

---

① 方方：《我写小说，从内心出发》，《当代作家评论》2003年第4期。
② 林白：《生命热情何在》，《当代作家评论》2005年第4期。
③ 方方：《我写小说，从内心出发》，《当代作家评论》2003年第4期。
④ 林白：《生命热情何在》，《当代作家评论》2005年第4期。

争议，在一定的情况下甚至形成有意识或无意识的公式，即身体叙事＝女作家叙事＝下半身写作，或女作家叙事＝身体叙事＝下半身写作。这无疑是对女作家叙事和身体叙事的双重误读，不仅窄化了女作家叙事与身体叙事的范围指向，而且浅化了女作家叙事、身体叙事的深层内涵，弱化了女作家叙事、身体叙事的话语力量。有的批评家把女作家的身体叙事指责为仅仅属于"下半身写作"，误读本身当然和有些女性写作者倡导纯然的"下半身写作"有关，但是身体叙事并不是纯然的下半身写作，况且在标榜下半身写作的写作者那里，在一定程度上有着本原的力量和正名的诉求。女作家的身体叙事貌似形下书写，而实际上却深求"个人化"写作的丰富的形上意义。

中国现代女作家的身体叙事，不是古典女性写作的"身边文学"。中国现代女作家把目光从边缘移向自身，即从身体的边缘转而聚焦身体本身。这是一场带有"革命性"的超越。身体叙事在不同时代呈现的样态不同，当然反抗的对象和粉碎的力量也不尽相同。丁玲文本是身体欲望的昙花一现；陈染和林白文本呈现的是幽闭自恋的女性身体；卫慧和棉棉文本呈现出纵欲与分裂的女性身体；木子美和竹影青瞳文本属于游戏的肉身。① 女作家的身体叙事是"重返故地"，还原生命。写作"这一行为将不但'实现'妇女解除对其性特征和女性存在的抑制关系，从而使她得以接近其原本力量；这行为还将归还她的能力与资格、她的欢乐、她的喉舌，以及她那一直被封锁着的巨大的身体领域；写作将使她挣脱超自我结构，在其中她一直占据一席留给罪人的位置"。② 在主流意识形态和男性文化的覆盖之下，源于身体叙事，丁玲和她笔下的"莎菲"们

---

① 顾晓玲：《现当代女性文本与身体叙事》，《西南民族大学学报》2005年第12期。
② 〔法〕埃莱娜·西苏：《美杜莎的微笑》，黄晓虹译，载张京媛主编《当代女性主义文学批评》，北京大学出版社，1992，第194页。

曾被指责为价值很小，陈染、林白的写作也被指责为"小"。

不过女作家有自己的看法。陈染认为，"小说的个人化不等同于写我自己"，"个人化不等于'小'，群体化不等于'大'"，"缺乏个人化的文化是'贫穷的文化'"，"小说艺术从某一侧面始于个人化"。① 文学的"大"与"小"，属于价值功能认识范畴，不能简单地以题材选择的"重大""宏大"与否，表现对象是个体还是群体、多寡与否等外在因素加以区分，而应该审视文本的内在质素及其文学性表达。林白认为，作为一个女性写作者，"个人化写作是一种真正生命的涌动，是个人的感性与理性、记忆与想象、心灵与身体的飞翔与跳跃，在这种飞翔中真正的、本质的人获得前所未有的解放"。② 女作家的写作让语言飞翔，也让身体飞翔，文本的内涵不"小"，它可以很大。女作家的以"小"为"大"，颠覆了传统的文学观，也包括传统的男权文化观。

当然，有的写作者更大胆地宣称"下半身写作"，甚至发生"身体派"与"头脑派"的论争。"下半身写作"的提出是针对被异化的"没有肉体"的"文化躯体"，使身体回到本原，具有推动性力量。但是，只要是下半身的写作，无疑具有一定的局限性。我们应该对文化躯体（上半身）和动物性存在（下半身）进行辩证思考，"上半身"与"下半身"实际上是灵与肉之间的关系。我们不能以下半身感性体验的真实来否认上半身理性思考的空灵；同样，我们也不能以文化躯体的理性扼杀生理躯体的感性。只有"肉"的实存与"灵"的高蹈相统一，才能真实而完整地描写人、塑造人、创生人。

身体派与头脑派的论争，不仅是两种思想的论争，更像是一场性别文化之战，因为被称为身体派的作家多为女性，这一方面说明

---

① 陈染：《陈染自述》，《小说评论》2005年第5期。
② 林白：《守望空心岁月》，载《林白文集》（4），江苏文艺出版社，1997，第296页。

男性对女性作家的批评，另一方面也揭示出男性批评家鲜明的性别倾向性。然而，我们不能以此完全否认女作家身体叙事的意义和价值。辩证的思维审视才是最重要的。现在有的女性写作者可能并不像20世纪30年代的丁玲只卖"文"字不卖"女"字，有的写作者甚至演变而成只卖"女"字不卖"文"字。时代的变迁，一方面给女性写作者提供了释放自我的舞台，另一方面又让她们在释放的同时忘乎所以，走向极端。此外，"美女作家"若沾沾自喜于"美女"，并以所谓的"美女"遮蔽"作家"的身份，即以性别遮蔽文本，那么不仅不能够完成写作者自身所标榜的"解放"，而且会更深层次地陷入束缚、捆绑与禁锢，陷入自身的压迫之中，还有待于再次被解放，真正意义上的解放。这时候便是以所谓的自我遮蔽真正的自我，以所谓的解放遮蔽真正的解放。

三 "文艺女神的贞洁"被"污辱"与日常审美的哲思

傅雷（迅雨）在《论张爱玲的小说》一文中说："文艺女神的贞洁是最宝贵的，也是最容易被污辱的。爱护她就是爱护自己。"① 傅雷意指张爱玲不爱护文艺女神，她的创作"污辱"了"文艺女神的贞洁"，张爱玲也并不爱护自己。张爱玲以《自己的文章》回应了傅雷的批评。从中可以看出二人不同的文学观念和创作追求。

傅雷对张爱玲的批评有三：一是题材狭窄，张爱玲只写男女问题，而世界很辽阔；二是炫耀才华、取悦读者或自我取悦，满足技巧欲，奢侈浪费而不节制；三是缺少服侍艺术最忠诚的态度，因而写得多，发表得多，意思是缺少沉潜、涵泳之功。批评之后引出文艺女神的贞洁容易被污辱的表述。张爱玲在《自己的文章》一文中

---

① 迅雨：《论张爱玲的小说》，《万象》1944年第5期。

为自己辩护。一是她直言自己"只是写些男女间的小事情",没有战争,也没有革命。但她认为"人在恋爱的时候,是比在战争或革命的时候更素朴,也更放恣的"。这是人生安稳的一面,这是"人类在一切时代之中生活下来的记忆"。① 因而对人生安稳的描写更具人类学意义。二是她"喜欢素朴",可是她"只能从描写现代人的机智与装饰中去衬出人生的素朴的底子"。这是张爱玲用"参差对照的方法写出现代人的虚伪之中有真实,浮华之中有素朴"。这是张爱玲自我的风格追求。三是让故事自身说话,伟大的作品在不同时代随时给予新的启示,只有这样方能使作品永生。这是张爱玲的自我辩解,意思是作品无论写得快否,要以作品说话,让时间检验,而不是以一时理论家的批评为定论。从张爱玲作品的接受史来看,事实果然如此。和萧红的作品一样,随着时间的推移,张爱玲作品在现代文学史上的地位日益凸显。

张爱玲被指责为污辱文艺女神的贞洁,张爱玲在《自己的文章》一文中表明自己的创作态度。她对"男女间的小事情"的人生安稳一面的看法暗含着对日常生活书写和日常审美判断的新理念,认为人生安稳的一面是永恒的,它"存在于一切时代",它就是"人的神性"。人类的古老记忆存在日常生活之中,而女作家对日常生活具有天然的亲近感或曰美感,这也是张爱玲说日常生活是"人的神性,也可以说是妇人性"的深层蕴含。也许,在这个意义上,我们能够理解张爱玲对苏青的"情有独钟"以及苏青审美日常化的价值。

中国文学有日常生活叙事传统,《红楼梦》就是中国文学审美日常化叙事的经典。这种叙事传统深深地影响了中国现代文学30多年的创作。张爱玲的《金锁记》得《红楼梦》日常叙事之精髓,

---

① 张爱玲:《自己的文章》,《苦竹》1994年第2期。

并使经典再续。女作家善于从男女关系、女性在感情与婚姻家庭中的状况与窘境等日常生活的角度切入生活。袁昌英的《孔雀东南飞》从焦母与焦仲卿的母子关系、焦仲卿和妻子兰芝之间的夫妻关系等多重关系中揭示人物命运。白薇的《打出幽灵塔》也堪称这方面的代表,聚焦家庭空间,表现父女冲突、夫妻冲突与父子冲突。

但是在20世纪40~70年代,日常生活的叙事在有的文本中曾经出现断裂,或是远离日常生活,或是异化现实生活。这段时间内有些文本回避对日常生活的表现,或者说,即使是有对日常生活的表现,也不是在一般意义上日常生活的范围内进行表现。文学中表现的日常生活已经充分地阶级化、革命化、斗争化了,很难有日常生活和非日常生活的区别,所有的日常生活都非日常生活化,所有的非日常生活都日常化。这是一种日常生活的异化。从这个角度考察,可以看出,中国现代女作家对日常生活的书写颇具"先锋性",在张爱玲的时代如此,在20世纪80~90年代新写实的池莉、方方那里也是如此,在21世纪女作家的创作中更是如此。鉴于此,我们有必要对日常生活书写和审美日常化进行哲学上和审美上的深入思考。

在多元审美观念和理论思潮的背景下,"审美日常化"作为一种理论话语,自2003年在美学界引起热议以来,始终没有平息过。不管学界是否承认,其作为一种"新的美学原则"在崛起。事实上,文学艺术创作中对现代性与后现代性的主动追求,已经明显呈现为"审美日常化"和"日常生活审美"的表征。无论这种表征被批评为"庸俗化""泛美化",还是"理想化""乌托邦",作为一种创作现象以及由此引发的理论争议都是值得关注的。

现代女性文学发展过程中的大量现象一再证明女性文学具有鲜明的审美日常化倾向。它既构成女性文学审美的一大特征,又不经意地暴露了女性文学青春期的某些弱点和缺憾。但是,评论界普遍认为此种状况不过是20世纪90年代才显现出来的现象，还有评论认为唯有"新写实主义小说"才能体现这种审美日常化或日常生活审美化特征。我们则认为女性文学的审美日常化现象是"与生俱来"的，只不过在女性文学发展的初级阶段，这种现象以其自在的状态存在着。而到了女性文学成熟期，特别是在审美日常化这一新的美学思潮的影响下，其日益凸显而已。所以，有必要对女性文学审美日常化现象加以辨析，也有必要对女性文学审美日常化的合法性和局限性进行深入的理论探讨。

女性文学审美日常化倾向的合法性基于女性生存场域的日常化。翻开女性文学的现代演进史，女性的审美日常化特征是不难求证的。无论是陈衡哲的《一日》，还是冰心的《两个家庭》，无论是张爱玲的《金锁记》，还是苏青的《结婚十年》，无一不是从日常生活中发现美、揭示美、演绎美的。在《花之寺》中，凌叔华写尽了高门巨族的太太、少妇们家居生活的细枝末节及喜怒哀乐种种情态。她的笔触即使偶尔离开庭院来到社会公共空间，所写的也不过是夫妇二人的情感游戏。新时期，铁凝的《哦，香雪》等中短篇小说，王安忆的《流逝》《长恨歌》等中长篇小说，也都没有离开她们的童年生活经验、知青生活经验、都市生活经验。批评界对她们"日常生活的诗性重建"多有评论，甚至连女性诗歌这种最抽象、最具象征和隐喻性质的文体，也呈现出一种日常化审美倾向。有评论认为，王小妮的诗歌创作就是一种"日常生活的审美化"。她近年来的诗作"在日常景观的长镜头般缓慢而专注的发现与探询中，生存和语言以及经验的成色在深度和广度的挖掘中几乎同时抵达"。[①] 女作家从女性特有的（个人的，也是女性群体的）经验出发，贴近日常生活，再现女性生存样态，饮食男女、七情六欲、生

---

① 邱志强：《王小妮诗歌日常生活的审美化》，《教育文化》2006年第12期。

老病死、婚丧嫁娶，无不入诗，从而创造了一种更具生活气息、更有人情味、更好看的文学形态。

存在决定意识。女性的生存样态决定女性的写作状态。女性文学的审美日常化倾向基于女性生存场域的日常化。尽管新女性曾经那么决绝地冲出父亲建造的"幽灵塔"（白薇《打出幽灵塔》），愤愤地冲出"海尔茂"的家门（韦君宜《女人》），但是每当她们开始写作的时候，无一例外都是从自己的生存体验和生活场域出发，把自己的生活经验作为写作的源泉，这恰恰是她们作为作家的得天独厚之处，也恰恰是男性作家疏于关注的文学资源。现代文学史上的"闺秀派"和"新闺秀派"，正是这一文学现象的确证，即使像冰心这样被誉为"20世纪一个大写的女人"也未能逃脱这一规则。五四以后的女作家，虽然已经接受了时代的新信息，开阔了曾经狭窄的个人视野，但是，女性的生活范围仍然相当狭小，家庭生活仍是她们感受最多、体验最深的生活内容，因而也构成了女性创作的有限资源。日常生活审美化，或者说审美日常化便自然而然成为五四新女性文学的一大特点。茹志鹃成名于社会主义建设的高潮期，但她的作品无论是反映战争年代的生活（《百合花》），还是歌颂社会主义新风貌（《静静的产院》），几乎都可归为"日常化叙事"。新媳妇一针一线地缝着已经牺牲了的小通讯员衣服上的破洞，与战争、流血似乎没有什么关涉。对于这篇以战争为背景的小说，"没有爱情的爱情牧歌""清新、俊逸的风格"，成为人们最美好的阅读感受。即使像王安忆这样有着宏大文化视野的新时期女作家，其创作也非常明确地追求一种日常化叙事。她把深邃的历史意识精细地附着在女性繁复的日常生活中，历史则以点点滴滴、零零碎碎的别样状态呈现在她的文学世界中，敞开了历史叙事的另类空间，影响读者的阅读审美感受。这正是《长恨歌》能够在年产千部长篇小说的文学生产形势面前脱颖而出的理由。当然，虽为母女作家，同样是审美日常化，由于生活的时代不同，所受教育不同，成长的心路历程不同，两代女作家的审美日常化倾向的文学形态自然有明显的差异。茹志鹃在日常化写作中渗透着那个时代意识形态的主流精神，王安忆则更艺术化地阐发她的历史观和文化观。茹志鹃试图通过日常化写作来阐释翻身解放的妇女的主人翁精神，而王安忆则像一个生存的勘探者，在日常化审美中描绘女性的"生存图式"。

女性审美日常化具有重要的文化诗学价值。女性审美日常化不仅是天然的、合理的，而且具有多重文化诗学价值。首先它发现了日常生活的现实意义，恢复了"日常的尊严"，动摇了男权"立法者"的传统的价值观念。确立了女性日常叙事的合法性，恢复了女性的真面目，为推进女性文学的现代性、进一步确立女性主体地位显示出革命的姿态。贴近女性生活，从女性生存层面寻找美，将女性经验提升为美的呈现，对审美日常化理论做出了别样的回应。

"从某种意义上说，现代小说是对日常生活的奇迹性的发现，在那些最普通、最平凡的日常生活中小说找到了它的叙事空间。"①文学创作领域，日常生活叙事合法性的确立，经历过艰难的突围，无论男作家还是女作家都有过同样的经历和体验。正如当代作家李洱所概括的那样，50年代一些经典作家的作品也写日常生活，但是，"日常生活是附着在大的意识形态上面"的。"文革"之后，有相当长一段时间，"绝大多数作品也是不写日常生活的"，"真正写日常生活应该是从所谓晚生代作家开始。但是，这样一些书写日常生活的小说，在很长时间里其实并没有引起什么反响"。这就是说，日常生活叙事并没有进入一个自觉的审美层面，作家即便在创作中有所谓审美日常化的表现，也未能引起文学批评应有的关注。

那么，女性文学的日常化叙事就更是一个艰难的创作之旅，不

---

① 李洱、梁鸿：《"日常生活"的诗学命名与建构》，《渤海大学学报》2008年第3期。

仅"审美日常化"不被认可,即使表现负载着意识形态的日常化叙事也被作为"小资情调"加以批评和否定。茹志鹃成名期的小说创作,本来试图从女性生活经验中开掘一种新的时代精神,但被批评为只写"家务事,儿女情",与大时代、大叙事不合拍,如若不是茅盾先生及时地予以肯定,其后果则不难想象。幸运的是,在一个多元化的文学审美选择的时代,相比之下,王安忆就幸运得多。即使像池莉《烦恼人生》这样的"过日子"小说,也成为"新写实主义"的旗帜,使女性文学获得了日常化叙事的合法性。女真的小说《中风》《钟点工》都属于日常化审美叙事。贺绍俊在评价女真的"家庭小说"时以《琐事烦心事都是大事》为题,充分肯定了女真的小说对都市女性生活的日常化书写,并且他发现女真的小说出现了因为母亲缺席而造就的"模范父亲"形象。的确,无论是"模范父亲"的形象还是"居家男人"的形象,都一反传统的"男主外,女主内"模式,女真笔下日常生活中的父亲不仅担当了母职,而且在照顾女儿的日常生活时表现得颇具"母性"。女真的小说世界,父职、母职并不是截然对立的,事实上即使母亲不缺席,在现代社会生活中,两性的家庭分工也不再那么鲜明对立。女真的小说只不过写出了生活的真实。

　　至于王安忆的上海叙事,无论是中篇小说《流逝》、长篇小说《长恨歌》,还是短篇小说《发廊情话》,都比其母亲茹志鹃的创作更具日常化特征,正是这种绵密的女性日常化生活的审美呈现,才使之一再成为"茅盾文学奖""鲁迅文学奖"等小说奖项的得主。仅从这对母女作家在不同时代、不同文学思潮、不同文学体制下所获取的不同评价,就不难看出日常生活审美价值的转换对作家创作成就、创作风格的影响之大。"从更深意义上讲,这一新的叙事空间并非只是主题的转换,而是一种深刻的美学变革和哲学变革。当意识形态的道德性和合法性开始遭到质疑——它曾经安排我们生活的秩序和价值取向，赋予每件事物明确的善与恶、是与非——历史、道德、制度突然呈现出可怕的面目，一切不再具有单一的'真理性'，而变得模棱两可，无法解释。小说家失去了建构整体世界的自信和基础，'日常生活'一改它的平淡乏味，而被赋予了深刻的哲学或诗学意义。这是否意味着，'日常生活'，而不是'价值生活'，更能代表当代经验，更具有真实性？"[1]

在日常生活获得了应有的现代性意义和审美价值的时代，日常化叙事、女性"过日子"小说（包括一切形式的女性叙事）都不应被视为狭隘的"小叙事"，而是文学不应忽视的叙事空间。卢卡奇的《审美特性》中一个极为重要的观点是"日常生活第一性"。他说："人们的日常生活态度既是每个人的活动起点，也是每个人活动的终点。"即使是意识形态，也不可能离开日常生活而悬浮于空气之中。对于女性（作家）而言，她被种种男权规约于日常生活刻板无序的状态之中，要么变得木然不觉，庸碌一生，要么超越日常状态，寻找精神慰藉，提升生活质量，追求美的享受。摹写日常生活和女性生活，正是对平庸人生、苦难人生的艺术转换。所以，从日常生活现代意义的发现视角重审现代女性文学的源头，我们有理由为女性曾经遭受的不公平待遇做历史辩护，重新定位女性日常化写作的现代性及历史意义。当然，女作家的历史使命感和与时俱进的时代感，并不会让她们一直沉湎于个人琐碎的日常空间，早在几十年前，女性文学再兴之时，张抗抗就主张女性文学要面向"两个世界"——女性世界和大千世界。此种文学见解不仅定义了一种女性文学观念，而且向无限丰富的生活张开了女性日渐博大的胸襟。

女性日常化叙事合法性的确立，是基于对传统两性权力关系文化逻辑的反叛。两性对待"日常"的态度有明显差异，女性似乎安

---

[1] 李洱、梁鸿：《"日常生活"的诗学命名与建构》，《渤海大学学报》2008年第3期。

于日常，尊崇日常，甚至只有在日常中才有一种安全感。当然，她们也苦于日常、恼于日常，甚至于为了成为"新女性"而以死相威胁来解构日常，鼓吹"家庭革命""参政议政"。而男性则认为，日常生活理应由女性来打理，"温柔之乡"是女人为英雄建造的休憩场所，不应成为他们生活的常态，"家事、国事、天下事"中的"家事"是女人的天职，"国事、天下事"才是男人的正事。所谓"天下兴亡，匹夫有责"，仅是针对男人而言。"自混沌初辟，乾道成男，坤道成女，虽则造化无私，却也阴阳分位。阳动阴静，阳施阴受，阳外阴内。所以男子主四方之事，女子主一室之事。"这一儒家经典言论不仅框定"男子主四方之事，女子主一室之事"，而且还寻找了这种不合理的两性结构的理论根据，把它说成"造化无私"、天经地义。这种差异，实质上正是性别权力的一种文化逻辑。布迪厄在分析两性文化的权力关系时指出："女性状况的变化总是遵循男女之间区分的传统模式的逻辑。男人继续统治公共空间和权利场（特别是生产方面的经济场），而女人仍旧（主要）投身于象征财产的经济逻辑永久存在的私人空间（家庭、生殖场），或这个空间的延伸形式即社会服务机构（尤其是医院）和教育机构，或还有象征生产的空间（文学场、艺术场或新闻场，等等）。"① 男人一直试图独霸生产场方面的经济场，女性只能退居家庭和生殖场，以及服务性社会场所，文学场、艺术场或新闻场也仅仅是一种"象征生产的空间"。而这种"象征生产的空间"无疑是适应女性的本质特征的，是其释放压抑情绪的突破口，女性写作乃是对在这种被动处境中求生存的精神突围，也是实现诗意生活理想的策略。这就又一次回到了"何谓女性文学""女性文学何为"的起点问题上。

女子为文的动机与男性不同，首先是为生存，其次是为生存寻

---

① 〔法〕皮埃尔·布迪厄：《男性统治》第130页，转引自朱国华《权力的文化逻辑》，上海三联书店，2004，第117页。

找一个合法的、美好的理由。争取写作的权力，用自己的声音改变男性立法者所框定的文化逻辑，冲出既定的两性关系模式，一个有效的途径就是利用自身的处境优势，变被动为主动，将日常生活的平庸、琐细、枯燥转化为美的创造物，以美的文学形式呈现出来。王安忆的中篇小说《流逝》，恐怕连她自己都不一定意识到它形象地诠释了一个"阴盛阳衰"的性别逻辑关系。欧阳端丽的丈夫软弱得连家庭生活的担子也挑不起来，全部家政只能依靠她原本也很柔弱的肩膀来承担。从吃喝拉撒睡，到小姑子返城工作，从昔日的贵族小姐到泼辣的家庭主妇，她在日常生活的打磨中成长了。王安忆以动乱年月为背景，以女性成长的经历，肯定了日常生活对女性成长的价值，对完善人性的价值，同时颠覆了两性关系固有的文化逻辑，达到了日常生活审美的新境界。

消费时代大众文化的兴起和审美普泛化，为女性审美日常化提供了新的契机和更为理直气壮的审美旨趣。《钟点工》《保姆》放大了女性日常化的家务劳动，将其作为关乎民生、关乎社会和谐的一种新型职业，肯定它、赞美它，尽管她们的女主人公不免带着某些感伤、凄苦的情调，但是把女性赖以生存的本领上升为一种不可或缺的社会职业，这本身就是对日常生活的尊崇，对女性平凡、日复一日、年复一年的劳动的嘉许。更何况，最能体现消费时代特征的都市生活对女性"软性劳动"的需求越发显得急切，甚至供不应求。美容美发、餐饮娱乐、电脑操作、商品营销、广告制作等，大量日常性的审美工作，决定了女性日常审美创造的空间越来越广阔，女性一个个逐渐被社会认可的小制作、小创造像点点繁星装扮着现代人的生活。酒吧、歌厅、发廊、花店、美容院等市民生活不可缺少、不可须臾离开的场所，便成为作家特别是女作家笔下的一个个都市意象，成为寻常可见的文学景观。

女性的历史叙事之所以显现出性别的优势，就在于女性经验柔化了"历史"这个伟岸的巨人,从女性化视角观察历史、认识历史、表述历史。现代文学史上,颇有几位在历史叙事中取得成就的女作家。她们以类似"女红"的叙事手法精致地缝补历史的片段,追溯"女性历史谱系",为重写历史提供了空前的独特视角,丰富了历史叙事的文化视野。传统的批评眼光认为宏大的历史叙事一向都与女性审美相差较远,历史小说或历史叙事只为男性作家提供施展才华的场域,只有他们才能创构那种洪钟大吕之作。此种说法有一定道理,因为战争让女人走开,所以女作家只能写点"战地浪漫曲",充其量是把战争的宏大场面作为背景涂抹一下;因为历史是男人创造的,所以二十四史中没有女人,女人只能是引发战争的"小女人",或做英雄的"战利品""馈赠物"……"因为那样,所以这样",几乎成为一种思维定式、审美惯性,历史叙事、史诗架构仅仅是男作家的专利。其实,在原生态的历史面前,男性与女性原本是平等的,这一平等的规则是由历史这个公正的老人决定的,因为原生态的历史是不可能重现的。这就为历史叙述的多元化、多种可能提供了莫大的空间。正史、野史,官史、民史,经济史、文化史,史著的类别不同,撰史者的身份、地位不同,故而,历史的叙述形态和视角就不尽相同。

在历史与女性叙事关系的评说中,沈祖棻、霍达、凌力、赵玫、王安忆、迟子建等均属成就斐然者,她们对历史独特的感悟和叙事方式为历史题材的文学注入了全新的理念,提供了历史叙事的"日常化"视角和特征。沈祖棻以女性意识和现代叙事改写了男权话语框定的"霸王别姬"主题,而创造了"姬别霸王"的新模式,置换了特定历史场景中的人物主体,让虞姬在结束生命的时候能够有一个为自己所谓"千古罪人""祸水女人"的"罪名"做自我辩护的机会。尽管这种质疑和表白是软弱的,但它至少是一种女性声音,也是历史叙事中的一种心音。霍达以一个回族女性、历史学者的审美追求，营造了千般精妙、万般柔情的"月亮"意象，从而建构了一种冷月凄清风格的"穆斯林家族史"。王安忆对日常生活有着独特的理解："小说是以和日常生活极其相似的面目表现出来的另外一种日常生活。"她的《长恨歌》被普遍认为是在以一种"女红"式的笔法进行上海叙事，在几十年的日常生活中演绎了"一个"王琦瑶即一群王琦瑶与上海这座城市的现代进化史。凌力的《星星草》《少年天子》《暮鼓晨钟》等直面历史的大选题，也仍旧是一种女性视角的历史叙事，以逼真的细节、人情味十足的个性切入大历史场面的建构，这反而使她的历史叙事具有贴近历史、亲近读者的审美效果。而迟子建说："我就是要写日常的历史，因为小说就是日常化的生活。我觉得我们应该从日常化的生活当中看出后面的历史，而不是像以往的一些历史小说，一开始就把历史的布景放在那里，所有的人物都像皮影戏一样，被作者操纵着。"因而迟子建关于史诗的看法和常规看法不同，她说："我不喜欢英雄传记式的历史小说。仅仅因为描写波澜壮阔的历史事件和生活场景就被冠之以'史诗性'的作品，这是对'史诗'的曲解，是荒谬的。能够不动声色地把时代悲痛融入老百姓的喜怒哀乐之中，通过整个人物的描述而令人感动，这才叫真正的史诗。"[①] 所以，她写伪满洲国的历史从底层的日常生活写起。

女性文学的审美日常化倾向不无需要反省之处。

21 世纪初的女性文学在进入反思、调整与超越的理性层面，在日常化审美这一传统与现代性相融合的思潮中有了长足的进步。一批作品，如《妇女闲聊录》（林白）、《女工》（毕淑敏）、《鬼魅丹青》（迟子建）等都在以"细节的真实"演绎生活的时代变迁，开掘人的深层心理结构，昭示女性审美的自由度。其中，铁凝的

---

① 迟子建、闫秋红：《我只想写自己的东西》，《小说评论》2002 年第 2 期。

《依琳娜的礼帽》在这一点上尤其值得一评。作品写的是旅游题材，作家以自己的旅行经验为基础，以"在路上"为贯穿始终的线索，以"飞机客舱"为叙事空间和人物活动场所，集中、细微地展示了同在旅途上的过客们的种种情貌，特别是各色人等由吃喝拉撒睡表现出的复杂、隐秘的临界心态。作品中对各种"手"的细描，可谓传神之笔。这让我们欣慰地看到了现实主义一直推崇的"细节的真实"永不衰败的魅力。从某种意义上说，女性文学审美日常化取向的"日常化叙事"等于"细节化叙事"。同时，我们仿佛又回到了铁凝《哦，香雪》所描绘的动人的追求现代性的文学场景中。

值得反思的是，女性的审美日常化叙事，应该尽量避免女性私密空间的过度营造，自说自话，沉迷于单一的女性个人主义的泥淖，自艾自怜，这在客观上等于自掘"被看""被消费"的文化陷阱，不经意中与商业消费主义成了"共谋"。所以，我们有必要在女性文学已经确立了自己学科地位的今天，认真反思一下女性文学审美日常化倾向，总结其经验和局限性，完善女性文学的个性审美特征，重建女性文学传统，使女性文学沿着一个既能够充分发掘女性生活记忆，又能够不为缺乏社会内涵和宏大叙事而遗憾的方向发展。

从20世纪40年代张爱玲的日常生活书写被男性视域误读为是对"文艺女神的贞洁"的"污辱"，到21世纪女性审美日常化的合法性认知，可以看出女作家在性别文化场域中对独创性的追求和对艺术的执着精神。女作家对审美日常化的坚守，丰富了中国现代文学的审美场。实事求是地讲，对日常生活的认识与开掘、审美与表现还有巨大的历史空间。因为日常生活是人类历史重要的组成部分，日常生活本身就是历史。日常生活在人类活动中占有非常重要的地位，日常生活和人的活动密切相关。法国哲学家列斐伏尔认为："日常生活与一切活动关系密切，它涵盖了有差异和冲突的一切活动；它是这些活动会聚的场所，是其关联和共同基础。这是日常生活中才存在着塑造人类——亦即人的整个关系——它是一个使其构型的整体。也正是在日常生活中，那些影响现实总体性的关系才得以表现和得以实现，尽管总是以部分的和不完全的方式，诸如友谊、同志之谊、爱情、交往的需求、游戏等等。"① 日常生活是人的整个关系得以表现和实现的有形或无形的重要支撑和立足点，换句话说，没有日常生活，就没有人的整个关系的具体化实现。女作家的日常生活叙事与审美还原了人类生活的真实，为人类观照自身提供文本，为人类的古老记忆留下标本。

中国现代女作家的理性宣言是她们关于文学的创作理念，具有独特的女性文学意识。她们的创作理念和女性文学意识往往被"误读"，但从浮出历史地表的那一刹那起，她们便从自己的内心出发，以生命的维度进行艺术实践，并彰显着群体性的创造实力。不过，现代女作家的女性文学意识与创作实践存在一定的矛盾性。

---

① 转引自周宪《日常生活批判的两种途径》，《社会科学战线》2005 年第 1 期。

第三章

现代女作家女性文学意识与创作实践的矛盾性

中国现代女作家的女性文学意识与其创作实践存在明显的矛盾性。这种矛盾性其实从女性文学初始时就存在,并且随着女性文学的发展愈来愈突出。这种矛盾性既带有女性文化的宿命性特征,也合乎文学创作的一般法则,更符合女性自身性别身份与审美的互文性特征。女作家从走上文坛那一刻起,就因为姓"女"字而必须承受来自社会的、文化的、性别的种种挤压,特别是深受女性自身先在性的性别认同危机之苦。"回溯五四女作家们生长与发展的过程经历,我们不难发现,她们由书香门第熟读诗词曲赋的大家闺秀,到京城、海外高等学府里接受现代教育的知识女性,传统保守和新式现代的两种文化冲突,造就五四女作家们独特敏感的思维向度。最明显的莫过于她们先被灌输中国传统的妇女观念,后来再接受'现代化'西方教育里的性别论述,比起同时期的男性知识分子与男性文友,应更有另一深层体会。"① 就文学的一般法则而言,作家的创作思想与创作实践、创作动机与创作效果、文化场域与文化选择之间从来都是不平衡的,矛盾性是普遍存在的。"存在决定意

---

① 刘乃慈:《第二/现代性:五四女性小说研究》,台湾:学生书局,2004,第55页。

识",女性问题始终与政治、经济、文化相关联,无论怎样的"独立""自由",女性意识的生成都来自固有的"存在"。如张抗抗所说:"女性问题是不能够独立成立的,它一定是和整个社会制度、意识形态以及社会发展水平相关联。""当人的尊严都没有保障的时候,何谈女性解放?"所以,女性的创作理想与其创作实践也不能逸出这样一个基本法则。另外,女性的性别因素、女性气质、女性心理的独特性,也是女性文学意识与其创作实践形成矛盾性的个人因素。身为作家的现代女性往往把文学视为自己的生命,创作则是她生命之花的精彩绽放。人生的艺术化追求与生活的艺术化消泯了文学与现实的界限。事实上,理想永远是美好的、浪漫的,而生活现实则永远比想象的更严酷、更无情。现实与理想的反差与冲突,便自然地体现在女性文学创作中。多重因素在女性与文学之间构成多重关联域,形成现代与传统、外来文化与本土文化、理想主义与现实经验、"纯文学"与市场化等的矛盾对立。于是,矛盾双方的碰撞、冲突、妥协、融合便成为不可避免的规律性表征。

研究中国现代女作家的文学意识与其创作实践的矛盾性是有意义的。首先,这一意义在于"矛盾"自身,矛盾性即女性文学的自身属性,正是因为女性文学意识与实践存在鲜明的矛盾性,才证明女性文学自身的复杂性和丰富性。研究这种矛盾性则是对女性文学本质的认识。假如女性文学意识与其实践非常和谐、平衡,那么这种文学便好似一汪清水平静而无波澜,自会缺少韵味,缺乏艺术感染力。其次,矛盾性的存在必然促使思想的更新和变革。矛盾性即动态性,一对事物因为双方的矛盾而对立、博弈,最终必然达成平衡、和谐,从而进入更高层次。再次,矛盾性问题的解决离不开实践,实践是检验真理的唯一标准,女性文学思想的提升和变革只有在不断的实践中才能够实现。实际生活因其丰富多彩、千变万化将成为女性文学主体自觉解决其矛盾性问题的实验场所。最后,现代女作家的崛起得益于中国现代文学的兴起，而以男作家为主体的现代文学本身就充满了主体与客体的各种矛盾，自然也赋予女性文学以不可避免的矛盾性。五四以来的中国现代女性文学史，可以说，正是在不断地出现矛盾和不断地解决矛盾的过程中谱写而成的一部内容丰富、独具魅力的女性审美史诗。但是，以往我们总是站在正面立场上从弘扬女性文学传统精神的角度来讨论现代女作家的丰功伟业，当现代女性文学走过了近百年创作历程的时候，我们有必要重新审视这一历史，揭示其矛盾性，并把它作为一个"问题"认真对待，望闻问切，探出根源，推动女性文学向更高境界前行。

研究现代女作家的文学意识与创作实践的矛盾性实际上就是在探讨女作家与传统文化和现代性之关系。女性与中国传统文化的关系最为密切，该话题也最为沉重，而且关于二者关系的论述无论从正面还是从反面来看都已经体系化、文史化。但是，关于女性与中国现代性之关系的论述则比较少。这是因为现代性问题在中国的提出本身就比较晚，文学的现代性问题直到五四新文化运动才开始进入正题，思想启蒙现代性和文学的启蒙功能成为时代精神的主流。至于现代女作家与现代性之关系，真正作为一个问题被关注则是在近30年的学术研究中。大陆女性文学专家刘思谦、乔以钢、林丹娅、孟悦、戴锦华等都曾论述过女性文学的现代性问题，台湾、香港地区的学者如刘乃慈、林辛谦等也有相关专著问世。其中，刘乃慈的《第二/现代性：五四女性小说研究》更是旗帜鲜明地提出了五四女性文学的"第二/现代性"或称"第二种现代性"，以及"女性的现代性""现代性的女性想象"等观点，并以五四女性小说为对象系统论述这种现代性的缘起和文本表征。刘乃慈认为，"二十世纪初，五四造就中国第一批现代女作家——集合性别、国族等现代性特质——成为新历史的最佳见证人，五四女作家对'现代性'的琢磨与辩证，或许可以成为我们眺瞰中国主体形构的另一扇窗口"。①

　　"现代性"的话语表述多种多样，无论它有几张面孔，有一点都非常明确，那就是主体意识的自觉，或曰主体性的觉醒。五四以来中国女性文学的现代性原本就包含在中国现代文学的主流体系中，"国族化的主体、心理化的主体以及性别化的主体等等，都是我们探讨五四现代性想象的重点"。② 五四新文化运动的功绩在于人的发现，包括女性的发现和儿童的发现。这种"发现"便意味着主体的觉醒。对于五四以来的现代女作家而言，她们一直都身体力行地参与了中国现代性特别是文学现代性的建设。她们既是现代化和现代性的建设者，也是其成果的受益者。首先，她们和男性思想启蒙者一道高举反帝反封建的革命义旗，以"女公民"的身份参与了社会革命。同时，她们和男性一起走出家庭这座"幽灵塔"，以"出走"或"私奔"的形式进行了"家庭革命"，成为追求个性解放的时代女性"娜拉"。其次，作为知识女性，她们在走出父亲的家门、关上"海尔茂"的房门之后，或出国留学，接受高等教育，或参与社会活动，逐渐走上经济独立的生活道路，最重要的是她们开始拿起笔来写作，为自己也为整个女界的同胞姐妹争得了表述女性的话语权力。最后，女作家的崛起和话语权的获得，使女性对性别文化和性别角色身份有了全新的认识。她们意识到妇女的解放必须是自身精神的解放，而不是"被解放"。但是，我们必须清醒地看到现代女作家（包括现代女性群体），她们最先接触的是传统文化教育和男权中心的家庭教养，传统的性别观念和女性的道德规范已经"先入为主"，在成长过程中内化为她们所认同的人格模式。虽然说，现代性建设不能完全抛弃传统文化，但是传统文化的负面影响已经深入女性的精神世界中。所以，在传统文化积淀与对现代

---

① 刘乃慈：《第二/现代性：五四女性小说研究》，台湾：学生书局，2004，第55页。
② 刘乃慈：《第二/现代性：五四女性小说研究》，台湾：学生书局，2004，第55页。

性追求的过程中，既成的文化教养、道德规范对于即使是女作家这样的先锋人群，也难免有其巨大的影响力。传统与现代产生冲突，现代性在传统文化面前遭遇挑战成为必然。所以，所谓"女性的现代性"或者"第二种现代性"的观点，包含了对女性现代性历史局限和思想局限的体察。

总结现代女作家的文学意识和文学实践，可以把这种矛盾概括为传统文化积淀与对现代性追求的冲突，外来影响与本土化文本建构过程中的矛盾，"诗意的栖居"与经验性写作的错位，坚守"纯文学"与遭遇商业化的纠结等几个方面。而上述矛盾的几个表征则可以归结为现代女作家与现代性之关系这样一个核心问题。五四以来，中国文学的一个重大的主题就是现代性的建设，现当代女作家在不同的时空都积极参与了。现代女作家的女性意识及其审美意识一直在接受着传统文化积淀与现代性冲突的考验。五四女作家群在这方面表现得尤为突出，正所谓她们是"头脑里同时装着古典诗词和新文学"的一代人。她们"一方面接收着新思潮的熏陶，另一方面泥古赋诗，倡言古风"。[①] 苏雪林在其长篇小说《棘心》中说："某人既不能站在时代的尖端，又不甘拉住时代的尾巴，结果新旧都不彻底，成为人们所嘲笑的'半吊子新学家'，要知道这与他们过去所处的家庭社会大有关系。"这是苏雪林这位五四女作家借自身的矛盾心理体验道出那个时代女性知识分子乃至整个知识分子圈子的普遍思想状态。

第一节 传统文化积淀与现代性追求的矛盾

几千年丰盈的中华文化铸造了中国人的精神世界，中华女儿的

[①] 方维保：《苏雪林：荆棘花冠》，广西师范大学出版社，2006，第54页。

独特心灵世界。华夏文化成为中国作家深植于民族土壤之根,那些出身于书香门第的女作家更是吸吮着民族文化的乳汁成长起来,形成了独特的人生态度和审美方式。中华传统文化给予中国女作家的能量是难以估量的。但是,中华传统文化积淀带给她们的精神压力和负担同样不可小视。在既要发扬民族传统文化精神,又要追求现代性的过程中,现代女作家经历了痛苦的裂变。因此,有学者把五四女作家的"现代性"特征称为"第二/现代性",或"第二性的现代性"。① 这一结论透露了研究者对于中国女作家(至少是五四女作家)背负着沉重的传统包袱又积极追求现代性真相的洞见。其具体表现为,"审父认母",奉行新的"贤妻良母主义",反抗男权中心主义,却寻找新的男性同盟军,去女性化,错位认同男性气质和性征等。

一 "审父认母",奉行新"贤妻良母主义"

五四新文化运动无疑是一场"审父"的文化批判运动,延续几千年的父权、男权思想遭到了极端批判。现代知识分子"在历史性的'文化法庭'中,他们无情地审判自己的父辈文化","他们认为不能再重复父辈带给子辈以无穷尽的痛苦了,不能再重复'吃人'的悲剧了,不能再承袭'三纲五常'那一套虚伪的伦常观念了,总之,是再也不能让那种以血缘关系为基础而建立起来的宗法制度主宰中国人民的命运了"。② 就在这场"审父"文化批判运动中,现代女作家成为直接参与者和受益者。反封建主义、争取妇女解放、要求个性独立等都体现了她们的现代意识和现代性姿态。但在"审父"的同时,她们表现出对宗法文化结构中最为正统、最为

---

① 刘乃慈:《第二/现代性:五四女性小说研究》,台湾:学生书局,2004,"序言"第2页。
② 刘再复、林岗:《传统与中国人》,安徽文艺出版社,1999,第17页。

牢固的"母亲"角色的认同，而这种认同在无意识中却认同了"父亲"和父系文化。"觉醒的五四女儿由此陷入反叛封建父权与维护母女亲情的矛盾痛苦中。冯沅君笔下争取婚姻自由的女青年，往往无法将母爱与母亲所坚持的封建立场区别开来对待，从而陷入要么辜负慈母、要么向封建父权妥协的两难境地中。冯沅君在《隔绝之后》中只好让死神来调和母爱与男女之爱的矛盾，使觉醒的五四女儿得以逃避情感劫难；但避开了这一道关坎，五四女儿也就擦肩失却了一个进一步走向成熟的精神断乳时机。同是回避矛盾，苏雪林在《棘心》中则是以鸵鸟式的自欺欺人，让女青年杜醒秋在父母安排的婚姻内臆想爱情幸福。叙述者、作者与主人公立场一致，共同沉醉于矛盾妥协调和的梦想中。这表明苏雪林对封建礼教比冯沅君多一份怯惧、也多一份幻想。"①

"贤妻良母"是中国几千年来赋予女性最崇高、最合乎宗法制度的一种女性审美标准，并且已然成为一种性别文化符号。中国妇女在文化演进中也自觉地将其内化为一种亘古不变的女性道德尺度。五四女作家在批判了旧式的蒙昧的"贤妻良母"观念的时候，却奉行一种新的"贤妻良母主义"。在她们看来，母性是女性自然、神秘的天性，母职是女人应当享有的正当权利，做"贤妻良母"则是造就新国民的国族需要。陈衡哲、冯沅君、冰心、苏雪林、袁昌英等从思想意识到实际行为无不为新"贤妻良母主义"所支配。在她们看来，母性"是人类的天性，也是大自然的神秘。一切生物，若是没有这种神秘的天性，则其种类必归消灭，在地球上不留遗迹"，"妇女解放无论至何程度，不会危及母性"，"母性也不仅是义务，而同时是绝大的权利"，"只要身心发达得到平衡的女人，没有一个不享受这种权利的"，在一些健全美满的家庭里"有着不少

---

① 李玲：《现代女性文学初兴期的创作》，载乔以钢、林丹娅主编《女性文学教程》，河北教育出版社，2007，第53页。

受过新式教育的贤妻良母，在替民族创造身体强壮，精神活泼，习惯优良，品格高贵的下一代国民"。① 这种认识看似很全面，但是有明显的历史文化局限性。五四女作家在奉行新"贤妻良母主义"的时候，并没有意识到传统文化特别是封建宗法文化附在"母亲"身上的"父权意识"。在父权思想统治之下，"父亲""母亲"是封建家族利益的共同体，"母亲"实质上是根本没有"女性意识"的傀儡，她往往充当着父亲意志的执行者，甚至是压迫子女的"打手"。而五四女作家奉行的"新主义"并没有将"母亲"从封建宗法文化体制上剥离出来，她们在无意识中迎合了父权文化对女性角色身份的审美标准。新"贤妻良母主义"的"新"字只是要求女性在原有的"贤妻良母"标准中增加了新文化、新知识、新教养。这样一来，女性的精神负担和承受的家庭束缚就只会更加沉重。"事实上，神话化的母亲、天职化的母亲，不仅不代表社会叙述功能的演进，反而可能显示在父权意识系统里，我们对母亲角色和行为物化、停滞的一面。"②

耐人寻味的是，新时期有女作家仍然继承了这种对男权意志妥协的思想理念，"审父认母"还不时地表现在新一代女作家的女性意识和文学创作中。有的文学女性甚至奉行"三不要主义"，即不要家庭、不要丈夫、不要名分，单单就要做"母亲"（如《女性没有地平线》的女主人公）。这种"母亲"认同已经远远超越了现代人的正常思维所能接受的限度，回到了母系社会，出现了文学上的"返祖"现象。王英琦慨叹："贤妻良母这一词汇是'老国粹'了，中国的女人们算是今生今世都'受用'不完了。这一词汇的发明者，定然不会料到它有如此神奇的魔力，竟能传千秋万代而不

---

① 袁昌英：《在法律上平等》，载林呐等编《袁昌英散文选集》，百花文艺出版社，1991，第79~80页。
② 刘乃慈：《第二/现代性：五四女性小说研究》，台湾：学生书局，2004，第55页。

殆吧?"①

与中国现代女作家不同的是,欧美女作家对"母亲"的认识似乎更哲学化。艾莲娜·西苏认为,"母亲也是一个隐喻","母亲"是用"白色的墨汁写作"。这"白色的墨汁"其实就是母性的"乳汁"。它哺育了"母亲"和"父亲"所"生"的身体,同时把他们共同的精神文化遗传给了他们的儿女。所以,对于女作家而言,一定要分辨清楚父亲与母亲所代表和象征的文化精神,不能像吸吮"乳汁"一样把其中的男权文化精神一并接受而全然不觉悟。母亲的"乳汁"实际上也不可避免地含着父亲的精神文化"乳汁",作为母亲,其自觉或不自觉地会代表父亲的意志来"哺育"他们共同孕育的子女。在这里,我们完全可以把"乳汁"视为以父性为主体的文化精神及其代代相传的文化传统。

当然,对于象征着传统文化的符号之一的"贤妻良母",在每一个时代都会有不同的阐释和实践。五四前后,中国男性思想先驱李大钊、李达、吴虞、鲁迅等都曾对男女平权、妇女问题做过论述。例如,茅盾在《解放的妇女与妇女的解放》一文中就曾指出,妇女解放就是要把妇女从传统的"贤妻良母"角色中解放出来,妇女解放要从争取男女教育平等与家庭革命入手。周恩来于1942年也写过一篇《论"贤妻良母"与母职》②的文章。该文的社会意义在于针对国民党反对所谓"非法妇运"来对抗我党发动妇女群众参与抗战,扩大抗战力量,同时针对当时社会上关于"妇女回家"的热烈讨论,发表了我党的正面声音,具有重要的思想文化意义。当

---

① 王英琦:《被"造成"的女人》,载王剑冰编选《女性的坦白》,湖南文艺出版社,1993,第381页。
② 原载《新华日报》副刊《妇女之路》1942年第38期,又载《解放日报》1942年11月20日。

下，重读周恩来的经典著述，仍觉振聋发聩。周恩来认为，从妇女解放的角度可以赞赏"贤妻良母"，也不反对提倡"母职"和"妻职"，关键是要看用什么标准和内涵来界定和解释这两种概念。他说："我们站在妇女解放的立场上，并不反对良母或者贤妻这两个独立的美称和赞意，而只问其所指的标准和含义如何。我们更不反对提倡母职和妻职，而只问其所指的职务内容和有关方面的相互关系如何。"又说："无论在任何社会，做母亲的要良，做妻子的当然要贤，这犹之做父亲的要良，做丈夫的当然要贤，一样的天经地义不可变易的真理。"很明显，周恩来认为要求女性做"贤妻良母"，同时也应该要求男性做"贤夫良父"，这样才对等。"但是贤妻良母成为一个固定的连在一起的名词，其含义就不同了，它是专门限于男权社会用以做束缚妇女的桎梏，其实际也的确是旧社会男性的片面要求。在这个名词下，妇女的地位，便被规定得死死的，只能牢牢守在家庭做一个伺候丈夫的妻子，做一个养育儿女的母亲，而不能在社会上取得一定地位。""我们只要试想一下，为什么没有'贤夫良父'这一名称，便知道'贤妻良母'是有它一定的社会性质了。"这里，周恩来一针见血地揭露了男权社会制造出"贤妻良母"这样一个强加给女性的"美誉"，无非是限制女性的自由，为的是维护男权中心社会既定的性别文化关系和社会秩序。所以，必须解构封建社会刻板的性别文化符号，以两性平等的"标准和含义"赋予男女两性"人"的意义上的平等意识，"女性与男性处于平等地位，其'贤良'的标准也平等了。母职妻职犹之父职夫职一样，可以成为分别贤良的标准，也可以成为男女的分工和各自的任务"，"我们提倡母职，绝非视妇女于尽母职之外便无职可尽，相反的，妇女是人，凡人类可做的事情，妇女大都可做"。这一经典文献，对于我们如何辨析"贤妻良母"的社会文化性质和所蕴含的不平等意识具有重要的启发意义。

二 反抗"男权中心",寻找"可依托"的男性同盟

现代女作家觉醒的女性意识中最具革命性的就是对男权中心意识的反抗意识,具体体现为争取婚姻自主、恋爱自由,如冯沅君笔下的镌华所说,"身命可以牺牲,意志自由不可以牺牲,不得自由我宁死","人们要不知道恋爱自由,则所有的一切都不必提了。这就是我的宣言"。① 此番"宣言"不可谓不大胆、不决绝。但是,在女性文本中露出了"宣言"和行为之间的"缝隙":女主人公一方面把批判的矛头指向男权中心意识形态,另一方面却把男性"对象"视为拯救自己的救世主。镌华被父母关在家中与外界隔绝,在信中她向恋人士轸倾诉:"我真觉得置身在四无人烟,荆棘塞路,豺虎咆哮的山谷中一样,只有你是可依托的,你真爱我,能救我。"② 在这里,我们清晰地听到"镌华"们在斗争陷入绝望时对恋人(男人)如对救世主般地渴求。在与强大的封建势力(家庭)斗争时,新女性势单力薄,她们笃信"士轸"们是她们的救世主、同盟军。

在我们追问为什么会出现如此的矛盾状态时,仍需要认真辨析两层关系,即父与子的文化关系和男女两性文化关系,也就是男女两性的权力关系。

首先,在封建伦理文化中,"父父子子"是既定的不可逾越的伦理纲常。男权社会中的父子作为男性均为社会文化的主体,他们的关系既是家庭伦理的血亲关系,也是文化上的、精神上的"血亲

---

① 冯沅君:《隔绝》,载谢冕主编《中国百年文学经典文库·短篇小说卷1895-1949(上)》,海天出版社,1996,第59页。
② 冯沅君:《隔绝》,载谢冕主编《中国百年文学经典文库·短篇小说卷1895-1949(上)》,海天出版社,1996,第66页。

关系"。但就新旧社会、新旧思想的对比而言，父子关系也往往是对立的，父一辈作为"君主"顽固地掌控子一辈，而子一辈背叛父一辈也是历史进步的必然。男权社会两性关系既成的法则是宇宙乾坤，男为乾，女为坤，男性是女性的天，女性是男性的地，男尊女卑，夫为妻纲，天经地义。五四新文化运动中掀起的家庭革命，为青年男女反抗封建家庭的专制创造了契机，其中不仅是新女性冲出了封建家庭的牢笼"打出幽灵塔"，接受了新思想的一代男青年也造了老子的反，成为文化革命的新军，无论男性还是女性，作为革封建文化命的新一代，其革命对象和奋斗目标是一致的，这就使"他"和"她"自然地结为"同盟军"，新的时代、新的文化造就的两性"同盟军"。两性新的同盟军在完成反封建这一重大的历史使命的过程中，志同道合，携手并肩，增强了战斗力。但是，当激进的反封建斗争渐趋平和，当"他"和"她"由革命的同盟军进入单纯的"二人世界"时，青年男女的关系便起了微妙的变化，对于这种变化有时候就连他们自己也处于不自觉的懵懂状态。这种变化就像是涓生和子君的关系一样，在日常生活中不知不觉地产生。直白地说，男性终究是男性，女性终究是女性。暴风雨过后，无论天空多么晴朗，两性关系的既定法则在新一代青年身上仍然继续演绎着，没有例外，这就是所谓文化的不可抗拒的软性力量的刚性作用。"涓生"作为一家之主，自觉主外，忙着上班，挣钱养家；"子君"则安然做个小女人，养着小油鸡，婆婆妈妈地过着小日子。最终，涓生失业了，爱情死亡了，子君不得不走出涓生的家门，回到曾经激情冲出的父辈的家门，演绎了鲁迅预言的走出去、再走回来的必然之路。

以冯沅君为代表的现代女作家，清醒地意识到女性完全可以借着时代的新潮冲出父亲的家门，推开母亲的怀抱，走上社会，走上自由恋爱之路。可是她的女主人公迷失在对年青一代男性的新的依赖上,把她的"对象"看成男权中心以外的"救世主",在她们遭遇封建家长专制时,首先想到的是"士轸"们的拯救,而没有意识到"父"与"子"同为男性,子一辈仍旧是"父姓文化"的自然传承体,在思想渊源上他们是有"血缘关系"的。这种新的依赖思想自然影响了女主人公主体能动性的发挥,无形中放弃了自救的努力而走向自我毁灭。这恐怕也是镌华乃至子君在"二人世界"中至死都没有意识到的产生悲剧的原因之一。

幸好,新时期文学大面积地遭遇了女性主义批评,在一定程度上擦亮了女作家迷失的双眼。"女性主义对于男权的清算决不能仅止于对现行父权社会制度的抗争,更需直捣男权文化的老穴,深挖男权社会的根,仔细研究、反思这一男权文化细腻的肌理构成,揭露、批判、解构、颠覆这一盘踞在女性头上并内化女性心理的男权意识形态,使女性获得更大程度的自我认识与解放。"[①]

三 以"男士"的名义,错位的身份认同

"身份认同"(Identity)是内涵复杂的概念,它涉及哲学、社会学、心理学等诸多学科的思想。作为西方文化研究的重要概念,受到新左派、女权主义、后殖民主义的特别关注。它的基本含义是指个人对自我的确认,即"我是谁"的主体意识;个体与所属社会群体、族群的关联,即社会身份、社会地位;个体的文化身份与特定社会文化的关联以及他者对自我的认可(或不认可)。身份认同与现代性有关联,"身份认同"被视为现代性这个大主题框架中的重要主题之一,是后殖民主义、女权主义批评常用的概念和批评视角。它"植根于西方现代性的内在矛盾,具有 3 种倾向:首先,传统的固定

[①] 郑国庆:《女性主义文学批评》,载南帆主编《二十世纪中国文学批评 99 个词》,浙江文艺出版社,2003,第 47 页。

认同,来自西方哲学主体论;其次,受相对主义影响,出现一种时髦的后现代认同,反对单一僵硬,提倡变动多样;再次,另有一种折衷认同,秉承现代性批判理念,倡导一种相对本质主义"。①

女性的身份认同一直是女性意识领域的一个核心问题,也是一个有史以来游移不定、矛盾重重的问题。女性在不同的时空中对性别角色的态度呈现不定式:喜欢做女人,认同自我性别身份;排斥自我性别身份,认同男性角色优势;主张"两性同体",甘做中性人等。这都是女性特别是女作家在性别角色认同过程中的种种心理态势。古代花木兰女扮男装,替父从军;近代"鉴湖女侠""不惜千金买宝刀";大革命时"女兵"剪短发打裹腿认同"兵士"身份,国难当头之时"忘记自己是女人那回事"担起救亡图存的使命。"时代不同了,男女都一样"的价值取向抹杀了两性差异,一段段历史的场景,一张张昨日的面孔,无不昭示女性对自我身份认同的危机感、困惑、痛苦及无奈。女性的身份认同具有天然的男权话语界定性。中国传统的"重男轻女""男尊女卑""男强女弱"等文化法则,使女孩子在出生之前就被限定了,而她们一旦出生便被各种既定的法则形塑为男权社会文化所需要的样貌,"妇德""妇功""妇言"都要按照男权文化教育模式去修行,其结果必然是从外形到心性都被框定在男权文化关于女性的理想框架之中。在男权中心社会,女性的身份认同即男权文化的首肯与认可,女性无论是个人还是群体,均处于无意识的蒙昧之中。近代以来,特别是五四新文化运动以来,男权社会的一些基本法则受到冲击,在接受西方女权主义思想启蒙后,知识女性率先冲出男权中心的樊笼,开始认同"新女性",走出父亲的家门、关上丈夫的家门,演出了一幕幕"出走""私奔"的现实活剧。可以说,女性角色的身份认同

---

① 陶家骏:《身份认同导论》,《外国文学》2004年第2期。

构成五四新文化妇女解放运动中一个重要的文化业绩。

遗憾的是,"新女性"被五四新文化大潮"震"上文坛时,新旧文化正处在激烈的博弈之中,即便是新女性也难免处于历史的转型和激变的当口。"一脚门里一脚门外"的新女性既有新时代精神所赋予的新思想,又难免带着旧时代的文化烙印,背负着旧文化的包袱,念旧经,写时文。女性的身份认同同样处于"同"和"异"的纠结中,对于现代女作家而言,其创作思想与创作实践必然呈现矛盾状态,错位的身份认同也成为女作家写作的一种障眼法或隐身衣。

"女扮男装"不仅是中国女作家从"空白之页"登上历史舞台的一种出场方式,更是现代女作家争取话语权、发挥审美创造力的一种叙事策略。冰心在她以男士笔名发表的《关于女人》第三版自序中说:"这本书的来由,很有意思:一来我那时——一九四零~一九四三——经济上的确有困难,有卖稿的必要(我们就是拿《关于女人》的第一篇稿酬,在重庆上'三六九'点心店吃的一九四零年的年夜饭)。二来,这几篇东西不是用'冰心'的笔名来写,我可以'不负责任',开点玩笑时也可以自由一些。"[①] 1980年杨绛在谈小说艺术的时候也说,为了避免读者对小说人物"穿凿附会",作者可以穿上"隐身衣"。[②] 等米下锅也好,卖文求生也好,使叙事更为自由也罢,避免读者"对号入座"也罢,都是女作家使的一种文本障眼法:"甄士隐"(真事隐),化妆出场,不直接亮出自己"女性"作家的角色身份。这种错位的身份认同恰恰透露了女性意识中隐秘的角色恐惧心理。同时说明,在女作家看来,借用"男

---

① 冰心:《关于女人》(第三版)自序,载卓如编《新编冰心全集》(第七卷),海峡文艺出版社,1994,第204页。

② 《事实—故事—真实》,《杨绛作品集》(第3卷),中国社会科学出版社,1993,第141~142页。

士"名义向世界发声，似乎可以省略男权话语对"女性声音"的质疑，使"自己的声音"无障碍地传播，便于为世人所接受。

值得反思的问题是，为什么女作家一直以来需要寻找"隐身衣"为自己设下种种障眼法，而男作家则大可不必这样做？究其原因无非是想以此抵制男性话语霸权的无谓攻击，制造一个外在防身术；更为内在的原因是女性那种不自信的弱者心态，以及对男性气质、男权文化的"崇拜"心态。综观现代女作家的成长史，可以窥见女作家无论外表多么强悍，大多认同"弱者——你的名字是女人"的箴言。即使是在新时期成名的张洁，被评论界称为"最具女权主义倾向的女作家"，在其创作中也笃信"弱者——你的名字是女人"，并在其中篇小说《方舟》中满怀偏激情绪地用"寡妇俱乐部"演绎了"女人/弱者"的思想主题，暴露了女性对于自我性别角色认同的矛盾心态，书写了认同与错位的艰难历程。

第二节　外来影响接受与本土文化建构的冲突

尽管中国曾经长时期地闭关锁国，但是仍然抵挡不住外来文化的影响和冲击。在整个知识界、文学界接受外来影响的时候，女作家同样经受了这种冲击和影响。冰心接受基督教文化的"洗礼"，并受泰戈尔神学思想的影响，铸就了她的"爱的哲学"思想；凌叔华受英国曼殊菲尔德的影响，形成了她那能"揭出高门巨族精魂"的"心理写实主义"；萧红、梅娘等的"日本文化体验"，是她们能够更为深刻地揭露殖民主义的重要因素；丁玲对"普罗"文学思想的接受甚至使她一度放弃了女性主义立场和文学叙事风格；张爱玲对弗洛伊德精神分析学的接受，使她的小说更具人性拷问的深度；宗璞对意识流的借鉴，引导读者更清醒地反思文化劫难中"我是谁"的荒诞命题；刘索拉受存在主义的刺激而创作了《你别无选择》；残雪用《山上的小屋》等向卡夫卡致敬；王安忆以《长恨歌》尝试以新历史主义对上海"阿拉文化"做出新的解读；迟子建对哈尔滨这座中俄文化融合而成的城市的景观书写和精神开掘使得东北文学更具艺术魅力……总之，从"娜拉"的造访，到对日本殖民文化的体验，再到西方女性主义全面登陆中国文坛，中国现代女作家经历了睁眼看世界、重新看自己，以及放眼整个人类的心路历程。由本土文化向跨文化再向全球化思想演进的过程，体现了中国现代女作家由封闭走向开放，由传统走向现代的文化成长轨迹，同时暴露了在中外文化碰撞、融合过程中的文化焦虑心态。

现代女作家接受外来文化的冲击和影响，无非通过两种渠道，一是对异质文化的切身体验，沐"欧风西雨"，走出国门，亲历亲见，直接接受异质文化的熏陶和影响。翻阅近代以来一些女作家的简历，可以发现她们大多有接受外国文化教育的背景。一些中产阶级知识女性或随父母出国，或随夫出国，或只身出国，学贯中西的女性不在少数。二是被时代风潮裹挟，间接接受他人经验或思想启蒙。五四时期西方文明中的科学、民主思想对知识分子的影响甚大，女性知识分子自然也不例外。进入新时期，国门大开，西方百年的文艺思想特别是女性主义思想对中国女作家的影响更为明显，经历了对西方文明的"恶补"之后，女作家的女性意识（包括生命意识、性别意识、审美意识）猛然觉醒，生吞活剥也好，融会贯通也好，总之，没有哪位女作家的思想和创作不呈现出外来文化与本土文化相互浸淫和交融的现象，即使是在闭关锁国的背景下，女作家也同整个文坛一道接受着世界左翼文学思想的影响。然而，这期间的矛盾和纠结也在出现，成为一个值得反思和求解的问题。

一　最猛烈最实际的冲击：易卜生及其"娜拉"的"造访"

其实，在第一次鸦片战争之后，中国人就已经从西方坚船利炮的攻击声中正眼看世界了，并逐渐了解了中国人为什么总是挨打受欺负的真正原因，开启了救亡图存的万里征程。从中国现代文学史来看，除却中西文化碰撞的大语境，中国文学所受的最猛烈最实际的一次精神冲击就是易卜生和他所创造的醒世人物"娜拉"。易卜生创作最旺盛的年代正是挪威文学被恩格斯所肯定的文学年代。恩格斯在给爱伦斯德的一封信中说："在最近二十年当中，挪威的文学非常之发达，除俄国之外，没有一国能够像它那样享受文学的光荣……他们比较其余的民族，的确造出了更多的精神上的宝贝，而且使别国的文学也露出挪威影响的痕迹，德国文学也是如此。"[①]"娜拉"正是易卜生在其《玩偶之家》中为世界文学特别是为全球妇女创造的一个"精神上的宝贝"。这个宝贝早在20世纪初就造访了中国，据悉1914年就有人介绍《玩偶之家》及其主人公娜拉。但是，真正产生大影响的是胡适1918年6月15日发表于《新青年》第6卷第6号的《易卜生主义》。胡适所说的"易卜生主义"是指《玩偶之家》中所揭露的"如此黑暗腐败的家庭社会"，并以"娜拉的出走"唤起人们奋起"维新改革"的思想。胡适预言，"娜拉"宣布独立，脱离"玩偶之家"，必将"开女界广大之生机，为革命之天使，为社会之警钟"。的确，"警钟"敲响处中国知识女性纷纷响应，被"娜拉"这一"革命之天使"所感召、所激励，并开始效法。例如，被茅盾称为"五四产儿"的女作家庐隐表白："我对于今后妇女的出路，就是打破家庭的藩篱到社会上去，逃出

[①] 转引自潘家洵译《易卜生戏剧四种》，人民文学出版社，1958，译者序第4页。

傀儡家庭，去过人类应过的生活，不仅仅做个女人，还要做人，这就是我唯一的口号了。"① 女作家陈学昭18岁时，在其《我所希望的新妇女》（1924）一文中概括了中国"新妇女"（新女性）的标志——个人之修养、学识，社会上之事业，并在抄录了易卜生《玩偶之家》中娜拉出走前与丈夫海尔茂的对话之后"点赞"道："这才是新妇女的行为！这才是真正的妇女解放！我们如果要做领袖人物，那么，至少我们须像这样的人，像这样的妇女。"② 五四新文学的作家以各种文体特别是小说回应了"娜拉"的来访，创作了诸如镌华、海滨故人、女兵、莎菲、韦护、美琳等中国版的"娜拉"。"娜拉"是现代中国新女性的共名，冲出家的"囚笼"，集体"出走"成为她们最具现代性的革命姿态。

现代女作家和她们笔下的中国版"娜拉"构成了一个颇具审美冲击力的人物谱系。冯沅君、苏雪林、庐隐、谢冰莹、萧红、白薇、丁玲等，一批被五四新文化精神引导的现代女作家高举文化革命、家庭革命、自由恋爱、做新女性的主题旗帜，逃离封建家庭，走上社会，摆脱包办婚姻，身体力行形塑成文坛上的"娜拉"。同时，她们把切身经历、个人体验文学化，塑造了文学史上"娜拉"的文学形象系列。中国版"娜拉"形象的特点是鲜明的，她们顺应大的时代新潮，勇敢地冲破封建家庭的束缚，为争取恋爱自由不顾世俗偏见，以血写的誓言为整个时代女性开启了解放之门，创造了中国妇女文学史乃至中国文学史上最为鲜活的一个人物谱系。在审美创造力上，中国版"娜拉"同样翻开了中国文学史乃至世界文学史上新的一页。

然而，"娜拉"们终因水土不服或自杀，或妥协，或游戏人生。

---

① 钱虹编《庐隐选集》（上），福建人民出版社，1985，第30页。
② 转引自张凌江《破门而出：现代女作家的革命书写》，《中国社会科学报》2014年12月9日B01版。

镌华尚没有离开家门就自杀了;海滨故人中的一群新女性最终也是嫁人的嫁人了,死的死灭了,如庐隐所说,哭也好,笑也好,人生都不过是一场戏,"游戏人生"罢了。即使像冰心这样广受男女读者喜爱、坚持和谐审美情趣、满含"爱的哲学"的女作家,也在她的《西风》中塑造了一个事业成功后偶遇初恋情人携妻执子而悔不当初的女性形象。所以,从某种意义上说,易卜生和他的"娜拉"的来访,加速了中国妇女解放的步伐,塑造了一批现实社会与文学艺术中的"娜拉"式人物,同时加剧了"新女性"们的时代病,苦闷、徘徊、求索成为中国版"娜拉"普遍的心态。但是,"娜拉"们没有绝望,一代代的"娜拉"前仆后继,一直在奋斗,在疾风中前行。直到新中国文学史上,还有像林云(韦君宜小说《女人》中的女主人公)那样的"娜拉"在跟"海尔茂"争独立、争自由。但是,林云的声音毕竟太微弱了,在强大的政治意识形态公然无视两性差异的时代,"林云"们还是走不出中国当代"海尔茂"的"玩偶之家"。这是时代的悲哀,还是女性的悲哀?这仍然是个问题。

二 最痛苦最屈辱的冲击:军国主义和殖民文化的压迫

在女权主义者西蒙·德·波伏娃看来,女性不是天生的,而是后天文化养成的。这一观点适用于地球上所有的女性,中国现代女作家的体验似乎更为深切。中国现代女作家的"孕育期"和"养成期"几乎都在吸吮根深蒂固的华夏传统文化的营养,对于民族文化以外的异质文化则很少接触,近现代社会文化思潮为她们的多种文化体验提供了契机和条件,中西结合、传统与现代结合既是现代女性精神成长的需要,也是一个现代作家必备的文化素养。"俄苏体验""日本体验""中国体验"被认为是中国现代文学特别是左翼文学发生的重要的内在主体因素。① 李怡指出："所谓的'中外文化交流'的问题其实并不是简单的文化观念的传递，而是在这样的'过程'中，中国近代知识分子（作家）的自我体验问题——既有人生的感受又有文化的感受。在主体体验的世界里，所有外来文化观念最终不可能是其固有形态的复制，而是必然经过主体筛选、过滤甚至改装的'理解中'的质数。中国作家最后也是在充分调动了包括这一文化交流过程中的种种体验的基础上实现了精神上的新创造。"②

同时，我们必须看到，接受异质文化的影响之后所获取的"新创造"，有文化的正能量，也有负面影响。"在中国现代文学发生的过程中，日本作为激活中国作家生存感受、传输异域文化'中介'所具有的特殊意义值得注意。但这并非如一般比较文学影响研究所描述的那样，仅仅是日本文学的'经验'赋予了中国文学以新的因素。我们更应当考察中国作家在日本的深刻的人生体验，从中国近现代作家的'日本体验'的角度挖掘生存实感的变迁之于文学变迁的重大意义。可以说，是中国作家在日本的体验完成了对创作主体的自我激活，使他们在一个全新的意义上反观自己的世界，表达前所未有的新鲜感悟，这便有效地推动了中国现代文学的发生。"③ 日本的近代女性文学及其思想对中国文坛产生过一定的影响。例如，1918年5月15日，《新青年》第4卷第5号刊载了周作人翻译的日本女作家与谢野晶子的《贞操论》。作者论述了关于贞操的种种矛盾和不合理现象，否定将贞操作为现代道德标准，肯定结婚、离婚自由的合理性。周作人在"译者前言"中说，与谢野晶子是日本第一流女诗人、女批评家，是"极进步，极自由，极真实，极平正的

---

① 陈红旗：《中国左翼文学的发生（1923—1933）》，暨南大学出版社，2010，第35页。
② 李怡：《"日本体验"与中国现代文学的发生》，《中国社会科学》2004年第1期。
③ 李怡：《"日本体验"与中国现代文学的发生》，《中国社会科学》2004年第1期。

大妇人","识见议论,都极正大",文章"纯是健全的思想",是中国现实需要的"治病的药"。译文在当时社会引起相当大的震动,鲁迅、胡适都撰文呼应,反对旧道德,提倡新道德。胡适在《贞操问题》一文中说:"这是东方文明史上一件极可贺的事情。"与谢野晶子(1878~1942)是日本近代浪漫主义短歌诗人,生于大阪一商人家庭,毕业于堺市女子学校。她勇敢地反抗封建家庭,追求爱情自由,主张妇女解放。她写诗、写小说,也写有关妇女问题的言论。旅欧,思想开放,主张妇女受教育,参与妇女教育事业等社会活动。她的代表诗作《乱发》大胆礼赞青春,讴歌爱情,情感奔放,在日本和20世纪30年代的中国文坛都有很大影响。

如果说,20世纪20年代中国文坛的"日本作家群"从"日本体验"(包括间接的"俄苏体验")中获得了促成中国左翼文学生成的某些积极因素,那么,到了20世纪30年代,日本帝国主义疯狂入侵中国,并施以殖民文化教育,试图从肉体到精神全面占领华夏民族的时候,中国作家包括女作家,从军国主义、殖民文化环境中所感受所体验到的则是丧权辱国、当"亡国奴"的屈辱,以及由此激发的强烈的民族主义、爱国主义精神,最终形成"抗战文学""沦陷区女性文学"等文学形态。萧红的《生死场》、梅娘的《蟹》等"水族三部曲"、丁玲的《我在霞村的时候》等作品都是创作主体对异质文化、殖民文化深刻体验的产物。萧红以自己的深刻体验营造了"生死场"这一历史文化内涵丰富的空间意象,不仅生动呈现了殖民统治下北方人民"忙着生,忙着死"的悲剧景观,同时深刻描绘了作家即"生死场"中的人物的民族精神觉醒的心路历程,"从前不晓得什么叫国家,从前也许忘掉了自己是哪国的国民",被迫接受"我是个老亡国奴",逐渐从残酷的现实中意识到"我不当亡国奴,生是中国人,死是中国鬼"。觉醒后的"愚夫愚妇"们,奋起反抗帝国主义的殖民统治:受尽苦难的固执的王婆站起来了,老赵三站起来了，就连在那个世界上只看到自己一只山羊的二里半也站起来了，生活在多重压迫下的寡妇们也呐喊着为抗日"千刀万剐也愿意！"过去像蚂蚁一样"为死而生"的他们，"现在是巨人似地为生而死了"。正像鲁迅对《生死场》的评价："北方人民对于生的坚强，对于死的挣扎，却往往已经力透纸背。"

沦陷区女作家梅娘以其被称为"水族三部曲"的《蟹》《蚌》《鱼》奠定了在中国现代文坛上的地位。如果说成名期的梅娘用靡弱的笔致，"写下了自身的美丽的记忆和美丽的梦，她安排下了可爱的人群可爱的故事，歌赞自然，抒发自我"。① 那么经过《第二代》的转型，进入以《蟹》为标志的创作时代，"作者是以'蟹'体现着沦陷区文学作品的一种生命形式，吟唱着一曲沉郁、清简、悲怆的生命之歌"。②《蟹》以一个大家庭从兴到衰的过程叙述了国破家亡的悲剧。这场悲剧直接的制造者是"三叔"这个败家子和那个工于心计的管家王福。这场悲剧的直接受害者，则是这个家族内外的年青一代：铃、翠、祥等。三叔是个没有任何实际谋生本事的家庭暴君，在铃的父亲去世后成为这个家庭的"掌门人"。在社会上，他甘愿仰仗日本人的鼻息立足，在家庭中则无视老幼的生存需要和心理感受。铃是这个家庭中有理想、有知识、有情商的少女。她的苦闷、困惑、思虑代表了那个时代生长在殖民地的青年群体。但是，他们像一群被捕蟹者的灯光所吸引的"蟹"一样，终归会"落在了摆好的网里"，被三重霸权所吞没。"蟹"的挣扎和反抗也就必定在那张黑暗的"网"中孕育和爆发。梅娘在其未刊稿《俱往矣》中说，自己试图"用年轻的笔和心，诉说着人世间的不平，诉说着沦陷的痛苦，探索居住在异国的、生长在殖民地中的青年的路"。

---

① 韦长明：《东北女性文学十四年史》（1946），载张毓茂主编《现代东北文学大系》（评论卷），沈阳出版社，1996，第511页。
② 高翔：《现代东北文学大系》（中篇小说卷），沈阳出版社，1996，导言第12页。

作为左翼作家的丁玲，其饱受争议的作品《我在霞村的时候》，更是在民族主义、爱国主义、女性主义的综合视角下反映了日本帝国主义在中国大地上灭绝人性的残暴行径，特别是对广大中国妇女的惨绝人寰的蹂躏，从而激起被侮辱与被损害的人们强烈的反抗精神和不屈不挠的生命意志。霞村女孩贞贞被日军强掳去做"慰安妇"，这一血写的历史是军国主义无法抵赖的事实。但是，贞贞遭遇的不仅是被日军强暴的灵与肉的双重屈辱，在这痛苦的伤疤上撒盐的是以夏大宝为代表的封建残余势力对妇女被迫失贞后的冷嘲热讽、千般鄙夷。作家满怀激情和同情之心，叙述了贞贞不幸的遭遇，可是她没有让贞贞在屈辱中绝望，而是赋予贞贞在多重屈辱中奋起的顽强意志，她带着创伤投身抗战的洪流，而且毅然决然地离开了声称爱她、原谅她的夏大宝，同封建世俗的贞操观决别，开始原本就属于自己的新女性的新征程。

但是，对于女作家对殖民文化的深切体验和文学叙事，文学批评界缺乏更热情的关注和研讨。我们在现当代文学批评史上所看到的是对萧红的"权威性"误读，有意无意将女作家的创作个性视为问题和不足加以批评，冷落、无视以梅娘为代表的沦陷区女作家的特殊历史贡献，或者从意识形态和政治功利层面批判丁玲对"贞贞"们的关爱与书写，等等。这种批评与创作实绩的矛盾从形而上层面印证了现代女作家思想与创作实际的矛盾性、复杂性和丰富性。

三 最全面最深刻的冲击：西方女性主义登陆新时期文坛

新时期，中国女作家经受的西方女性主义思潮冲击和影响远远超过以往任何历史时期。宏观层面，中国新时期女作家受西方女性主义思想的影响大致有这样几个方面。首先，相对系统全面地了解和认识了西方女权运动发生、发展的历史，同时回望和检视中国女权思想发生、发展的历史。在此之前，我们对于本国近代以来女权思想的看法似乎比较偏颇，甚至认为中国没有女权思想的历史。事实上，晚清以降、近代以来中国不仅有男性女权思想启蒙者，而且出现了一批女杰，她们创办女报，发表言论，教书习武，成为女权思想和女权运动激进的倡导者。西方女权运动的历史资源也提供了一面镜子，让我们开掘民族文化资源，寻找到了中国现代女性主义思想的先导，将晚清和五四精神重新衔接起来，意识到"没有晚清，何来五四"，重新认识了五四新文化运动的发生和发展，确认在中华大文学史的宏大格局中还有一部女性文学发展的历史。事实上，自1916年谢无量的《中国妇女文学史》出版以来，已经有多部中国妇女文学史行世。其次，从理论原点层面开始认识女性主义思想，对法国学派、英美学派、第三世界女性主义有了最基本的理解和阐释。例如，西蒙·德·波伏娃的《第二性》、凯特·米利特的《性政治》等理论著述不仅是西方女权运动的"宝典"，而且已然成为中国女学界普遍阅读和理解的经典文本。这种西论思想影响的明显效果是打开了批评的视野，推进了中国化女性主义思想理论的建设。女性学、女性文学、女性文学研究经历了20多年的积累，已然发展为独立的学科。学科化的女性文学以体制化确证了它的合法地位。最后，从思想意识、审美意识、女性叙事层面自觉地接受西方女性主义文学思想的影响，并创构中国式女性主义文本。女性意识、话语权力、身体叙事、语言飞翔等不仅在"70后女作家"的创作中清楚地显现，在中老年女作家的创作中也有所表现，在此基础上女性主体意识的觉醒和强化成为最重要的收获和批评要点。

中国女作家对西方女性主义思想的接受同样经历了水土不服、食而不化，甚至东施效颦等痛苦过程。首先，在西方女性主义思想如潮水般涌向中国文坛的时候，中国女作家表现出一种"文化焦虑"，一方面倍感这种主义之新鲜，另一方面在"恶补"的同时不免生出一种"己不如人"的自卑感,对本民族的女性思想文化资源则表现出无知、漠视甚至拒斥的态度。其结果是在强大的西论面前出现"失语"状态,而"西方女性主义中心论"不自觉地成为某些女作家的潜意识。其次,在创作实践中,女作家表现出一种"审美焦虑",自觉规避主流意识形态的制约,甚至断然割断与中国女性文学传统的血缘关联,千方百计寻找个人化写作的机会和缝隙。被所谓"美女作家"作为颠覆男权话语霸权武器的"身体叙事",成为最为批评界所诟病的一个话题。人们(包括女作家自己)并没有认真追究"身体叙事"的学理性和文学叙事的合法性,而只把焦点置于女性的"隐私"和身体的"私密"处,"身体话语"被置换为消费符码,女作家自觉不自觉地落入商业文化陷阱。"看"与"被看"的两性关系危机再度呈现出来,而且与以往不同的是,这种"被看"和"被消费"被认为是女性意识自觉的呈示。这实质上等于指出女作家甘愿对自身的"灵与肉"进行双重出卖。最后,当代女作家对于西方女性主义思想的接受构成女性文学的先锋意识和先锋性特征。盘点新时期女性文学,这种先锋性在很大程度上表现为对西方女性文学形式上的借鉴与模仿。这种借鉴从正面促进了文学的叙事理念和叙事方式的变革,但同时说明女性作家对外来文学尚处于皮相模仿阶段,未能创造属于本民族的文学内容与形式相契合的文体艺术。

第三节 "诗意的栖居"与经验性写作的错位

所谓"诗意的栖居"源自荷尔德林的诗句"诗意的生活在大地之上",后因海德格尔将其做了哲学思想层面的阐释而广为传播。现代女作家冲出父亲、丈夫的"两道家门",获得自由,有了写作的权力，于是便浪漫地把"诗意的栖居"、追求"艺术化的人生"和"人生的艺术化"当作至高无上的理想。这种理想把女性的人生目标定位在审美境界上，而把女性的审美目的确定在循环无常的生活现实中。因此，撇开阶级、种族、肤色等社会文化因素不计，全球女性恐怕都具有这样一种共性特征。她们混淆生活与艺术的界限，在现实的苦难中不断挣扎，在一个个幻觉中构想自己的理想乌托邦。然而，"灰姑娘"一直没有得到女巫的点拨，没有金色马车可坐，也没有得到王子的青睐。女作家还在"诗意的栖居"与经验写作中纠结、挣扎、突围。这种乌托邦理想与世俗的经验性写作的错位，覆盖着现当代女性文学史的每一个细节。

一 人生与艺术无界：追求艺术化的人生和人生的艺术化

女性是天生的诗人和散文家，女作家更是如此，而且中外女作家概莫能外。这就是女性的特质。苏珊·格巴认为，"妇女作家之所以那么偏好个人抒情的形式如书信、自传、自白诗、日记以及游记等，恰恰是生活被体验为一种艺术或是说艺术被体验为一种生活的结果，就像妇女对化妆品、时装和室内装饰那种世代相传的爱好一样"，"她们都体验着女性艺术家及其艺术之间那种极其接近的神奇生活"。[①] 这种天生的浪漫气质和生活态度、写作习惯和偏好使得女作家在艺术和生活之间消泯了本该有的界限。这一方面表明女性写作的经验性、体验性、自传性特点，以《美丽的日子》获2014年"鲁迅文学奖·中篇小说奖"的滕肖澜在谈《又见雷雨》创作时说："我希望写这样一个故事：都是生活中能看见的人物，绝不故意渲染，也不淡而化之。每个人都是顺着自己的轨迹走着，然后

---

① 〔美〕苏珊·格巴：《"空白之页"与女性创造力问题》，孔书玉译，载张京媛主编《当代女性主义文学批评》，北京大学出版社，1992，第170页。

彼此交集、碰撞。再怎样'天崩地裂'的情节，看着还是平常的居家度日。金字塔顶的人也好，塔底的人也罢，都是父精母血所就，吃的是五谷，说的是人话，想的是心中梦，干的是分内事。——这是初衷。"① 另一方面表明女性写作梦魇似的局限性：浪漫的艺术理想永远是美好的，而生活现实永远不会等同于艺术。传统文化造就的女性，其生活圈子很小，生活经验也极为有限，她们要想写作就只能从自身、家人、闺密身边寻找素材，也可以说不必刻意寻找生活素材，家务事、儿女情俯拾即是，处处有生活，到处是素材。女性作家所营造的文学世界虽然细腻、有质感，但空间狭窄。历朝历代女性文学不乏"闺阁文学"，其客观因素自在其中。

以上海现当代女作家为例，最能考察出女性写作的经验性、世俗化特点。与张爱玲先后鹊起的苏青，以《结婚十年》奠定了其文学地位。她的"日常世俗化写作""市民情结""弃妇形象"等为评论界所公认。她对普通人日常生活的发现，与她的"刻意平常"形成明显的矛盾；她的不流世俗的精神追求和独立人格，与她拿自己的婚姻、家庭说事形成对照。同样是上海作家，茹志鹃的成名在"十七年文学"时期，其以"家务事，儿女情"见长，即使写战争，呈现的也是"西线无战事""没有爱情的爱情牧歌"形态，因此被崇尚宏大叙事的批评界所批评。新一代上海女作家已批量出现，蔚为壮观，而且在精神上自觉继承现代上海女性文学传统，强化了日常化经验写作，历史化女性生命的轨迹，丰富了上海女性文学的内蕴和形式美。女性写作如王安忆所言，是"对自我的真实体察与体验"，也是"对身外的世界与人性作广博的了解和研究"。她的中篇小说《流逝》精于对生活细节的呈现，但是其长篇小说《长恨歌》却能够将经验性、世俗化的写作与超越经验的宏大叙事

---

① 滕肖澜：《创作谈》，《北京文学·中篇小说月报》2015年第1期。

融于一体。"王琦瑶"们虽然活在世俗的上海弄堂里,可是,这些小女人个人的小生活、小波澜却被融进宏大的历史进程和40余年"阿拉文化"的演变中。《长恨歌》被称为"现代上海史诗",荣获"茅盾文学奖"等多种奖项,被看好的正是对女性经验的历史化、社会化、文化化的艺术概括。所以,从苏青到茹志鹃,再到王安忆,同样都是以上海为背景,以女性为主人公,以日常生活叙事为策略,却在整体上构成了一幅色彩斑驳的"上海叙事"景观图。

经验性的世俗写作可以成就女作家,但也可能成为女作家攀登文学高峰的羁绊。现代女作家之所以能够超越世俗主义这一局限,首先是因为她们自己随着时代的脚步走出了家门,眼界开阔了,接触的事物多了,社会经验丰富了。另外,文学审美经验也提升了。所以,现代女作家的文学意识相对于以往更具自主性和开放性。但是,她们还是摆脱不了个人经验的束缚和家庭的框囿。这是一种女性文学意识的定式,也受主流文学批评的影响。即使是在21世纪的今天,主流文学评论还是笃信女性作家以自己的经验写作或者写自己的家庭生活经验更得心应手,更容易出彩。2013年"诺贝尔文学奖"授予加拿大女作家门罗,评委会致颁奖词,认为门罗不愧为"当代短篇小说大师"。门罗的《逃离》,既是主人公对刻板生活的瞬间冲动式的实际逃脱行为,也可以被视为一种人生哲学的诗化表达。但不管怎样说,《逃离》的每个短篇中的生活场景、具体背景都没有离开女性经验的"小世界"。《逃离》也许迎合了"日常生活审美"的潮流,也许回归于女性经验性写作的历史,不论怎样,其都会给我们制造一种"诗意的栖居"与经验写作的悖论。门罗既写对个人生活的真实体察与体验,又能够揭示人性或人生的哲学文化内涵,以实现女作家的人生愿望和审美理想。"诺贝尔文学奖"对门罗及其《逃离》的肯定是否可以看作对女性经验写作、日常审美化的首肯?

二 写作是一种终极关怀:"目光总是看到人类视界的极限处"

"终极关怀"一向被视为人文工作者的精神向度和文化使命。中国现当代女作家无疑也是这一使命的担当者。纵览现代女性文学史不难发现,女性写作具有一种鲜明浓重的人文情怀,从冰心的"有了爱就有一切"到残雪的"终极关怀",都具体形象地绘出了历史轨迹。冰心的"问题小说",把她所处的那个现实社会特别是在苦闷中徘徊的青年一代满脑子的问题诉诸笔端,试图通过"爱的哲学",为他们提供一条可选择的出路。20世纪30年代女作家在以左翼文学为主流的文学场域中仍不忘对劳工妇女的关怀,表现了一大批关于女人的故事,写了卖草的女人(罗淑的《生人妻》)、卖婴孩的女人(冯铿的《贩卖婴孩的妇人》)、卖身的女人(草明的《倾跌》)惨烈的生存境况和心灵挣扎,为她们争得生存权、人权发出绝叫和呐喊。现代女作家的文学理想不是为"个人"写作,而是为女性这个弱势群体写作。"丁玲的创作风格因其始终未抛弃的政治理想而不断变化,从早期作为满怀五四精神的热血青年关注女性解放,到30年代为了政治理想放弃女性立场,再到延安时期初期女性意识被压抑后的强烈反弹,这是丁玲女性立场的最后坚持,最终她选择了主流意识形态,放弃了女性立场,她的创作淡化了女性意识的自觉成分,张扬了女性意识的客观成分,女性意识统一于情绪高扬的革命激情,进入了女性意识'无性化'的写作时代。丁玲的创作历程是中国女性文学中女性意识在中国特殊历史背景之下从个人化写作到政治化写作的一个典型。"[①] 再如,东北女作家从萧红、梅娘、白朗、陈学昭、草明,直到孙惠芬、马秋芬、女

---

① 张立颖:《丁玲小说文本中女性意识的发现与消逝》,硕士学位论文,东北师范大学,2007。

真等,她们坚持"底层关怀""底层写作",面向苦难中的农民和奋斗中的新一代工人,像"蚂蚁"一样的民工,以做家政维生的都市"钟点工"等小人物都活跃在她们的笔下。

"在文学家中有一小批人,他们不满足于停留在精神的表面层次,他们的目光总是看到人类视界的极限处,然后从那里无限止地深入。写作对于他们来说就是不断地击败常套'现实'向着虚无突进,对于那谜一般的永恒,他们永远抱着一种恋人似的痛苦与虔诚。表层的记忆是他们要排除的,社会功利(短期效应的)更不是他们的出发点,就连对于文学的基本要素——读者,他们也抱着一种矛盾的态度。自始至终,他们寻找着那种不变的、基本的东西(像天空,像粮食,也像海洋一样的东西),为着人性(首先是自我)的完善默默地努力。这样的文学家写出的作品,我们称之为纯文学。"①残雪的言论与她的创作实践似乎是吻合的。纯文学是她的文学理想目标,对人类的终极关怀则是她文学的主题。身为中国当代女作家,她所追随的是世界文学大师卡夫卡的创作思想和艺术技巧。她甚至投入地阅读卡夫卡,细致地解读(解剖)卡夫卡的文本,看得出她要实践一条中国版的卡夫卡的文学之路。她的创作的确具有了不同凡响的个性化特征,为新时期文学批评界所欣赏、所推崇。但是,当我们把残雪及其作品置于大众文化语境之中,特别是置于那些新媒体所培养和造就的读者面前,将这种高蹈的"纯文学"与那些明显具有商业诉求的作家作品相比较的时候,尴尬就出现了。这种尴尬不是残雪个人的尴尬,乃是大众文化权力上升期整个"雅文学"的尴尬。无可否认,文学作为一种精神产品,审美性、净化心灵功能是其应有的品格。纯文学、雅文学永远是"小众文学"。唯其纯净、高雅、浪漫,才不负"小众之望"。然而,市

---

① 残雪:《究竟什么是纯文学》,《大家》2002年第2期。

场经济的考验、读者大众的期待及对其的引领,都是"残雪"们的困惑和所面临的挑战。

三 听凭心灵的召唤:"小说不过是一种内心的冲动的产品"

有人说两性作家的差别在于,男性是用头脑写作,女性是用心灵写作。也就是说男作家一般是理智型的,运筹帷幄,谋篇布局,舒卷张弛,尽在股掌之中。而女作家则不然,她们听凭心灵的召唤,跟着感觉走,任心绪流动,如小溪流水,自然天成。陈衡哲在《小雨点》自序中谈到自己的小说创作时说:"我既不是文学家,更不是什么小说家,我的小说不过是一种内心的冲动的产品。它们既没有师承,也没有派别,它们是不中文学家的规矩绳墨的。它们存在的唯一理由,是真诚,是人类情感的共同与至诚。"萧红也说,小说有各式各样的小说。她的小说就不拘传统,被称为"散文化小说",有着"越轨的笔致"。张爱玲也一再标榜自己的小说创作不入"新文学"之流,言外之意是她的创作不追随潮流,不赶时尚,更不受新的意识形态的规约。这些言论和思想倾向表明女作家文学创作的一种自在、自然的心态。这种心态比起男性作家更显感性化、情感化、情绪化。文学作品作为一种高度个人化、精神化的特殊产品,其精神、心灵的主动性、能动性至关重要。自由的、开放的、活跃的创作心态能保证其创作始终处于神游物外的非凡的想象空间中,使其作品更具艺术个性。反之,受某种外在的清规戒律似的东西制约,让思想在禁锢中爬行,文学产品必然会出现概念化、图解式的倾向,缺乏艺术魅力。从这个意义上说,女作家的创作听凭心灵的召唤,便很少受外在的约束和框囿,更具真情实感,更有个性特征。但也正因为这样,女性文学在更具个人化写作特征时,也暴露了批评界所说的那种"小女人味":缺少宏大的社会历史视野，鲜有厚重的思想内涵，结构单纯，风格小气等。

女作家的文学"宣言"表达了她们的文学观念，也表白了自己对文学目标的追求。"听凭心灵的召唤"，文学不过是"内心的冲动的产品"，固然能够体现文学之真诚，但是，文学特别是小说不能仅仅满足于真诚，还要相信"虚构的权威"。利用各种叙事策略和艺术技巧，创造能发出自己声音的文学叙事。杨绛基于对西方经典小说的翻译和理论阐释（她翻译的《堂吉诃德》至今无人超越），基于对中国古典小说传统精神的继承（她对《红楼梦》的叙事独有心得），基于对个人小说、戏剧创作的经验（她的"喜剧两种"和小说《洗澡》机智幽默）的总结与升华，创作了自己的小说理论。在她看来，小说创作必须处理好这样几组关系：自叙传与"隐身衣"、悲剧与喜剧、理智与情感。具体说，小说创作或隐或现地要透露出个人的某些真实信息，为避免读者穿凿附会、对号入座，可以为之设计一套"隐身衣"，将作者的相关信息隐去，以此建立自己的话语权威；喜剧和悲剧，不是泾渭分明的，为了抵抗某种外在压力和政治干预，可以用"政治色彩不浓""喜剧里的几声笑"来揭示悲剧主题，从而创造"含泪的微笑"的艺术效果；理智与情感也可以相互转换，因为"这个世界，凭理智来领会，是个喜剧。凭情感来领会，是个悲剧"。① 看来，女作家也可以做到既保持心灵的冲动型真诚，又理性地把握自己的情感，有节制、有策略、有技法地创造属于女性的个性化文本。

当然，毋庸讳言，女性审美日常化倾向也使女性文学创作在某种程度上出现了流弊。即使像王安忆这样的优秀作家，也难免由于过分沉迷于"上海经验"和上海市民生活的情趣，而使其《发廊情话》等作品出现了"随俗"的现象。诚如有学者所指出的："王

---

① 杨绛：《杨绛作品集》（第3卷），中国社会科学出版社，1993，第186页。

安忆在诗化上海市民日常生活的同时,也表现出对上海市井文化的过分痴迷。这无疑会妨碍她对市井文化局限的理智审视,也不利于她对上海市民的狡猾、脆弱、算计、冷漠、逃避、物化等缺点进行清醒的反思。在王安忆的小说里,不难看到她对一些流俗的日常观念的津津乐道……正是这些局限使王安忆的写作难免染上一些庸俗之气。但是,瑕不掩瑜,无论如何,王安忆对市民日常生活的诗性发现,为日常生活和日常观念的正名,其文化意义、美学意义、性别意义都是十分重大的。"① 女性文学以"家"为中心所建造的文学空间,成就了女性家庭小说、家族小说的业绩,但是对封闭的女性空间的营造和自我欣赏,实质上是对曾经的"娜拉出走"的革命姿态的迷茫。女性经验写作恢复了女性生活的本真状态,增加了文学的真实性,但是从经验写作到经验主义的扩张,局限了女性审美的大视野,客观上是对宏大叙事的拒斥。"小说的基本标准对个人经验而言是真实的——个人经验总是独特的,因此也是新鲜的。因而,小说是一种文化的合乎逻辑的文学工具,在前几个世纪中,它给予了独创性、新颖性以前所未有的重现,它也因此而定名。"② 但是,必须承认日常化的单调、重复、琐细对女性乃至所有人的创造力的消解,以及对理想和生活意志的损耗。③

第四节 坚守"纯文学"与遭遇商业化的纠结

有人说,"纯文学"不过是个空洞的概念,同时有作家一直坚

---

① 赖翅萍:《市民日常生活诗性的审美发现——王安忆论》,《小说评论》2006 年第 6 期。
② 〔美〕伊恩·P. 瓦特:《小说的兴起》,高原、董红钧译,生活·读书·新知三联书店,1992,第 6 页。
③ 王春荣:《并非另类:女性文学批评》,辽宁大学出版社,2013,第 18 页、第 25 页。

持"纯文学"写作,自从王国维第一个使用"纯文学"这一理论术语,关于"纯文学"的争议就一直存在于文艺思想史中。总结20世纪90年代以来关于"纯文学"的争论,有学者概括出三种"纯文学"的含义:区别于古典杂文学的"纯文学观";有别于工具理性的自给自足的坚持独立审美价值的纯粹文学观;与商业文学对抗的纯文学观念。① 实际上,大家对"纯文学"的定义之所以看法不一,关键在于文学永远不可能游离于社会环境、文化语境、文学场域而独立存在,因而文学不可能纯而又纯。在这里,为方便起见,我们且将"纯文学"作为一个约定俗成的概念使用。

纯文学与商业化的纠结,是一个普遍存在的问题。无论男性作家还是女性作家,都会遇到同样的问题。但是,当这个问题与女性性别问题相遇时,问题就被复杂化了。复杂性在于,男性作家似乎更容易坚守文学应有的价值取向,而女作家似乎很容易丧失文学家应有的操守,向商业化、市场化妥协投降。这显然是一种武断的评判。但是,在消费文化浪潮中,女作家所遭遇的文化牵绊和精神纠结确实比男性作家更多,也更难以把持。这一点女作家和女性文学批评者更应该警醒。

如前文所言,无论是为了过一种艺术化的人生,还是为一种终极关怀而写作,抑或听凭心灵的召唤而写作,都不难看出女作家的文学意识和文学观念相对纯粹、浪漫和高雅。大多数现代女作家的创作都超出一般物质世界的现实需要,而高蹈于人的精神、文化境界之上。所谓"仰望星空""诗意的栖居""艺术化的人生",均表明女性始终坚守的是审美的理想境界。她们自觉地排斥商业化写作,坚持"卖文不卖'女'字"和"曲高和寡"的文学品格。但是,无论女作家多么自恃清高,现实生活中的生存需要、金钱诱

---

① 陶东风、和磊:《当代中国文艺学研究》,中国社会科学出版社,2011,第561页。

惑、名利地位等，无时无刻不围绕在她们的左右，令其无时不处于一种高雅与低俗、精神与物质的矛盾中，并深陷其中思量、斟酌、困惑、挣扎。因此，纯文学与商业化的关系，也必然成为现代女作家近百年来最为纠结的难题之一。旧中国时期，在高度商业化的上海、北平、武汉等地，女作家曾经在坚守文学的操守与商业化之间经受着历史考验；新中国成立后，女作家则在主流意识形态与文学的理想主义之间接受现实考验；到了新时期，特别是在市场经济条件下，对"女性美学"与"商业美学"关系的思考与把握成为女作家新的考验。如此看来，审美理想、文学操守与社会经济之关系一直会作为一个"问题"而存在，它将构成女性文学及其批评的一个永恒的话题。

一 "卖文不卖'女'字"：坚守作家"贞操"

"卖文不卖'女'字"，是现代女作家丁玲的经典言论。丁玲成名后，某杂志"女作家专号"向其约稿，丁玲觉察出该刊的约稿动机，看重她是个年轻的"美女作家"，发表这样的作品无疑会给杂志增加销量，这就意味着有钱可赚。在出版商眼里，美女作家＝刊物销量＝收益增加＝市场看好。丁玲警觉的是，文学作品可以出卖、可以换钱，但是，女性的角色、女性的尊严不可以作为交换的条件。一旦文学被特别地贴上"女"字标签，那就意味着女性的尊严、自由，都会被金钱玷污。正如鲁迅所说："自由固不是金钱能买到的，但能够为钱而卖掉。"（《娜拉走后怎样》）金钱买不到自由，但是为了钱则可以卖掉自由，这一经典言论无疑真实准确地概括了残酷的现实状况。所以，女性角色身份与文化消费的对立关系一直是摆在现代女作家面前的重要而令人费解的问题。

丁玲的话能够代表现代女作家的整体观念，也就是在"作家"

前面禁忌加上"女"字。20世纪30年代的女作家,以革命的名义自觉排斥女性的性别角色,"去女性化",认同"革命者"和"兵"的角色。现代女性文学史却告诉我们恰恰就是在那个年代,关于"女人的故事"几乎从每一个女作家的笔下自然流淌出来。20世纪80年代初期,批评界开展"女性文学"讨论的时候,颇有一些女作家不以为然,甚至很反感以性别角色来划分文学类别,张抗抗、张洁等都曾激烈反对过按照性别身份划分作家类型,尽管事实上她们的创作一直张扬着鲜明的女性意识,张洁甚至被评为"当代中国最具女权意识的女作家",但她们仍然坚守"作家"的"无性别"的角色身份,而不希望附带任何条件。她们的心态其实是很复杂的,既不希望被逸出作家队伍以"另类"作家的身份跻身文坛,又离不开女性生存的严酷现实。她们一方面偏激地认为,这个世界上女性的一切不幸和痛苦都来自男性,另一方面却不得不承认女性是弱者的别名。

纵观丁玲的创作历程,在每一个关键点、转型期,对她来说,一个女作家的"贞操"比其作品的实际销量更为重要。从古至今,贞操一直被女性视为生命。这里的"贞操"无非有两层含义,一层含义是由女性的身体而引发的道德律条限定的贞节操守,无论何时何地何人都不得玷污。千百年来中国女性认同这一律条,"饿死事小,失节事大",即使现代女作家也固守这一道德律条,不能因为当了作家就有理由出卖自己的"贞操"。另一层含义则是一个左翼作家的"政治贞操"。丁玲作为一个左翼作家,始终把自己的"政治贞操"视为生命线。她的创作思想和实践轨迹一直都是在政治意识形态的大框架中变化着的。特别是,因为与冯达的关系问题,疑似政治"失贞"的阴影始终笼罩着她,成为她挥之不去的一个梦魇。故而,急于向组织、向同行证明自己"政治贞操"的念想一直盘桓在丁玲心中,并一再诉诸笔端。盘点丁玲的创作,其中有多篇写到女子失贞后的遭遇和心态（如《庆云里中的一间小房里》《我在霞村的时候》等），而且作品的结局都有为女主人公"失贞"进行的"文学辩护"，这种辩词实际上是变相的"自我辩护"。

事实上，纵览现代女性文学史，女作家的"身体叙事"经典文本已然存在。罗淑的《生人妻》不仅直击已成惯例的"典妻"恶俗，而且叙述了靠卖草为生的女人在被卖于他人做"生殖机器"之后，坚持自我"救赎"，设法从买主那里逃回家中，维护已婚女人的"贞节"。她在拒绝身体"被卖"的同时，等于"重返"自己的身体，维护了身体即女人的尊严。丁玲笔下的"快乐妓女"，并非女人的自甘堕落，而是以"身体"为利器尖锐地刺向罩在女性身上的"黑夜"。《庆云里中的一间小房里》中的阿英，因为从破败的乡村逃婚到城里，不得已做了妓女，她似乎没有痛苦，反将自己的身体作为"资本"戳破了封建买卖婚姻的虚伪。

当时间进入20世纪末21世纪初，在市场经济条件下，大众文化权力上升，精英文化式微，文学与商业、与市场的矛盾关系更加突出。女作家的文学"贞操"面临着严峻的挑战和考验。在这场考验面前出现了三种情况。第一种情况是仍然坚守文学的尊严和操守，拒绝与市场对话，更不与市场合作，坚持对真、善、美的人格追求和对文学审美目标的追求。第二种情况则是态度暧昧，市场找我，我则"半推半就"，"犹抱琵琶半遮面"。此种心态比较复杂，既不想出卖灵魂，又需要以文赚钱，与市场若即若离。第三种情况是赤裸裸，我写作，我赚钱，而且主动"投怀送抱"，迎合市场，以身体为资本，以展览女性隐私投其所好，无遮无拦地展示女性的欲望和感官故事。

但是，女性文学的主流还是严谨、"贞洁"的，即使坚持"身体叙事"，也是为了揭示女性现实问题，批判各种社会、人文等综合因素施加给女性身体的种种压力，以及这种压力所造成的女性身心的病患。毕淑敏的《拯救乳房》、向春的《被切除》等小说均以女性性征标志——乳房为叙述中心，可谓真正的女性身体叙事。但她们在打破传统文化禁忌的同时，更直接维护了隐喻女性身体意义和人格尊严的"乳房"。向春在谈中篇小说《被切除》的创作体会时说："女人的乳房关乎尊严、情感甚至性，它不是身外之物。""每一个乳房癌患者都有权利保卫自己的乳房，它是女人的生殖器官，是生命源泉，是亲情的纽带，是两性的身体语言。它也是社会关系，人类进化，情感力量，是人类生生不息的爱与美丽。手下留情啊！"① 这种表白是很严肃的，有着女性对"被切除"的抗议和劝导。这样的女性身体叙事即生命叙事、尊严叙事，绝非媚俗的感官叙事。

二 "身体叙事"：个性张扬与无意中"被卖"

"身体"，具有复杂的意涵，它既是一个物质存在，也是一个社会文化问题，如周宪所说，"在我看来，所谓身体的现身，包含了两种基本形态，第一种是身体作为一个物质性、视觉性符号在特定文化情境中的呈现；第二种是身体作为一个对象在语言描述、隐喻、修辞、叙事和分析中的呈现。这是两种彼此相关的身体话语，也是需要深入分析的对象"。② 实际上，文学上的"身体叙事"古已有之，只不过读者和批评界并没有对这种现象刻意加以关注和进行理论概括，更没有像当下形成一种所谓的"身体理论"而已。所以，这其中对"身体叙事"的理论误读和对以身体为叙述内容、叙述主体的误解也属批评史建设过程中难免的现象。

新时期当西方女性主义文学批评思想登陆中国之后，女作家和

---

① 向春：《创作谈》，《北京文学·中篇小说月报》2015 年第 1 期。
② 周宪：《视觉的转向》，北京大学出版社，2010，第 325 页。

批评家敏感地意识到法国女性主义思想体系中"身体叙事"理论的先锋性及其对传统文化思想的强大冲击力。"妇女必须参加写作，必须写自己，必须写妇女。就如同被驱离她们自己的身体那样，妇女一直被暴虐地驱逐出写作领域，也是由于同样的原因，依据同样的法律，出于同样致命的目的。妇女必须把自己写进本文——就像通过自己的奋斗嵌入世界和历史一样。"①埃莱娜·西苏不仅积极倡导妇女写作，而且把妇女写作的意义提升到以此进入世界、进入历史的高度。在女性取得写作权利之前，女性的历史是"空白之页"。同时，她深刻阐明"身体叙事"的社会文化价值，在于通过身体叙事表达女性自身的社会政治诉求和生命不可抗拒的内在力量。"写作，这就为她自己锻制了反理念的武器。为了她自身的权利，在一切象征体系和政治历程中，依照自己的意志做一个获取者和开创者。"② 她还明确表述，女性话语的独立性和独特性在于从生命内在爆发出的冲破禁锢的身体语言即"飞翔的语言"。唯有女性身体语言，才能打破男权话语霸权对女性历史真相的篡改，也才可能区分开女性话语与男性话语（女性也可能使用男性话语）的文化差异。

埃莱娜·西苏对"身体叙事"全面而深刻的阐述让中国的"70 后"作家找到了冲破传统文学叙事藩篱的一个重要的先进利器。这个利器的意义在于它可以颠覆、解构千百年来男性中心话语对女性价值评判的刻板标准，为女性身体解放确立新的评价尺度，"返回女性自身"。"一个没有身体，既盲又哑的妇女是不可能成为一名好斗士的。这样的女人只能沦为好斗的男人的奴婢和影子。"③

---

① 〔法〕埃莱娜·西苏：《美杜莎的笑声》，黄晓虹译，载张京媛主编《当代女性主义文学批评》，北京大学出版社，1992，第 188 页。
② 〔法〕埃莱娜·西苏：《美杜莎的笑声》，黄晓虹译，载张京媛主编《当代女性主义文学批评》，北京大学出版社，1992，第 194 页。
③ 〔法〕埃莱娜·西苏：《美杜莎的笑声》，黄晓虹译，载张京媛主编《当代女性主义文学批评》，北京大学出版社，1992，第 194 页。

女作家以西方"身体叙事"理论为参照，重新认识了女性身体的话语权价值。文学批评界谨慎地接受了西方的"身体叙事"理论影响，建立了一种新的女性文学批评视角，拓展了传统文学批评的视野和疆界。

但遗憾的是，某些女作家并没有意识到"身体叙事"的正能量，也未能正确理解它在应用中可能造成的实际杀伤力。在大写女性身体的秘密、揭示性心理的隐秘、描述两性交往的手段等关乎人性的复杂性方面往往丧失了应有的理性和对"度"的把握，无形中造成一种以"性风"魅惑读者、投靠市场的偏向，实际上等于变相出卖了自己的身体，也出卖了灵魂。文学批评界所批评的"下半身写作""性风乱吹"等，固然刻薄，甚至不乏性别歧视之意，但作为女作家应该将其视为一声有意义的棒喝。"显然，身体作为一个文化问题，不只是性别的不平等和对女性的压抑，还包括了更加复杂的意涵。我们应该超越女性主义的视角，从更加广阔的文化与社会语境，深入到社会空间里身体如何交往和塑造这一核心问题上来。"①

三 "曲高和众"：纯文学与市场的对立与对话

"纯文学"历来都是"小众文学"，因而"曲高和寡"成为常态。进入市场经济环境，高雅文学更加受到冷落，读者群越来越小，批评界甚至一再发出"文学死亡"的声音。所以，人们便产生了一种误解，认为雅文学、纯文学已经山穷水尽，没有了读者，也就没有了市场。关于文学与市场的关系问题自然成为学界一个重要的研究课题。如何坚守文学的审美理想，保持文学应有的独立价

---

① 周宪：《视觉的转向》，北京大学出版社，2010，第324页。

值，既面对市场，又不做市场的奴隶，同样是女性文学面临的现实问题。

著名作家阿来2012年在做题为《文学与社会：顺应，屈从，还是对抗》的演讲时表明："我不反对市场化，但我反对对市场化过分肤浅、庸俗的理解。"他还幽默地说："市场化不是裸死浴缸里的女尸。"实际上，在他看来，文学既然离不开社会，那就离不开市场的影响和制约，但是，我们不能把市场视为赤裸裸的色情和金钱，也不能把市场视为洪水猛兽，真正的好作品是能够经得起市场检验的，市场只能对作家的作品要求更高、更全面、更均衡，而不是更低俗、更乏味、更没有"市场"。《江南》杂志主编、浙江省作协副主席袁敏在接受新华网记者采访时谈到，《江南》之所以能由原发1700份飙升到20000份，一条重要的体会是，"在坚守纯文学品格的基础上与市场对话，与市场接轨，同时又不被市场所左右"。她的核心思想是探索一条"曲高和众"的文学（杂志）发展道路。

"曲高和众"，既是一种文学审美理想，也是文学面向市场谋求发展的一种途径，其中蕴含着深刻的艺术辩证法。这一艺术辩证法在现代女性写作的历史上得到呈现。现代女作家在恶劣的社会环境中被动地应对市场、接受市场，首先不是为了文学理想，而是为了生存和活命。即使像冰心那样的经典作家在战乱年月也不得不靠卖文为生；左翼作家谢冰莹从夫家逃离之后一文不名，被迫靠卖文活命；苏青不顾及世俗的偏见，以自己的婚姻家庭生活为原型创作《结婚十年》，为的也是解决经济生活问题。现代女作家并没有刻意拒绝市场、拒绝名利，张爱玲公然说出"出名要趁早"。诸多实例说明，市场有时候也是女作家生存、生活的需要，是精神突围的策略。当代女作家，在经历了计划经济时代、文学体制化时代之后，迎来了活跃的市场经济时代、审美多元化和选择多元化时代，可谓挑战和机遇同在。像张洁、张抗抗、张辛欣、王安忆、毕淑敏、迟子建、孙惠芬、叶广芩、张欣、素素、梁凤仪、张翎、严歌苓等，她们不仅作品有市场、有读者，而且始终保持良好稳健的创作势头，颇受评论界好评。总结她们的经验，不难看出首先她们是紧紧地把握和坚守自己的审美理想，即"仰望星空"，树立文学精品意识，同时，她们脚踏实地，汲取时代精神的营养，深入大众生活，以女性特有的细腻、敏锐感受生活，挖掘生活的真谛。她们的作品有深度、有高度、有温度，因而不缺读者，既有社会效益，也不乏市场效益。

旅美华人女作家严歌苓的创作最能说明文学与市场对话、协调、平衡的关系问题。在读者和批评界看来，严歌苓有若干个"光环"：旅美华人女作家，当今高产女作家，跨文化、跨文体传播女作家，等等。她的作品立足中国当代生活现实，美国、日本、战场、市场、都市、乡村，历史、现状，视野开阔，文学世界广阔；移民者、战争遗孤、革命家、弄潮儿、身心"瘫痪"者、文化英雄、无名鼠辈，男男女女，各色人等，在她的笔下纷纷登场，各显神通，个个精彩；长篇小说、短篇小说、电视剧剧本，各种文体得心应手；或以华侨史为背景，或以女性命运为中心，或以人物性格为焦点，或以"补玉山居"为舞台，各种叙事策略，各种结构方法，真乃异彩纷呈、琳琅满目。总之，严歌苓不仅是受读者喜爱的女作家，也是被市场看好的女作家，也是评论界一直关注并给予好评的女作家。这里没有什么创作秘籍，根本原因在于她的作品基本上是当代文学的"高原"，即好作品、精品。严歌苓和她的作品可以被视为"曲高和众"之一例。严歌苓的长篇小说《补玉山居》大胆描述市场经济给各色人等带来的心灵冲击，体现了作家文学意识和市场意识的协调对话精神。正如作品封底所表明的那样："补玉山居"犹如当代中国的"新龙门客栈"。它是中国变迁的一个缩影。各色人物在越来越膨胀的都市游走，还有越来越多的人涌向这里，将这里作为暂时的栖息地。城里的人则奔向田园，追寻所谓的宁静，躲避都市的"硝烟"。鱼龙混杂中，精明泼辣的老板娘，凭着自己的强干，与各色人等周旋，进退自如，将"补玉山居"经营得有声有色。一桩桩引人入胜的故事、一个个活生生的面孔跃然纸上，再现中国城市、乡村近30年的变迁以及人性的蜕变。

第四章

中国现代女作家的"俄苏情结"与艺术转化

俄苏文学作为世界最有影响力的文学之一,在中国现代文学的发展过程中产生了重要的影响。俄罗斯文学的黄金时代开始于18世纪初期。在洋溢着爱国主义、自由主义和民族自豪感的大背景下,以普希金为代表的民族文学走上了历史舞台。俄罗斯古典文学发轫较晚,进步却快,在不到半个世纪的文学实践中就超越了西欧文学,成为当时世界上最先进的文学之一。

由于独特的历史和社会环境,俄罗斯文学从诞生的第一天起就融入了深刻的人道主义精神和积极关注现实的传统,"为人生"成为俄罗斯文学的重要指征。俄罗斯文学的崛起正是与俄罗斯民族的民族意识、爱国主义和自由主义思想的觉醒紧密地联系在一起的。俄罗斯作家讴歌自由、反对不合理的封建专制制度、主张平等与追求人类幸福的艺术观成为俄罗斯文学的主导意向。五四时期发生在中华大地上的思想大碰撞为各种思想流派的引入提供了一个大平台。相近的国情和面临的共同问题,使俄罗斯文学成为新文化运动汲取养分的重要资源。周作人曾说:"中国的特别国情与西欧稍异,与俄国却多相同的地方,所以我们相信中国将来的新文学,当然的又自然的也是社会人生的文学。"① 五四时期知识界主张的民主与科

---

① 周作人:《文学上的俄国与中国》,《小说月报》1921年第12期。

学、追求的人性解放和平等恰恰与俄罗斯文学的主张相契合。在这种现实需求下，特别是在十月社会主义革命胜利的鼓舞下，中国知识界大量地译介了俄罗斯文学作品，掀起了一股俄罗斯文学的传播热潮，俄罗斯文学俨然成为中国新文学效仿的对象。俄罗斯文学的主体思想和创作方法或显或隐地影响着五四时期走上文坛的中国作家。1949年以后，由于政治上的"一边倒"政策，苏联文艺的思想和创作方法完全被中国文学接受，在一定程度上苏联文学成为外国文学的代名词。在这种情况下，俄苏文学进一步浸润于中国文学之中，它的精神特质构成了中国现当代文学的内在要素之一，对中国作家的创作产生了巨大的影响，这一点也充分地体现在女作家的创作当中。

第一节　生命之维：女性意识的启蒙和张扬

作为一种独特的文学现象，俄罗斯文学从诞生的第一天起，就鲜有女作家侧身其间，完全是一种男性话语的表达（这种现象到苏联时期有所改观，直到20世纪80~90年代才出现轰动一时的女性文学）。但是俄苏作家在诸多的文学作品中塑造了特色鲜明的女性形象，为世界文学画廊中女性形象的丰富做出了别具一格的贡献。有人说，俄罗斯黄金时代文学中没有女性文学，但有女性形象，这是一个确评。作为现实主义文学的发源地之一，俄罗斯男性作家不能不注意到女性在社会生活中起到的重要作用。这种作用一方面表现在俄罗斯社会中女性扮演的独特角色。与同时代的西欧女性相比，俄罗斯女性在社会和家庭生活中享有更大的经济自由，并且在家庭事务中有着更大的自主权。虽然这只是指贵族阶层，但平民女性在一定程度上拥有更为广阔的行动空间。总而言之，在19世纪的俄罗斯社会生活中女性是不可忽略的、具有一定社会影响的主体力量。从另一方面看，19世纪与20世纪的俄罗斯几经剧烈的社会变革，其中受到影响最大的就是家庭。作为家庭生活主体之一的女性是最早也是最敏锐地感受到社会变革的人群之一。她们与生活相呼应，并且要求把这种呼声反映在文学中。男性作家面对时代转型的困惑，也需要从两性关系的变革中寻找解决现实问题的出路。由此文学的女性形象进入俄罗斯文学之中，虽然带着表达话语的男性解读，却在文学创作中占据一席之地。十月社会主义革命后苏维埃国家实施的男女平等政策进一步从政治和经济上推动了女性的解放，女作家开始走上文坛。尽管苏联时期女作家的创作并不是传统意义上的女性文学，但从创作的视角上丰富了观察现实的多样性，表达了女性对新兴的社会主义事业的关注和对新时代的内在感受。在男权中心话语之中女性作家的表达成为文学整体中不可忽视的组成部分，这是后来女性文学出现的先声和准备。其实在白银时代的俄罗斯文学中就有一定数量的女性作家在文学领域表现出了自己的才华，但由于创作手法的争论和社会圈子的狭小，她们的创作没有能够在更为广阔的范围内产生影响。但无论如何，俄苏文学在它的发展历程中表现出了独特的女性气质，这从心性上对中国现代女作家产生了巨大的影响。它所表达的悲天悯人的人道主义情怀、对两情相悦的平等爱情的追求、无私无畏的自我牺牲精神都是女性心性的突出体现，它们与刚刚冲出樊笼的充满理想主义的中国女作家具有心灵的契合，满足了她们的精神诉求。

俄罗斯文学从诞生之初就是与女性命运紧密联系在一起的，女性形象的塑造是俄罗斯文学的重要特征之一。俄罗斯文学关注女性的生存状态，并以一种思考把它表现在文学创作中。普希金笔下的达齐扬娜就是最先走向女性解放的文学形象。在礼教森严的时代，待字闺中的少女达齐扬娜竟然冒天下之大不韪，毅然决然地向自己喜爱的人吐露心曲，追求属于自己的爱情，这本身就是女性自主自立的表现。尽管作为叛逆女性的达齐扬娜最终还是忠实于婚姻，回归家庭，选择了符合传统社会规范的婚姻之路，但是普希金已经敏锐地感受到了女性那充满原力的生命意识和对违反人性的封建道德的反抗。在屠格涅夫的小说中，娜塔莉娅同样是自主追求真正爱情的少女形象。为了追求爱情不惜与爱人私奔，但是罗亭与奥涅金一样，面对真正的爱情临阵退缩，这也构成了俄罗斯文学中多余的人的性格特征之一。无论是达齐扬娜，还是娜塔莉娅，与作家笔下的男性形象相比，都更具有生命意识和斗争精神。托尔斯泰笔下的安娜·卡列尼娜，为了获得属于自己的爱情，不惜与世俗礼教决裂，打破了上流社会的潜规则。虽然最终为爱殉身，但安娜所代表的女性生命力和对爱情、对幸福的执着追求却打动了不同时代的读者，为女性解放的文学表达开辟了先声。同时安娜也体现了在社会变革时期女性主体意识和生存意识的觉醒。如果说安娜代表了贵族女性的命运的话，那么列斯科夫在《姆岑斯克县的麦克白夫人》中塑造的卡捷琳娜则代表了平民女性的生存状态。年轻的卡捷琳娜为了和所爱的人（尽管这个人是一个登徒子）在一起，不惜成为杀人犯，最终导致了自己的毁灭。这两个女性面对封建礼教的压迫，进行了不同的反抗。虽然都没有获得成功，但她们的斗争表现出来的独特价值，构成了俄罗斯女性不幸生活的全景画。亚历山大·尼古拉耶维奇·奥斯特洛夫斯基《大雷雨》中的女主人公卡捷琳娜为了争取平等和自主，不惜离家出走，寻找自己生活的道路。可以说，俄罗斯女性的生命探求为处于变革时期的中国知识女性指示了一条自我发展的道路。在这个谱系当中的每一个女性形象都具有极大的借鉴价值。

俄罗斯文学中的女性形象在中国产生了巨大的影响。正如张抗抗所言："我最喜欢的小说是哈代的《苔丝》和托尔斯泰的《安娜·

卡列尼娜》。这两个女性为反对封建的传统习俗,和邪恶势力所做的斗争,使我震惊,也使我深深受了感动。我敬佩她们为争取自己的幸福不惜一切的代价的那种勇气和信念,喜欢她们那种丰富的感情,复杂的内心世界。作为叛逆的女性,我认为她们要比《简·爱》更彻底。"[1]

对于中国现代女作家而言,她们绝大多数是在经历了家庭生活与社会生活的种种苦难之后,才选择了文学之路的。无论是丁玲、萧红,还是白薇,都是为了追求个性解放和生命的自由,而逃离家庭走向社会的。她们在封建家庭内部遭受的重男轻女、尔虞我诈,以至于对婚姻的干涉,还有封建家长的种种残暴作风,使她们在面临生活困境的同时,也面临精神危机,逃离封建家庭并不意味着获得最终的自由。正如白薇在东渡日本并考上日本最好的高等学府之后,依然没有获得家庭和社会的承认。面对着种种迫害,白薇"要对旧制度和金钱势力宣战","我要宣战的武器,我要学习文学"。当年的丁玲、萧红等人又何尝不是这样,要把文学作为自我解放的武器,为人生的俄罗斯文学是这些武器中最精良的,它不仅有战斗的经验,而且有战斗的榜样。可以说,五四时期的女作家正是在俄罗斯经典文学和它的女主人公的激励下选择了人生的道路。

与俄罗斯黄金时代文学一样,苏联文学中的女性形象的影响也是巨大的。尼古拉耶娃在《拖拉机站长与总农艺师》中塑造的娜斯佳的形象,已经离开了19世纪文学中狭小的个人世界,把视野扩展到更为宏阔的社会生活当中,女性也是国家的建设者,"像娜斯佳那样生活",成为一个时代激动人心的口号。《古丽雅的道路》《青年近卫军》《钢铁是怎样炼成的》等作品中的英雄群像成为中国当代文学的重要养分,它们直接影响到了中国当代女作家的成

---

[1] 阎纯德主编《中国现代女作家》(上),黑龙江人民出版社,1983,第291页。

长，在她们的文艺思想和创作手法上留下了深刻的印记。对于 20 世纪 50 年代以后走上文坛的女作家而言，俄苏文学带给她们的是对文艺、对人生的观念，奠定了她们的艺术观和生活观，使她们在创作的道路上去努力塑造真、善、美的形象。

第二节　思想之维：女性的文学思考与表达

俄罗斯黄金时代文学的产生是与时代的变革紧密联系在一起的。普希金的文学创作是在 1812 年卫国战争后民族意识觉醒，爱国主义和自由主义盛行的狂欢化的语境下孕育的。普希金的文学是那个时代的忠实记录。浪漫主义的潮流为现实主义在俄罗斯的出现奠定了基础。时代对变革的呼声推动了俄罗斯民族文学的创立。"多余的人""小人物"无一不是时代的表征，达齐扬娜更是那一时代女性的杰出代表。其后的屠格涅夫的六部中长篇小说被视为俄国社会 19 世纪中期变革的编年史。从《罗亭》到《处女地》，真实地记录了贵族自由派的没落和新人如何走上历史舞台。小说中的女主人公——娜塔莉娅（《罗亭》）、丽莎（《贵族之家》）、叶莲娜（《前夜》）和玛丽安娜（《处女地》），都是俄罗斯经典文学中脍炙人口的经典形象。她们或是忠于爱情，或是忠于民族解放事业，不仅为俄罗斯文学，也为世界文学增添了美好的女性形象，揭示了俄罗斯女性丰盈而又坚韧的灵魂，实现了对男主人公的超越。

号称"俄罗斯文学双璧"的托尔斯泰与陀思妥耶夫斯基的作品同样诞生于社会变革之中。面对俄国社会从封建制度向资本主义制度的过渡以及在转型中所产生的社会问题，托尔斯泰与陀思妥耶夫斯基都在创作中书写了自己的思考，都试图为解决当时的社会问题寻找一条出路，并且都形成了自己的理论。他们的作品自然也缺少不了对变革时代的女性命运的描写。安娜·卡列尼娜（《安娜·卡列尼娜》）和索尼娅（《罪与罚》）成为动荡时代女性命运的一个缩影。是斗争，还是毁灭，这是19世纪60～70年代所有俄罗斯女性无法回避的命题。但无论是成功，还是失败，这些女性都成为文学上主体性的确实存在。无论是托尔斯泰，还是陀思妥耶夫斯基，男性作家的世界观发生着激烈的变化。普拉斯科维亚（《谢尔基神父》）是托尔斯泰认同的心中有上帝的女性，她酷似陀思妥耶夫斯基笔下的索尼娅。而鼓吹斯拉夫主义的陀思妥耶夫斯基塑造的女性形象则更为复杂，《卡拉玛佐夫兄弟》中的诸多女性形象都表现出了更为复杂的女性内涵。但这些女性形象的变化恰恰是时代变革的真实写照，揭示的是时代变革在女性身上留下的印记。同时使俄罗斯经典文学中的女性形象更为丰富和复杂，鲜明地表现出了女性身上所具有的与善和美相对立的另一种气质，这也是陀思妥耶夫斯基的理念"美拯救世界"的文学实践。在社会变革时代女性成为对旧生活的革命者，安娜是这样，卡捷琳娜也是这样。为了追求独立和自由，不过虚伪的生活，毅然离家出走，卡捷琳娜是俄罗斯的娜拉，但娜拉出走之后怎么办，奥斯特洛夫斯基没有也不可能找到答案。车尔尼雪夫斯基在《怎么办》中为女性获得自我解放提供了具体的参照系。小说的女主人公薇拉是在新时代追求自我独立和解放的新女性，也是俄罗斯女性参与社会生活的新典型。薇拉在爱情和工作中的成功充分表现了一个在社会生活中实现了自我的女性的主体价值，在俄罗斯社会引起了巨大的反响，成为被效仿的对象。契诃夫时代的俄罗斯文学中女性形象更加丰富多彩，也更加复杂和活跃，体现了俄罗斯社会在世纪末转型期的困惑和不安。作为俄罗斯黄金时代文学收官者的高尔基同样塑造了社会变革中不同阶层的女性形象，母亲尼洛夫娜则是这些女性群像中的杰出代表之一。

十月社会主义革命的胜利标志着无产阶级文学的诞生，它对世界文学的影响是巨大的。无产阶级文学是时代和社会变革的产物，它揭示了新的主题，反映了新的生活。早期苏联文学中对劳动的讴歌，对人民当家做主的礼赞，对新时代新成就的描写，毫无疑问地肯定了社会革命在古老的俄罗斯的价值。斗争和革命带来的新生活为千百万求解放的人指明了方向。在社会主义现实主义的创作原则确立以后，苏联文学进入发展的另一个时期，但那种革命和建设美好生活的激情仍然是文学的主旋律，它带给人们的参与感和存在感是巨大的，文学成为激励干劲的革命口号。

苏联文学的创作不仅继承了俄罗斯古典文学所具有的女性气质，而且由于女性作家大量涌现，女性对文学的影响已经在事实上得到了确立。与此同时，在文学作品中女性对生活的参与和反思达到了一个新的高度，在世界范围内对女性以文学为工具追求自身权利的女权运动产生了重要的影响。

同俄苏文学相类，中国现代文学的发展也是与社会变革紧密联系在一起的，特别是最初走上文坛的女作家与五四新文化运动密不可分。中国女性作为受到封建礼教束缚最为严重的社会群体，对社会变革相当敏感，并且也最富有勇气追求新生活。五四时期女作家被"震"上文坛，这些女作家的出现是社会变革的新现象。而俄苏文学对社会变革时期女性命运的关注恰好成为她们的参照系，使徘徊于新旧之间、彷徨于革命与恋爱之中的女作家们通过努力为自己寻找出一条通向生活的道路。五四运动之后中国长期处于动荡之中，直至解放战争结束，随着社会主义道路的选择，"一边倒"政策的实施，俄罗斯文学特别是苏联文学在中国的文学接受场域占有重要地位，其中革命文学的元素对中国作家意识形态的形成产生的影响不可低估。《太阳照在桑干河上》等小说就有着苏联文学的影子。社会变革的相似性促进了中国现代女作家与俄苏文学的互动，在不断的借鉴和创新中，俄苏文学的现实主义传统和"为人生"的宗旨融入了中国女作家的创作实践。这种潜在影响持续到新时期文学当中，并一直延续到当下，在张洁、张抗抗、铁凝、迟子建等人的创作中都可以找到它们的痕迹。

第三节　创作之维：接纳与扬弃的自我生成

中国现代女作家对俄苏文学接受的具体表现相当复杂，但我们可以在丁玲的话中找到端倪。丁玲曾经说过："真正使我受到影响的，还是十九世纪的俄国文学和苏联文学，还是托尔斯泰、屠格涅夫、高尔基这些人。直到现在，这些人的东西在我印象中还是比较深。但你说我专门学习哪一个人，学哪个外国作家，没有。"[①] 这就从两个层面为我们揭示了中国现代女作家同俄苏文学的关系。一方面，其在思想和创作中的确是受到俄苏文学的影响；另一方面，其并没有刻意地在具体的文学创作中去模仿某一个作家。

我们可以说，中国现代女作家从俄苏文学中获得的主要养分是俄罗斯文学独到的价值观。对于五四时期的女作家来说，俄苏文学的革命意识和对女性生命的张扬是推动她们打破封建束缚、走向社会的原动力。革命意识使她们向传统礼教发起挑战，逃离旧家庭的迫害；而女性生命的张扬使她们充分地意识到自身的主体价值，努力去争取女性的解放与个体的自由，由此形成了后来的革命加恋爱的浪漫主义。1942年丁玲创作而后遭到批判的《三八节有感》恰恰就是这种性别主体意识张扬的表现。

正是俄罗斯文学使五四运动后的中国女作家意识到女性的主体地位。这种对女性主体地位的认知是中国女性"人的意识"觉醒的

---

① 黄一心：《丁玲的写作生涯》，百花文艺出版社，1984，第185页。

重要标志。它所追求的不只是女性解放，而且是性别的平等，是女性对自身价值的把握。它的意义在于对女性特质的充分表达，把女性作为具有普适意义，同时具有性别规定性的人来理解与描述。

这样，在以丁玲为代表的女作家的创作中人们可以看到一个独特的"我"的存在。这个"我"不是极端个体的表现，而是作为人类一员的平等存在，是女性性别认知的鲜明体现。丁玲曾经写道，"我虽说很渺小，却感到我的生存"（《秋收的一天》），这是在消解了个性差异的革命环境中的自我认知。这种"我"的意识在《三八节有感》中体现得更为明显，"使自己愉快。只有愉快里面才有青春，才有活力，才觉得生命饱满，才能担受一切磨难，才有前途，才有享受"。在当时的大环境下，这种语言的表达无疑是有一定风险的，但是丁玲坚定地表达了个体对女性与革命的关系的自我理解。这也正是俄罗斯文学中女性对把握个体命运的努力追求。这个"我"是女性对自我生命的认知，它不依附于任何外在的存在形式，是一种对性别意识的感性把控。它游走于性灵与世俗之间，摆渡于理性与感性之间，体现了鲜明的女性特质。

同俄罗斯文学中的女性一样，丁玲对自己笔下的女性的心灵有着更为深刻的理解。在创作中丁玲把这些女性置于一个痛苦而无望的境地，以此来揭示女性作为一种性别的独特内涵。在《新的信念》和《我在霞村的时候》（这可能是世界文学中最早涉及慰安妇主题的作品）中，丁玲塑造了陈老太婆和贞贞这两个被侵略者凌辱的女性形象。小说中的贞贞如同陀思妥耶夫斯基笔下的索尼娅，但她比索尼娅还要不幸，她是在民族战争中失身于敌人，因此就更不见容于自己的同胞，被"当一个外路人"，"而且连我也当着不是同类的人的样子看待了"。而在丁玲笔下贞贞是圣洁的化身，是"有热情的，有血肉的，有快乐、有忧愁……的人"。如果说莎菲是一个觉醒后找不到出路，苦闷彷徨而玩世不恭的女性的话，贞贞则要比其宽广得多。"人也不就只是爹娘的，或自己的"，这就决定了贞贞的生命将要更有光彩，更有超越时代的意义。"被欺凌与被侮辱"的女性的遭遇是自身性别无法跨越的鸿沟，而这些女性的不幸恰恰是来自异性的暴力，遭遇不幸后女性对人生、对世界的态度是具有宇宙意义的，从中也反映出作家对女性自身困境的反拨与挣扎，正如丁玲对贞贞眼睛的描写，"就像两扇在夏天的野外屋宇里的洞开的窗子，是那么坦白，那么没有尘垢"。

就思想内涵而言，中国现代女作家接受俄罗斯文学的一个切入点就是它的革命性，特别是其中女性形象的革命性。这种革命性体现在女性自由意志的获得上，也就是说，女性可以自由地、平等地从人类的本质上获得支配自身的权利。女性可以跨越性别获得平等的身体支配权，这不仅要求女性具有一定程度的经济独立，而且需要女性自身具有高度的性别意识自觉性。女性自身要打破"第二性"的樊笼，这本身既是对传统意识形态的挑战，也是对女性自身的挑战。黄金时代俄罗斯文学的女主人公们所追求的婚姻自主恰恰是这种凌驾于物质保障之上的精神解放。应该说，它对五四时期走上文坛的中国女作家的影响是巨大的。

这一时期的女作家追求的是女性的平等，无论是经济上，还是精神上。因为目标高远，而且激进，作家们时而奋起猛进，时而苦闷彷徨。随着社会形势的发展，女作家们在这种精神求索中或向现实妥协，或是回归传统，或是投身于民族解放的革命大潮。女性解放似乎被弃置于时代的文学浪潮之外。但也有女作家仍然在思考和关注女性的命运，丁玲就是其中之一。可能是生活在解放区的缘故，丁玲对女性平等问题更为关注，思考更深，《三八节有感》就是这种思考的结果。我们认为，与其说这是对当时所谓男女平等的一种反驳，还不如说是对女性自身的一种批判。其中，丁玲指出了女性的生活道路问题。在经济和政治上获得"平等"的情况下，女性应当如何做出符合其自由意志的选择。这个问题的本质始终困扰着各个时代的女性。从性别视角看，丁玲的质疑直到今天依然有着它的现实意义。在跨越了长期的断裂之后，林白等人似乎给出了自己的答案，但这个答案依然没有逃出当年"莎菲"们的怪圈，仿佛进入了女性心智的无限循环。也许这就是陈老太婆、贞贞，以及陆荣存在的意义吧。

丁玲心目中的性别平等，不是女性的自怨自艾，"呵，我们女人真作孽呀"，而是"硬着头皮挺着腰肢过下去"。在丁玲眼中，女性的不幸不是因为性别，而是由于传统礼教的压迫。如果贞贞不是面临包办婚姻，就不会跑去教堂，也就不会落入敌人手中，也就不会有以后的苦难经历。此外，男性的软弱也是女性不幸的原因。从夏大宝本人的讲述中我们可以得知贞贞曾经要和他"私奔"，但是被他拒绝了，原因是他无法保证贞贞能过上好日子（这可以让我们想到屠格涅夫笔下的罗亭）。无法得到青梅竹马的恋人的支持，又无法逃脱父母的威逼，一个弱女子只能遁入空门，但这只能带来不幸。小说结尾贞贞要到延安（小说中用××来代替）去治病，在那个时代延安是革命圣地，也是希望的象征，它意味着贞贞有着光明的未来，也意味着女性获得全面自主的某种可能性。

对于20世纪50年代以后走上文坛的女作家而言，俄苏文学孕育她们的是理想主义和纯洁的道德感。正如张抗抗所说："这些充满革命英雄主义的作品（指《青年近卫军》《卓娅与舒拉的故事》《钢铁是怎样炼成的》），对我世界观的奠定和文艺观的形成，发生了积极的影响。古丽雅的第四高度，对于启发我不畏艰险攀登文学高峰是一种巨大的力量。我觉得文学应当帮助人们的精神变得高尚，帮助人们铲除一切自私和不道德的东西，去保卫和建设自己的祖国。"[①]

---

① 阎纯德主编《中国现代女作家》（上），黑龙江人民出版社，1983，第286页。

对于中国现代女作家而言，俄苏文学代表着人性中的善与美，代表着人类的内在规定性。

俄苏文学的深远影响已经浸润到女作家的潜意识中。当丁玲受到不公正的待遇被安置到密山的时候，她在和王震的谈话中，不自觉地把自己的境遇和契诃夫相比："契诃夫只活得四十年，他还当医生，身体也不好，看来他写作的时间是有限的，最多是廿年。我今年五十四岁，再活廿年大约是可以的，现在我就把自己看成是卅岁，以前什么都不算……"① 可以想见，在那样一个场合，如果不是在潜意识中有一种默契的话，是不会突然说出这样的话的。而张抗抗在远赴黑龙江支边的时候，书包里只带着一本《青年近卫军》。由此可见，这种思想的影响难以磨灭。张洁曾经说过："年轻的时候读书，过目不忘。记得莱蒙托夫的《当代英雄》我可以整页、整页地背出，当然也在自己的小本子上，摘下很多书中精彩的句子……到了初中，可读的书就更多了，如《卓娅和舒拉的故事》《马特洛索夫的一生》《古丽雅的道路》……大学时代，我爱上了陀思妥耶夫斯基的书《被污辱与被损害的》《女房东》《死囚日记》……这些书现在的年轻人看不看，我不知道。我们这一代人可以说是由这些书哺育成人的。所作所为，无不带着这种精神烙印，至今难改。"② 除了思想的影响，这种感受还表现在具体的创作过程中，谢冰莹说过："那时我崇拜的作家是托尔斯泰、陀思妥耶夫斯基等。要学习托尔斯泰一连把《战争与和平》修改七次的精神，《女兵自传》改了五遍。"这些作家的体验可以说是中国现代女作家对俄苏文学全方位接纳的最好注脚。

此外，俄苏文学中蕴含的人道主义精神和宇宙情怀也对中国女作家产生了重要的影响，俄苏文学的人道主义精神体现在对全人类

---

① 黄一心：《丁玲的写作生涯》，百花文艺出版社，1984，第284页。
② 张洁：《读书的历史》，《随笔》1994年第3期。

的福祉的关注,特别是对底层人物的真诚理解和同情。它是弥赛亚意识,具有拯救世界的宏大胸怀。俄苏文学的目的是全人类的平等和幸福生活的权利,它充满了悲悯情怀和苦修意识。关注底层民众的生存状态是俄苏文学创作的重要主题之一,它对中国现当代女作家的影响是巨大的。张洁在《沉重的翅膀》中就表现出这种全人类的宇宙情怀。作为一部反映改革的长篇小说,这部作品的主题时代感强,紧贴社会现实。但与同时期的其他"改革小说"相比,其不是通过对社会矛盾和重大事件的描述来完成的,而是通过对时代情绪的深刻把握来展示这个题材。《沉重的翅膀》的扉页上有一句献词:"谨将此书献给为着中华民族的振兴而忘我工作的人。"这其中表达的正是她在《我的第一本书》的结束语中写的:"我永远不会忘记生活在我周围的普通人。当我写作的时候,我心里想着的不仅仅是中国的老百姓,也想着整个人类,我爱人类,关心着他们的命运和前途,我将尽终生的力量为人类而写作,因为我是从普通人当中走出来的。"①

普通人的文学命运不是平凡,而是面临无法克服与言说的不幸。迟子建笔下的下岗工人、城市失业者和缺乏生活保障的退休工人,进城务工的农村流动人口和在城市扩张过程中失去土地并失去谋生手段的农民,还有那些由于疾病、先天缺陷等各种不幸被他人嘲笑和无视的"边缘人",对这些人的命运的关注体现了作家对底层民众的生存状态的深刻洞察和对他们命运的深切同情。在第二届"北京文学·中篇小说月报奖"的颁奖会上,评委会在《世界上所有的夜晚》的授奖词中写道:"向后退,退到最底层的人群中去,退向背负悲剧的边缘者;向内转,转向人物最忧伤最脆弱的内心,甚至命运的背后。然后从那儿出发倾诉并控诉,这大概是迟子建近

---

① 张洁:《我的第一本书》,《世界上最疼我的那个人去了》,作家出版社,1997,第344页。

年来写作的一种新的精神高度。"这种新的精神高度表现出的是作家对现实生活的密切关注和对社会生活的责任感。女性作家以女性的柔情和良知为那些不幸者呼吁，试图以文字来改变他们的命运，通过向底层社会的回归和对底层民众的关注来找寻人性中的善与美。应该指出的是，迟子建的"底层叙事"不是着重于"苦难焦虑"，而是要揭示出人性的光辉，这与俄苏文学的底层关怀具有异曲同工之妙，生活时刻都有苦难，但是善与美总是通过苦难的磨砺得到更高的升华。迟子建的底层写作正是要架构起一个二元背反的底层世界，描述的是一个充满悲悯和良知的理想国，在这个理想国中表现的是人类永恒价值的胜利。

正如俄苏文学一样，中国女作家在关注人类不幸的时候，在同情之中表达出的是对人的意识的追求，也就是对人类美好品质的展现。要表达的是人的价值，哪怕是身处极大的困境，发现的依然是人的真、善和美，表现了时代变迁中中国女作家的执着与坚守。

与张洁相似，铁凝在《笨花》中塑造了一位既具有传统精神，又具有现代意识的母亲形象。同艾对丈夫的隐忍，对丈夫和别的女人生的孩子的接纳和关爱，对邻里的友爱，"集中了我理解和感受到的一些乡村妇女的美德"。对于铁凝来说，文学创作就是要挖掘出人性中的真诚，她希望自己可以有一个"大善，不是小善，不是小的恩惠"，要表达的是"对人类对生活永远的善意、爱和体贴"，这种全人类的情怀有着明显的俄国文学的印记。

从五四时期开始，中国女作家创作的重点之一就是对女性命运的思考。在中国文学中这种思考具有宏阔的时间跨度和空间跨度。这种思考与对俄罗斯文学的接受有着密切联系。从丁玲的"呵，我们女人真作孽呀"到张洁的"你将格外地不幸，因为你是女人"，女作家们始终在拷问女性生存困境的内外在动因，因此反映女性生活的方方面面成为女作家创作的重要关注点。《爱，是不能忘记的》

关注的是婚姻的本质和内涵,《方舟》揭示了作为女性的生存现实,《七巧板》探讨了两性关系中女性的不幸与男性的责任。男权中心话语下的女性表达是在女性视角下对现实两性关系的审视,它最终不会像《无字》那样,成为"无字"的迷局。

中国女作家对女性命运的关注不是在意识形态下对自我生存状态的反驳,而是对现实性别关系的一种考量。新中国成立后,女性获得了从经济到政治的全面解放,尽管这种解放是带有意识形态特征的,但它使女性获得了至少在名义上与男性同等的权利。这种权利使女性更多地承担起了家庭与社会的责任,使女性获得了更为广阔的生存空间。在这种情况下女性对生活提出了自己的要求,但是现实无法对女性的诉求做出回应,由此出现了承载着女性精神诉求的各类女性形象。这些女性形象与俄苏文学中的女性形象相类似,都是在时代背景下对自我性别意识和自身遭遇的一种探索,只不过女性作家的视角使这些女性形象的性别意识更加鲜明,更加具有中国特色。

尽管如此,这些女性形象依然具有她们所依据的典范的传统特征。追求自身的平等和两性的和谐,打破性别带来的种种怪圈,充分地实现自我,这些精神诉求所具有的内在本质特征,依然是当年安娜和卡捷琳娜等女性对生活提出的要求。中国女作家笔下的女性形象表现了女性作家对自身、对时代、对男性的困惑和疑问,提出了具有共时性和历时性的永恒问题。无论如何,这都体现出中国女作家对女性命运的深切思考和对世界和谐的探索,表现出了女作家的扬弃精神和对自身的审视,跨越了性别的维度,追求一种精神的永恒,这也是对接纳的一种超越。

高尔基说过,文学即人学。俄国文学经久不衰的魅力就在于它对人类苦痛的关爱之情。在这种关爱之情中体现出人性之美。俄国文学是美的文学,它唤醒了中国女作家对美的独特感受,在杂糅着女性审美特征的叙事中形成了具有明显性别意识的美学观念。它既有对自然之美的感悟，也有对人性之美的追求，表现出鲜明的女性特征与民族特色。

大自然不仅是天生的造物，也是性灵的表现，它对人类的影响是巨大的。它提供了人类赖以生存的物质资源，也为人类提供了精神上的指归，在理性架构中它赋予人类形而上的认知。人类正是在和自然的相互搏斗与妥协中实现了自我的发展与成长。作为自然的一部分，人类具有自然的特性，女性正是人类自然特性的承载者和表现者。女性具有与生俱来的自然生命力，它构成了对理性的感性超越，完善了人类对精神家园的探求，丰富了人类对自我的认知，形成了与自然等同的无限循环。在人类的生生不息中获得了理性的升华和自我的扬弃。人类正是通过自然认识了自身的无限可能和内在的丰富性，而女性恰恰是这种性灵的外在化。在文学中女性与自然是天然的盟友，成为意象表达的共体。

俄罗斯拥有广袤的大地，美丽的自然风光，它不能不引起文学家的共鸣。俄罗斯文学的巨匠们都是描写自然的圣手，奇幻瑰丽的自然风光给他们以灵感，形成了俄苏文学对自然与人生的独特表达。迟子建曾经这样描述自然与俄罗斯文学的关系："俄罗斯的国土太辽阔了，它有荒漠、苔原，也有无边的森林和草原。它有光明不眨眼的灿烂白夜，也有光明打盹的漫漫黑夜。穿行于这种地貌中的河流，性格也是多样的，有的沉郁忧伤，有的明朗奔放。俄罗斯的文学，因为有了这样的泥土和河流的滋养，就像落在雪地上的星光一样，在凛冽中焕发着温暖的光泽，最具经典的品质。"[①] 在迟子建笔下我们可以看到额尔古纳河那瑰丽壮美的自然风光，它为我们理解北方民族的气质提供了重要的切入视角。作为北方黑土地的女

---

① 迟子建：《那些不死的灵魂啊》，《文学界》2010年第1期。

儿，迟子建描写北国风光不仅是对自然的热爱，也是民族生命力的表现。

迟子建对自然的感悟与屠格涅夫极为相近。在屠格涅夫的创作中有着现实主义的诗意特征，这种诗意是一种明快而又忧郁的女性气质。细致的自然描写总是屠格涅夫揭示人物命运的主要背景。"屠格涅夫的作品宛如敲窗的春风，恬适而优美。他的《猎人笔记》和《木木》，使十七八岁的我对文学满怀憧憬，能被这样的春风接引着开始文学之旅，是一种福气啊。"可见迟子建与屠格涅夫的天然联系。除了迟子建，我们在张抗抗充满英雄主义的对北大荒的描写中也看到了女性作家对大自然的丰富情感。

关于文学的影响与接纳，法国学者莫哈指出："文学形象学所研究的一切形象，都是三重意义上的某个形象：它是异国的形象，是出自一个民族（社会、文化）的形象，最后，是由一个作家特殊感受所创作出的形象。"[1] 在丁玲等人笔下，苏联是人类文明和进步的典范，讴歌苏联、赞美苏维埃人是"十七年文学"前半部的主旋律，这是一种意识形态的表达，体现了性别同构的特征。

新时期以来，在迟子建等人的创作中多次出现俄罗斯与俄罗斯人的文学形象，这些形象表达了作者私化的认知。这种表达在迟子建的创作中最为明显。在《北极村童话》中，有与迎灯一起烤毛嗑、煮蚕豆，教她识字、学做乘除法、剪窗花、做面人的苏联老奶奶，在中篇小说《起舞》中，齐如云与神秘的苏联男人起舞受孕，留下了让人嗟叹不已的人间悲喜剧，特别是作为混血儿的齐耶夫更体现了作者对特定生活人群的特定考察，"这些失去了根的人，在发出笑声的同时，眼睛里却流露着惆怅"。一个人的命运成为两个民族在一个动荡时代的大写照，而作为无辜的个体所担负的无奈却

---

[1] 孟华：《比较文学形象学》，北京大学出版社，2001，第9页。

是无法用语言来表达的。长篇小说《白雪乌鸦》中的俄国人不仅是时代的点缀,而且是那个时代的现实标注。小说中最动人的还是俄罗斯的女性,如谢尼科娃,她心地善良,"带着几分傲慢,几分喜悦,几分矜持,几分忧郁,非常迷人",她如精灵般,给王春申晦暗的生活带来了一抹亮色。在迟子建笔下,这些远离祖国、漂泊在异国他乡的人们的命运构成了一个地域的历史,反映了一个时代的特征,特别是两个民族的交汇与碰撞似乎揭示了人类跨文化、跨种族的心灵秘史。

文学形象同时还是一种文化意象,它蕴含着意外之象。不言而喻,俄苏文学及其形象构成了世界范围内的文化意象,在中国文学中的表现更为突出。在张洁的《爱,是不能忘记的》中,老干部与钟雨之间的信物为《契诃夫文集》。这部文集凝聚着老干部与钟雨之间的爱情。有情人不能成眷属,这是人类最大的悲剧。但是在《契诃夫文集》的映衬之下,这种为道义所做出的牺牲就具有了更高的价值。

"对契诃夫的喜爱是我们家的家风",生活在动荡年代的契诃夫穷其一生在追寻改造人生、改造社会的路径,他以一颗医生的仁爱之心来呼吁人们团结和友爱,努力地使人向善向美,使人不再庸俗、不再沉沦。小说中《契诃夫文集》作为符号指征,揭示了钟雨的内心世界,也揭示了新时代女性对自身、对爱情的新视角。它也支撑"我"去寻找真正的爱情和婚姻,尽管这可能是一个无解的困境。

中国女作家创作中的俄罗斯意象,除了作者的现实主义取材以外,更多的是对俄苏文学的体察和顿悟,这种集体无意识会在不经意间作为接纳的反馈,成为所要表达的情绪的一种载体。

诚然,如丁玲所说,一个杰出的作家不会拙劣地模仿别人,但无法绝对避免在自身的创作中留下他者的印记。这种接受本身就是一种扬弃。在萧红等人的作品中我们也可以找到其对俄罗斯文学的体验性表达，丁玲的《太阳照在桑干河上》就具有苏联文学的明显特征。在当代作家中也可以找到这种共鸣，如铁凝和张洁对陀思妥耶夫斯基的借鉴。在《午后悬崖》（铁凝著）中，韩桂心向在公园里无意碰到的"我"讲述童年犯下的杀人行为，与《罪与罚》中拉斯科里尼科夫向索尼娅忏悔的行为如出一辙。而《安德烈的晚上》（铁凝著）通过"我"和分裂于"我"之外的人格之间的冲突也与《双重人格》中的高略德金具有一定的相似性，特别是张洁"温柔的感伤"的艺术特征具有浓厚的屠格涅夫和契诃夫的风格。

女作家张抗抗曾经写道："因着复生的《日瓦戈医生》和《阿尔巴特街的儿女》，在我临近40岁的时候，我重新意识到俄苏文学依然并永远是我精神的摇篮。岁月不会朽蚀埋藏在生活土壤之下的崇高与美的地基。"① 这些话揭示了俄苏文学与中国现代女作家的内在联系，并充分体现了这种内在联系的精神内涵和时代意蕴。

谈到中国女作家对俄苏文学的接受，不能不分析它所处的时代背景。五四运动以来，中国社会处于变革之中，家庭作为社会生活的晴雨表，成为反映时代风貌的能动因素。女性地位的改变是当时中国家庭所面临的一个重大问题。女性要打破封建家庭的束缚，就需要战斗的武器。对于知识女性而言，文学是最有战斗力的武器。它既可以提供物质上的保障，也可以提供进行思想斗争的檄文。

俄苏文学作为"为人生"的艺术为中国女性提供了精神食粮，苏联文学倡导的无产阶级解放更为中国女性提供了前进的方向。因此，以丁玲、萧红等为代表的作家群是以欣然的态度自觉地接受俄苏文学的。

需要指出的是，五四时期的女作家当中也有相当一部分与俄苏

---

① 张抗抗：《大写的"人"字》，《外国文学评论》1989年第4期。

文学是疏离的，如庐隐、凌叔华等，这与她们的生活经历或是生存状态密切关联。作为新女性文学的开拓者，这些作家所关注的女性解放问题与前者是一致的。但她们的视野是狭小的，往往局限于女性爱情的失意、婚姻生活的不幸，这种自身经验的文本化体现了当时女性书写的局限性，也在某种程度上体现了时代的特征。

还要注意，五四时期中国女作家对俄苏文学的接纳是有条件的，这不同于"十七年"时期。"十七年"中的接受是意识形态导向的结果，是同质化、同一化的产物。五四时期中国女作家对俄苏文学的接受是自我选择的结果，具有充分的主观能动性和明晰的现实必要性，因此也就具有更多的思考。可以说，这些女作家是以自身的需要来接受和理解俄苏文学的。以绝大多数女作家所接受的安娜为例，她在中国被作为女性解放的标本，但在托尔斯泰笔下她是一个被否定的女性形象。吉提是作者所赞赏的女性形象，但在中国女作家中几乎没有引起什么反响。而张抗抗对肖洛霍夫的态度也从一个侧面反映了这一点，"肖洛霍夫的《静静的顿河》，她是硬着头皮读完的，因为她不喜欢这部书"。由此可见，中国女作家对域外文学接受的主体意识充分体现了民族文学自身的扬弃意识。

此外，俄罗斯文学对中国女作家的吸引力还在于它内在的女性气质。这种气质不仅与俄罗斯民族的特质相关，而且与俄罗斯社会的发展历程相关联。俄罗斯文学用作批判的武器就是爱情。无论是奥涅金、罗亭，还是巴扎洛夫，都在女性纯真的爱情之下显现了或是"多余的人"或是"虚无主义者"的原形，爱情剥去了这些"当代英雄"的面纱，使其精神上的残缺暴露出来。男性在美好情感面前的退缩恰好是女性独立自主、追求幸福的存在意识的最好反衬，这对于追求自由和平等的女性具有永恒的价值。

与同时代的欧洲文学相比，俄罗斯文学中的女主人公在追求爱情上表现出了积极的主体意识。她们是行动者，无论是普希金笔下的"村姑小姐",还是屠格涅夫笔下的叶莲娜,女主人公通过自己的努力获得了美好的爱情。即使是像安娜那样争取爱情而不得,最终失去了生命的女性,引起的影响也是巨大的。这些女性打破的是政治、经济等外部因素的束缚,追求的是作为人的个体的幸福和平等。这种个体的自由和幸福不需要上帝的见证,而是要用自身的存在来解说。自主的爱情是女性身体解放的初始,也是终极的证明,它贯穿了女性为获得平等而进行的革命的始终。爱情就是自由,它打破了私人的领地,获得了更为广泛的社会意义。"不自由,毋宁死",这是思想解放时代的最强音,它也启蒙了刚刚获得自由的中国女作家。

俄罗斯文学中那些回归传统的女主人公所具备的女性特质的影响是巨大的。无论是达齐扬娜,还是丽莎,她们放弃了爱情和个人幸福,但捍卫了人类的道德准则和女性的尊严,因此在她们身上表现出了"殉道者"的崇高特征。她们所具有的宽恕仁爱和自我牺牲精神是永恒的女性性灵的呈现。这种女性与生俱来的内在精神气质引起的共鸣是强烈的,特别是在伦理文化特性明显的中国,在中国女作家笔下我们时而隐约可以看到她们的身影。

中国女作家对俄苏文学的接受是与时代背景、意识形态导向和女作家的自身体验密切相关的。这种影响和接纳不仅体现在文学创作中,而且蕴含在精神气质中,成为价值体系的一部分。它是"性的政治"的鲜明体现,也是中国女性创作的发展轨迹的再现。

第五章

女性文学批评的"中国经验"与"成长的烦恼"

女性文学批评是在我们已有的文学理论基础之上着重强调女性特质,它同样涉及文学的本质、特征、发展规律和文学与社会的相互作用,但更注重女性写作的动机、女性文学作品的特质、女性写作的意义价值等。比如,在文学起源的问题上,一般性的文学理论观点会认为文学起源于劳动,而女性文学批评理论在同意此观点的基础上还会认为女性文学是女性生存的需要,是女性安身立命的手段之一,是对女性生命的阐释,语言能让女人的生命优雅地飞翔。关于文学作品,一般文学理论会讨论"典型""现实主义"等叙事观点、写作手法问题,女性文学批评理论则偏重女性写作在时间、空间维度上的独特表达,女性叙事的所指、能指、转换生成等要素不同于男性作家之处,女性独有的"隐身衣""空白之页""双性同体"等关键词。女性话语既有共通的细腻、优美等特点,每个女作家个体又有着各自的语词运用方式。女性文学批评是对女性文学经验的钩沉,是女性精神价值的确立方式。

屈指算来,即便我们较为保守地把"女性文学批评"这个词深入女性之心的初始时间界定在新时期之初,距今也有40多年了。

第五章 女性文学批评的"中国经验"与"成长的烦恼"

在这几十年中,我们本土的女性文学批评从最开始的激动热烈到狂飙突进式的反叛解构,再到而今的平淡从容,貌似波澜不惊,实则沉稳笃实,其间经历了浮沉,经历了纷扰,甚至经历了人到中年的冷漠。所以,站在四十不惑的节点上回望,我们不妨客观、冷静地理一下这几十年的思路,总结经验、褒扬成就,发现缺憾、排除毒素,以便使女性活得更加精致美丽。

今天的中国文学,今天的女性文学研究,应该有信心、有勇气让世界听到、看到、领略到我们的女性智慧,女性风骨,让全球共享我们的研究经验。说到女性,本应无国界、无种族、无宗教之分,就好像我们说"人"都要吃饭穿衣,都要生存发展,都要婚丧嫁娶……但既然是"女性文学批评",就是与精神世界关联的,就是凌驾于一般性存在之上的需求,就是历史因袭、文化基因、政治制度、经济体制等多方合力的作用结果。因此,中国的女性文学批评既不同于英美的、法国的、北欧的、非洲的女性理论,也不同于日本的、南洋的、澳洲的女性意识,它既是漫无边际的女性之网的有机成分,又有着独特的质地和颜色。西方的女性主义从理论到实践都比我们先行,但时间上的早晚是不是判断"先进""落后"的尺度?曾经有一个时期,我们有个预设的前提,无论是英美派、法国派,还是殖民后殖民的女性主义理论,都可以用来解说中国的女性文学,也都可以被视作研究理念、研究方法的前沿,仿佛它们的就一定是好的。但女性文学批评毕竟不是水月镜花,它是社会、历史、文化、审美等多因素的综合实践,就像光合作用,是中国气派、中国作风,是我们的"中国经验"。面对全球化、面对经济危机、面对恐怖袭击、面对雾霾,如何表达中国女性声音?我们不妨先看看中国女性文学批评之特色,再来看看它发展的瓶颈,最后讨论我们如何面对未来的问题。

第一节 女性文学批评的"中国经验"

我们的性情、爱憎和哀乐自有我们独特的风格，具体到女性文学批评，中国经验说到底就是只有我们才具备的研究理念、标准、式样。应有这样几层：历史传承，无论如何，我们的研究是在历史传统文化的延续中进行的，我们的血脉传承是无法割裂的；美学神韵，华夏文论几千年的丰硕成果属于男性也属于女性，我们研究女性叙事之美，评价的标准是几乎内化的；本土现实，我们的女性发展史是独一无二的，是无可复制的。

一 从有性别色彩到无视性别特征再到双性和而不同

以作品为原点，以实践为根据，以整合为目的，百年来的女性文学研究从有性别色彩到无视性别特征再到双性和而不同，画出了一道清晰的轨迹。

我们的批评是以作品为原点，而不是以生活现实为原点的。我们的研究始终围绕着文学作品这条主线进行，我们不凌驾于作品形而上地谈女性意识、女性主义甚至女权运动。文学作品是被某种价值观念渗透的话语表述，探究文本中那些"说出来的和被掩盖的"内容，可以贴近女性生存的轨迹，发掘时代的文化脉络，文学是我们言说的基础。文学作品与女性理论的关系表现为：其一，作品是理论的内容和模本，"言之无文，行而不远"，有前者，后者才有说话的可能；其二，理论为作家和写作提供了支撑语境和指导方向，后者作为基本取向和功能体系，提供了充分理解、运用文学并有效对其进行分析的可能。女性文学批评对性别文化的判断总是力求凸显某个文学作品中形象的个别性，同时体现一般性，强调感性体验，强调合情基础上的合理。我们最开始进行的就是挖掘、整理我们自己的财富，我们已有的习焉不察的女性创作，形成了大量研究成果，这不仅是指谢无量、谭正璧等对关于中国古代史的女性作品的整理研究，更指的是新时期以来对正在进行的女作家作品的评说。李子云的《净化人的心灵》、张维安的《在文艺新潮中崛起的中国女作家群》，比西方女性主义批评正式引进中国学术研究领域早三四年的时间。① 及至当下，对作品的研究几乎与作品同时出现，比如《收获》在2016年第2期推出了张悦然的长篇小说《茧》，同期便刊登了金理对小说的评论文章《创伤传递与修复世界》，甚至设置了"微信专稿"栏目，刊登了双雪涛的《双手插袋的少女》，也是对《茧》的读书札记。

　　以实践为根据，是从批评方式上讲的，我们的研究是实践基础上的理论，理论指导下的实践，我们的理论是在批评实践中确立批评的范畴、规则和理论的。这不仅体现在对某些创作时间较长、创作类型较广、创作特色变化较明显的作家研究上，还体现在对待同一部作品的研究不断深入方面。对同一位作家的追踪研究，比如张洁、王安忆、铁凝、迟子建等，随着时间的推移，创作风格发生了演变，从少女的清新明丽、多愁善感到成长后的犀利多疑到成熟后一切了然于心的超越，评论界都给出了准确及时的定位。对同一部作品的研究不断深入，是研究方法、研究视角发展的结果，"一个文本呈现在它的读者面前的形式不决定于文本本身，而决定于读者惯常应用于文学的符号因素"。② 我们仅以张洁的《爱，是不能忘记的》为例。张洁有着极强的女性意识和对女性命运深度的思考，《爱，是不能忘记的》是一曲爱情的悲歌，也是理想主义的颂歌和

---

① 乔以钢、林丹娅主编《女性文学教程》，河北教育出版社，2007，第303页。
② 卡勒：《文学能力》，载刘峰等编译《读者反应批评》，文化艺术出版社，1989，第178页。

挽歌，表达的是对完美爱情的无言向往。女儿叙述了母亲钟雨一生爱的不幸，找到爱情却无法拥有，母亲深爱着的老干部的"幸福"家庭充满了神圣的殉道色彩，他和他的妻子虽然不是因为爱情而结合，却因责任、阶级情谊和对死者的感念而走到一起。作品在20世纪80年代初期发表后被称为"石破天惊"之作，不仅因触及"第三者""没有爱情的婚姻是不道德的"等敏感话题，还因为"如果有来生"的天国许诺引起了评论界的哗然。肯定张洁小说的人说，"为什么我们的道德、法律、舆论、社会风气等等加于我们身上和心灵上的精神枷锁是那么多，把我们自己束缚得那么痛苦？"① 否定的一方则义正词严地表示："对于社会生活的不完善，对于人们心灵中旧意识的影响，作家完全应该批判。"② 在当时，这是较有代表性的正反对峙。随着研究的深入，近年来的年轻学者提出了新看法，我们以前只关注"他们"，即老干部和钟雨的故事，而忽略了"我"作为叙述人的成长，"具体到这篇小说，就是叙述者通过讲述获得了精神上的力量，在叙事中追认和补偿了自己的成长，这样一来，叙述者的成长就具有了象征意味"。③ 这种对同一部作品举一反三、触类旁通的解读使我们的女性文学批评不断焕发魅力。

以整合为目的，就是女性文学研究的整合既是性别整合也是文化整合，前者契合了中国社会精神文明"和谐"的倡导，后者印证了"全球化"的理论视野。我们的女性文学研究虽然是以作品为发声的依据，在研究实践中逐渐积累经验，但我们的评说不是只顾眼前的分析，而是与历史进程、生活实质、文化渊源相关联的，是注重文学的内部和外部，注重文学的和经验的，注重文学作品的内容

---

① 黄秋耘：《关于张洁作品的断想》，《文艺报》1980年第1期。
② 肖林：《试谈〈爱，是不能忘记的〉的格调问题》，《光明日报》1980年5月14日第4版。
③ 杨庆祥等：《文学史的多重面孔》，北京大学出版社，2009，第100页。

第五章 女性文学批评的"中国经验"与"成长的烦恼"

和形式的,深度与广度相结合的研究。"和谐"是我们的社会倡导,同样也是文学的倡导。毕竟,在面对全球变暖、经济危机、恐怖袭击的现实生活之际,性别不是一切,文学还存在更为重要的问题。性别不能单纯地用来解释文学,就像不能以阶级来解决一切矛盾。性别只是作为文学创造者和研究者的一种类属身份,它本身并没有文艺研究不可或缺的价值论和认识论的分量,也不能单独构成对文学作品意义的发现和阐释。中国女性文学研究走了一段弯路,女性为了摆脱男权的压迫逃脱到自己的"方舟"之中,颓然认命,"你将格外的不幸,因为你是女人"。但这仅仅是成长经历中的一段叛逆期,我们很快从偏激中醒悟,从偏离的轨道回归,发展到与男性正常沟通、友好交往的正途。男性和女性之间不是战争,而是对话沟通,女性文学研究建立男女平等、和谐共存的两性关系,才能使女性不是处于"自说自话"的孤军奋战的状态,从而在文学艺术领域和社会文化领域实现阴阳和谐的太极图。全球化是性别文化研究的背景,也是未来走向,如今中国经济的发展、文明程度的提升为中国女性文学研究向全世界展示成果提供了必要的条件。从研究对象来看,我们不仅有对国内女性文学的垂直研究、动态研究,有对国内、国外女性文学的平行对比研究,也有对海外华人女作家的研究,还有对来华外籍女作家的研究,可谓全面而丰富;从研究主体来看,研究者的心态越来越自信,中国女性生存境遇的改善带来女性心态的改变、精神风貌的改观,女性文学批评的潜能得以发挥,在世界性别研究的舞台上发出中国声音;从研究方式来看,中国式的女性文学批评是综合着女性生命体验、精神底蕴和体悟思维的理论,这是与西方女性主义、女权主义的"争权""夺位""离间""拆解"明显不同的气质。把握了这些特质和形态,我们就能以发展的战略眼光,建立有中国特色的知识体系、学理体系和评价体系,女性文学研究就能在两性和谐的土壤中实现整合的文学理想。

二 从被启蒙觉醒到自觉走向现代再到稳步建构话语体系

我们始终对美学经典怀有敬畏之心,在男性导师的指导下觉醒,亦步亦趋地走向现代,一步一个脚印,温文尔雅,不卑不亢。

中国女性文学批评并不具有一脉相承的理论传统,但存有女性文学批评的种子(姑且不论《诗经》中的女性之作,仅对蔡琰、李清照、鱼玄机等的研究就可撑一方天地),只是较为羸弱,禁不起雨打风吹。中国女性文学批评不是像弗吉尼亚·伍尔夫那样在"自己的一间屋"中的女性空间想象,不是像埃莱娜·西苏那样要以女性"躯体"建造另外一套语言系统与男性抗衡,而是在对传统美学经典的继承、参照、对话中建构的,是在试图摆脱男性话语霸权的控制中发芽,是以对西方女性主义理论的引介为契机生长的。女性话语是温文尔雅、雍容大度的"诗评""文评",而非激进的政治立场和性别对抗。

中国女性觉醒的肇始是男性告诉女性,你应该自立,应该反抗,这与中国整体哲学、人文背景有关,也与女性自身的发展有关。以李大钊、陈独秀、鲁迅为代表的"男人"促成了少数先行女子的"人"的意识。"女人是人"的问题一开始就是国民启蒙的一个组成部分,口号的提出者却恰恰是"男人",他们严正地指出,"女子这两个字包括一段极长的悲哀历史","我们中国是讲纲常名教的礼仪之邦,关于怎样去限制女子的自由,怎样去使得女子不能发展我们的能力,同时剥夺我们的人格的种种法子,总算完备极了。我们的女子受了数千年传下来的遗毒,就失去了我们的知觉,变成了男子的一种极妙玩物"。[①] 从中可以看出中国女性在觉醒之初

---

① 尉慈:《女子解放与家庭改组》,《每周评论》1919年第34期。

第五章　女性文学批评的"中国经验"与"成长的烦恼"

内在原动力的缺失，其动摇性和不彻底性是在所难免的。在新文化运动中女性不过是参与者，思想深度和认识能力远未达到"导师"们的水平，并不具备西方女权主义者那套从理论到实践都较为成熟的实力和体系。具体到女性文学批评，最初的评论家也是以男性居多，茅盾的《冰心论》《庐隐论》作家论体，鲁迅对《生死场》中"生的坚强""死的挣扎"的一语破的式点评，成仿吾、梁实秋的"大一国文"式总结归纳，这些都是对女性文学高屋建瓴又中肯科学的批评，是女性文学批评的范本。

梳理一下女性文学批评的大致构成，可以归纳为两种对立统一的势力：对传统的习得与对"强己"的追求。

在习得层面，这是将传统的艺术标准及其社会功用的观点内在化的部分，是深入骨髓的遗传基因。女性没有先验地将文学理论等同于男性文学理论，那无异于自我降低。西方女权批评的第一个行为就是从赞同型读者变为抗拒型读者，我们则不然，我们的女性文学批评是以传统文化为资源观照女性文学研究的，这从理论角度有它的合理性，从实践角度讲则是有效地运用了美学经典的有益成分为我所用。文化遗产理论资源有精华也有糟粕，其负面影响对女性发生过长期的腐蚀作用，但其精华部分是全人类的宝贵财富——"虚静""物化""神思""直寻"等美学理论，女性作为人类的一极同样可以沐浴在它的理性光芒之中。《文心雕龙》《闲情偶寄》《人间词话》都是女性文学批评的理论资源与评价依据，我们同样在批评话语中用"形文""声文"的文质之道，"造境""写境"的优美宏壮之辩。本就不存在哪一套话语系统是男性专属的而哪一套是女性独有的，"习得"便是自然而然的文论之道。不仅对学问，即便是对做人本身，对历史、对经典也应该永存敬畏之心。钱穆在《国史大纲》一书的开头劝告我们要对本国的历史略有所知，"所谓对其本国已往历史略有所知者，尤必附随一种对本国已往历史之温情与敬意","所谓对其本国已往历史有一种温情与敬意者,至少不会对其本国历史抱一种偏激的虚无主义……将我们自身种种罪恶与弱点,一切诿卸于古人"。① 古代文论积累的审美经验可以更好地培育我们的审美思维与评说表达能力,对历史要怀有感恩和敬畏之心,这样才能从容地理解历史、学习文化。西方的女性批评力主建立排他的系统,"和女权主义批评不同,女性批评旨在建构一种分析女性文学的女性模式,在研究女性体验的基础上建立新的模式,而不是采用男性的模式和理论。女性批评的起点在于我们使自己摆脱了男性文学史的束缚,不再强使女性适应男性的传统,而是专注于新的可见的女性文化世界……女性批评同历史学、人类学、心理学和社会学中的女权主义研究相联系……"② 中国女性文学批评则不同,我们是在传统中创新的,我们不但接续了中国文学命脉,汲取那些对今天来说仍具有生命力的观念,激活那些尘封的但并未死去的源泉,而且有放弃地选择西方的性别理论,与世界接轨并不是大量引进、陈列或上演各色洋概念、洋观点,中国女性文学批评是在古今中外兼收并蓄的基础上积累中国经验,建设有中国特色的理论。中国女性文学批评虽有过停滞、倒退,却显示了女性探寻、发现并试图建立我们独有的体式的探索与努力,生生不灭。

在自立自强层面,这是力主女性"强己"的努力,是女性的自我发现、自我完善,倡导女性的自主权。你若芬芳,蝴蝶自来。20世纪80年代初期的女性批评对宏大叙事的反抗不过是青春期的莽撞、冲动,有失风范却也有着真性情,是成长的必经阶段。然而与反抗相伴而生的是女性精神的孤独、失落甚至溃败——我们所反抗的对立面其实并没有把我们当成敌人,"女作家不只是处在一个固

---

① 钱穆:《国史大纲》,商务印书馆,2010,序言第 1 页。
② 〔美〕伊莱恩·肖瓦尔特:《新女权主义批评》,转引自康正果《女权主义文学批评述评》,中国社会科学出版社,1994,第 153 页。

定不变的男/女或者男性/女性二元系统中，而是处在一种社会关系的多元的不固定的机体中"。① 我们就像堂吉诃德一样，进行的是一场去向不明的无望厮杀，注定是不会成功的。"墙角的花，当你孤芳自赏时，天地便小了。"20世纪80年代中后期，当代文学突破了时代政治的大一统而凸显出性别意识，一些受到女性主义影响的作家、批评家在写作中建构女性主体性，探讨女性文学与女性意识关系的问题。无论是挖掘女性文学传统还是引介西方女性思潮，王安忆、铁凝、张抗抗等作家，孟悦、戴锦华、王绯、林丹娅、张京媛等学者都做出了卓有成效的努力，在多元文学批评思潮中凸显了女性文学批评的实绩。即便是这样，我们的美学经典理论也是女性文学批评无法跨越的存在。林丹娅《当代中国女性文学史论》从"被书写的历史""抵制书写的历史"写到"书写的开启端"，意在呈现"她被塑造的苦难与挣脱的意向"，但书中处处可见"无字碑""镜花缘""霸王别姬"等从古老的典故和小说、戏曲名词中点化出的现代新意，投射出对中国文化智慧和诗意的探究，以及对东方审美经验的魅力和内涵的向往。"一味地从'主义'出发，也就变得越来越不实事求是。因为这一切工作和结论要做得对'主义'有利，去迁就主义，符合主义对事情已经提供的看法。主义成为它自己的一个世界，一种不受外部干扰的符号系统，一种纯粹的形式。"② 人类的文学遗产不等同于男性的专属，我们自立自强也不等同于我们可以抛弃所有的历史传承。

中国女性文学批评的意义在于我们提供了自莎菲以来中国女性生存的本真状态，向未来展示了我们在面向现代、面向西方之际所

---

① 〔美〕苏珊·斯坦福·弗里德曼：《超越女作家批评和女性文学批评》，载马元曦、康宏锦主编《西方女性主义文学文化译文集》，广西师范大学出版社，2008，第94页。
② 崔卫平：《我是女性，但不主义》，载张清华主编《中国新时期女性文学研究资料》，山东文艺出版社，2006，第225页。

面临的艰难的选择：我们如何在取得社会角色的过程中重新定位既定的、先验的传统命运，如何打破与扰乱原有的两性关系和社会秩序，又如何试图在现时寻找一种新的男女认同的关系图景。

三 女性文学批评正在进入性别共荣的"新常态"

"新常态"是一种相对稳定的状态——寻求与男性的合作，走向性别和谐，共同繁荣，这才是能让我们站立起来的精神脊梁。自有女性主义一词以来，我们一直在说女性的反叛，先验的假设往往框定了我们的思维，对男性的批判、抗争、失望、否定成为定式。实际上我们现在所欠缺的不是男性不应该怎样、女性不应该怎样，不是拆解而是建构，建构具备浓重人文主义色彩的女性文学批评话语。伍尔夫认为"双性同体"实质上是一种无差别的性别境界，在女性创作中"无性别可言"便进入了最高境界。从更高、更广泛的层面上讲，人类的个性只有与人类的普遍性相关联，其意义才能体现出来。真正伟大的批评应该是超越性别的精神趋向而达到人类的认同，从而回避单一的性别视角，更多地描绘人类的普遍性——普遍的善、普遍的生存困惑、普遍的生命情感。

我们怎样构建和谐？和谐不是一方对另一方的妥协，更不是一方对另一方的降服，而是双方都向着共同的目标前行。王蒙在《极限写作与无边的现实主义》中一方面肯定张洁的《无字》是作者"用生命书写的，通体透明、惊世骇俗"的一部力作，同时指出书中充斥着太多的愤懑与怨恨，仿佛时时处处都在发泄与声讨——这就不是雍容大度的女性声音。"上帝造人只有两种：男人和女人。这决定了他们必须相依相偎才能维系这个世界。宇宙间的太阳与月亮的转换可以看做是人世间男女之间所应有的关系，他们紧密衔接，不可替代，谁也别指望打倒谁。只有获得和谐，这个世界才不至于倾斜,才能维系平衡状态。"① 这个世界就是如此,男性和女性无法相离,彼此欣赏才能比翼双飞。

新世纪的性别文化背景在两性地位、权益、身份定位和价值判断上都出现了新质,为女性文学批评彰显自由、独立,建构两性和谐的理想带来了契机与挑战。

王安忆《遍地枭雄》主人公韩燕来的出现,为女性文学增添了一个前所未有的形象,标志着女性公正地审视男性;铁凝在《笨花》之中对男性恰如其分的表现,既没有夸张地拔高也没有刻意地贬低,向喜与三个老婆的故事被幻化为亲人之间的惦念关怀,两性较量的火花被亲情之泉默默熄灭;迟子建则以《额尔古纳河右岸》描述鄂温克族男女的生存状态,其和谐的状态为"双性同体"理论构想提供了美好而理想的实践范式。可见,"新常态"的女性文学试图找到一条适合女性发展的道路,一方面可以强化文学的性别意识,促进女性反思意识的觉醒,另一方面则可以使女性文学向着和谐、科学的方向发展。部分小说及其对应的批评如下所示。

职场小说批评——切实经验的传递。职场小说以实用、好看、贴近草根、展示成功法宝成为叙事的新宠(对其文学性的争议另当别论)。崔曼丽的《浮沉》、李可的《杜拉拉升职记》等出自非专业女性作家之手的作品盘踞着图书畅销榜。小说中大多塑造了姿色中等、吃苦耐劳、积极进取的女性。与 20 世纪女性叙事的怨愤、呼喊、"审丑"等极端争夺话语权式的写作相比,职场小说提供给女性的是在性别文化较量中更为实在的生存智慧和手段。

底层女性批评——精神困惑的切肤之痛。对底层女性的书写是新世纪女性叙事的重中之重,曾被评论界称为女性写作的整体"视角下移"。不仅王安忆、铁凝、迟子建、方方等作家不约而同地将

---

① 迟子建:《听时光飞舞——迟子建随笔自选》,广西民族出版社,2001,第85页。

目光投向社会底层女性,甚至林白(《妇女闲聊录》)、残雪(《民工团》)等也走向了平民百姓。在写底层女性生存艰难的同时,更注重写她们的精神与尊严在新时代的挣扎与超越,既有灵魂的拷问,又有性善的慰藉。

都市情感批评——将心比心的宽容。新世纪的女性都市叙事细腻而有质感地写出了有血有肉的情感纷争:夫妻关系、婆媳关系、朋友关系都成为新形势下有新定位的书写。王海鸰的《中国式离婚》、六六的《蜗居》等作品直面都市人的复杂情感,以比"新写实"还要写实的笔调反映变革时代的人伦观念。新世纪的"小三"不同于《爱,是不能忘记的》中那种"发乎情,止乎礼"的精神之恋,她们对已婚男人的爱是与金钱和权力分不开的;女性文本还不同以往地以宽容的姿态写出了男性的压力和不易,也尖锐地指出了女性的缺点,为道德、伦理所不容的女人最终依然是被放逐的。

青春叙事批评——纯爱的不染尘埃。20世纪的两性之爱消弭在为自由、为革命、为尊严的"为"字功利中,又在世纪末"不谈爱情"的宣告中迷失。新世纪的爱情故事是对偏离的纠正,女性叙事回归到了为爱而爱的初衷。艾米的《山楂树之恋》、张悦然的《樱桃之远》、安妮宝贝的《莲花》、饶雪漫的《左耳》给我们设置了一系列"灰姑娘与白马王子"模式的情爱小说,"爱"是真情最后的停泊地。青春叙事往往注重对纯美爱恋的呵护,爱在他们笔下少有深度的意义,也消解了历史与社会内涵,让我们重拾了两性的爱情理想,单纯、执着、撩人心弦。

"文化是被历史和人塑造出来的……现代女性将在思考和改变自身命运的同时,融入全人类的文明进步。我以为,进入21世纪,随着中国社会的文化大开放,文学与'性'将恢复它们原本密切的必然联系。特别是我们从封闭走向开放、从贫穷走向小康的过渡时期,文学将随着'性'观念的彻底更新,进入人性化写作的更深层。我相信，两性关系平等与和谐的未来文化将在这一过程中被重新书写。"①"新常态"的女性文学批评不再呐喊、彷徨、怨恨、愤怒，不再向世界控诉我们"最残酷的爱和最不忍的恨"，而是尽量客观、冷静、科学地将女性生存、女性文学最真实的一面加以分析、表述、评价，为作家指引理论、为读者指点迷津、为研究指明方向，从而呈现文学整体的美和魅力。

第二节 中国女性文学批评"成长的烦恼"

既然我们已经积累了诸多经验，每年有多部女性文学批评专著问世，有多篇论文发表，还有为数众多的硕士、博士论文答辩通过……我们在理论建构、作品追踪、热点论争等方面表面上看已经做得很好，可是，"近年来，文学批评一直处于尴尬境地，表面红火，实际上却备受质疑。失语、失节、失效，指责不断，非议不断……批评也不可谓不繁荣，无论是成果数量，还是从业人员规模，都已超越历史上任何时期。但是，关于批评的批评却始终不绝于耳。批评为什么备受批评？这是一个必须认真对待的问题"。②这里说的是文学批评的整体困惑，也是女性文学的发展瓶颈，也许某个时期会有若干核心议题，各方观点林立，但你方唱罢我登场之后却极难有权威性的、令人信服的结论。我们同样面临"成长的烦恼"——我们成长了，但我们面临如何更好地发展的问题。特别是在全球一体化的语境下，在全人类共同发展的前景下，女性文学如何更好地处理与社会文化的关系？现实变了，理论也要随之发展；

---

① 张抗抗：《性与女性——当代文学中的性爱》，《当代作家评论》2006年第4期。
② 张江、程光炜、方方、邵燕君、高建平：《批评为什么备受批评》，《人民日报》2014年7月15日第14版。

人变了，批评方法也要随之跟进。女性文学批评对女性写作的贡献在哪里，对社会文化的贡献在哪里，对整个人类文明的贡献在哪里？

一 为女者讳，有失公允

这是女性文学批评的第一个烦恼。我们怎样"批评"女性文学？我们要在"寻美"的同时"求疵"。我们不否认现今的女性文学批评多层次、多方位地阐述了当代中国女性文学的特征及其话语模式，既具有当下的亲证性，又具有理论建树。可是，我们的批评更多的是为女性说好话，在作品中刻意寻找作家的优点，对其疏漏则不愿多说。这是否违背了"批评"的初衷？"马克思主义文艺批评的精髓是怀疑与批判的精神。如果没有这种批判意识，马克思主义就不可能发扬光大，但就是这样的人文社会科学常识，在我们今天的批评界却成为一个难以解决的问题。这是时代批评的悲哀，也是几代批评家的悲哀。谁来打捞具有批判精神的文艺批评呢？"[①] 批评需要阅读与审视，也需要判断与结论，我们追踪创作的批评常常故意抬高作品的价值，缺乏对作家创作主题、风格本质的深度探询，"问题意识"的缺席更容易造成女性文学批评的表面化、模式化，无法给作家提供创新的动力。因此，不能直陈痛处的批评不仅对作家的未来发展不利，对女性文学的整体发展也是没有好处的。

对女性不要过于偏爱，要像对待这世界上任何一个物种那样公正和不抱有偏见。女作家不是无瑕疵的，她一样会有缺点，一样是要在改正缺点的过程中进步的。在这方面法国颇负盛名的女作家、女权运动的理论家和活动家西蒙·波伏娃的研究特别令人钦佩。她一方面猛烈地轰击男权文化，另一方面深刻地反省女性自身的弱

[①] 丁帆：《中国当代文艺批评生态及批评观念与方法考释》，《文艺研究》2015年第10期。

点，比如女性好"趋时"，还颇"传统""保守"等。女性身上的弱点有时是社会制度、历史文化包括男性的歧视造成的，但也有女性生理和心理上的因素。不研究女性自身的问题，不寻求克服的办法，不仅会在两性间产生问题，而且会在同性间也会产生是非。

女作家有她们的不足，比如杨沫在《青春之歌》中写纪念"三一八"游行，她从侧面渲染了那么多，卢嘉川怎么说、余永泽怎么说、王晓燕怎么说，可是到了真实的场面，杨沫却无力秉笔直书，为我们写波澜壮阔的大场面、硝烟弥漫的真战斗；还有像宗璞的《红豆》、航鹰的《东方女性》，在政治取舍、伦理评判中进退维谷，作品中的人物善得不温润、恶得不彻底；而今，女作家大规模地面临创作覆盖面广却无法深入的问题，以及创作题材新异却无法持续的问题。从广度上来讲，我们的作家已经做得很好，几乎是社会生活有什么样的现象，作家就能写什么样的题材。但给人的感觉仍然是"呈现"，就是将这个问题抛出来，也将主人公的精神困惑揭出来，而没有将更深层的病灶挖出来。有没有可能再出现像莎菲、曹七巧那样的人物，她的每句话都可以做多维的甚至完全相反的解释，让我们在读过作品之后好久都会想着这个人？我们的作家已经讲述了太多"中国故事"，或许能将问题找出来已经是进步了，这就要求评论家对现有的文学进行分析、阐释，发现其中的意义、价值，更要发现其中的不足、弱项以及有待改进的、有待深入的部分。

以写底层的女作家批评为例，作家马秋芬的《朱大琴，请与本台联系》堪称探究底层人物精神世界的优秀之作，作者运用了几组强烈的对比让故事在人物身上变得张力十足，作品在市场化的尖锐矛盾中反映真、善、美的力量，告诫每一个人都要平等地对待和尊重生命。作家试着让人看到来自底层内心的舒展与悠闲，发自灵魂的真实欢乐。但是读来读去，我们总觉得作品缺少深意，朱大琴这个人物的个性超过了普遍性，作家更多的是在就事论事，缺乏由部分看到全部、由现实把握古今未来的深度，无法对底层人在实现自身价值的层面上指出方向，无法全方位地写出底层人自己的努力向上之路。再比如，王安忆《遍地枭雄》中描绘的人物形象，与她在20世纪80年代所写的自给自足的农民甚至知识分子形象没有太大的区别，无法将底层话语的精髓表述出来。而这些，女性文学批评直言不讳地指出来了吗？女性文学批评注重生存的细部纹理，体验存在的艰辛，文学批评应该从作品出发，同时关注性别、阶级、民族的内涵。当下的女性文学批评可不可以像傅雷那样一针见血地指出张爱玲《倾城之恋》的弊端——既没有真正的欢畅，也没有刻骨的悲哀，是"骨子里贫血"的写作，并告诫作者要避免这样滥用才气。还有，胡风在《生死场》后记中苛刻地说萧红以后有待改正的缺点：第一，对于题材的组织力不够，感觉不到向着中心的发展，不能使读者得到应该得到的紧张的迫力；第二，个别地看来，人物是活的，但每个人物的性格都不突出；第三，语法句法太特别，对于修辞的锤炼不够。①

当然，也有批评指出作家不足的例证，比如《人民文学》推出孙频小说《菩提阱》的同时也刊登了刘芳坤的评论《新"西西弗斯时代"的绝望救赎——孙频小说的构成机理》，评论在品读孙频小说的一系列特质之后说："正因为孙频总是深刻聚焦同时代的生命体验，她的小说高强度高烈度地反复向人类西西弗斯高地冲锋，也就造成了创作偏执的'西西弗斯结构'：一种模式的不断强化，一个故事的恣肆演绎……孙频小说情节有极端化的倾向，修辞又过于浓烈，有堆砌之感。"② 这个评价是很中肯的，但如果一篇评论有五分之四是写作品的优点，到最后的五分之一才写了缺点，然后草

---

① 胡风：《〈生死场〉后记》，《胡风评论集》（上），人民文学出版社，1984，第396页。
② 刘芳坤：《新"西西弗斯时代"的绝望救赎——孙频小说的构成机理》，《人民文学》2015年第10期。

草收笔，不免难以让人重视。丁玲说："我自己是女人，我会比别人更懂得女人的缺点，但我却更懂得人的痛苦。我们不会是超时代的，不会是理想的，我们不会是铁打的。我们抵抗不了社会一切的诱惑和无声的压迫，我们每人都有一部血泪史，都有过崇高的感情（不管是升起的或沉落的，不管有幸与不幸，不管仍在孤苦奋斗或卷入庸俗）……"① 文学批评有理由要求作家的创作对文化内核负责，因为"艺术家在他的作品里永远是真理和正义的代言人"。② 文学要让精神意志凌驾于现实生存的烦琐，承认女性文学的优点和缺点是更科学更客观的批评态度，如果无视造成女性问题的个人因素、性别因素，把一切祸源都推到男性文化、社会认同上，结论当然是偏颇的。

"我们需要的是正常的批评，指陈和批判文艺作品中林林总总的思想缺陷和艺术失误。只要不是人身攻击，亮出批判的利剑，大刀阔斧地驰骋在文学艺术的殿堂上，用学术和学理的手术刀来摘除文艺肌体上的毒瘤，保持批判者的本色，唯此才能使批评正常化……使批评回到正确的学术与学理的轨道上来。"③ 就如米歇尔·福柯说过的，我忍不住梦想一种批评，这种批评不会努力去评判，而是给一部作品、一本书、一个句子、一种思想带来生命。

二 命名太快，不能沉潜

这是女性文学批评的第二个烦恼。文学批评是太需要时间沉淀的艺术，过早地、即时地命名在照亮作品的同时也容易遮蔽一些东西，好作品必须经得起时间的检验，历久弥新才更能证明其价值。

---

① 丁玲：《三八节有感》，《解放日报》1942 年 3 月 9 日。
② 巴赫金：《小说理论》，白春仁、晓河译，河北教育出版社，1998，第 357 页。
③ 丁帆：《中国当代文艺批评生态及批评观念与方法考释》，《文艺研究》2015 年第 10 期。

我们对作品的理解是有历史性的,"二十岁有共鸣的东西到了四十岁的时候不一定能产生共鸣,反之亦然"。① 阐释者总是站在自身生活的时代和所处环境的立场上去理解,局限性是难以避免的,所以真正的理解不是去克服历史的局限性,而是承认并正确对待这一历史性。"文学价值影响的评定不仅需要犀利的思想发现和敏锐的艺术感受,有些还需要时间才能证明。然而即便是价值和影响本身,也没有必然一致的逻辑关联。当前,许多批评家和作家动辄以'天才''鬼才'互相品评,除了一种炒作和无知无畏,也反映出当下作家和批评家的内囊的空虚和外表的浮肿。"② 这对批评的批评尽管言辞过重,却直击了当下批评现状之一种。

我们在追踪女性作家写作现状方面做得非常好,及时、生动、有代入感、有体验性。比如学者张莉最新推出的《姐妹镜像——21世纪女性写作与女性文化》,已经将时间段切近到了21世纪,关注当代女性写作的具体生存环境,尝试选择出最能代表这个时代女性写作成就和特点的作家作品。以2015年和2016年的《人民文学》为例,周晓枫的作品《初洗如婴》在推出的同时有她本人的"档案"《我从来没有走过这么漫长的海岸线》,亦有张莉的评论《有肉身的叙述》;黄咏梅的小说《病鱼》在发表的同时有她的"写作观"《提着菜篮子捡拾故事》,还有曹霞的评论《故乡、"病鱼"与命运》等。因为批评者集阅读者、欣赏者、思考者和解析者于一身,他们在理论基础上大多有学院背景,在阅读体验上有时间的切近感,写出的批评可以做到集理性和情感于一身。可是因为被评论对象的在场,我们的研究是"知人论世",也就难免存在为"熟人"讳(为女者讳)的现象。与作品同期推出的批评套路可以归

---

① 〔美〕加布瑞埃拉·泽文:《岛上书店》,孙仲旭、李玉瑶译,江苏凤凰文艺出版社,2015,第42页。
② 傅修海:《今天,我们需要怎样的文学批评》,《光明日报》2016年4月4日第6版。

纳如下。首先，强调作家主体的可开发性、可研究性，多将作家提高到一个哲学或历史高度。比如，刘芳坤在评论中将孙频说成有"五四"女作家的感伤，有"张爱玲"们的灵魂余温；汤天勇评价张好好的《布尔津光谱》，将其与萧红的《呼兰河传》相比拟；王力平称赞何玉茹固执地追问生活的意义和价值……其次，关注文学作品中的历史难题、人生困境、精神超越。比如，王力平评论何玉茹的小说是"以人的存在为目的，以发展和完善人的本质力量的丰富性为目的"，"坚守理性的宁静"，"倾听人性的风铃"，"小说中始终点亮着的那盏理想主义的烛火"，① 论者使用的都是一些中性词，似乎是用在哪位现实主义作家身上都可以的评价。最后，体现评说的个性化，为作家作品找到一个恰到好处的定位。比如，张莉在评价张悦然的新作《茧》时这样结尾："选择历史这个脚手架来完成个人艺术创作的蜕变，这是属于张悦然式的自我破茧……作为具代表性的'80后'小说家，张悦然以这部细密、沉稳、扎实、有理解力、有光泽的27万字长篇作品完成了自我蜕变，重建了新一代青年之于历史的想象。"② 论者从作者创作的整体历程中定位这部长篇，进而论及了其他"80后"的历史题材写作，从理论资源、艺术感觉方面是到位的，只是我们还能从小说中读到张悦然一贯的写作弊端，比如她对情节组织的不连贯，对心理阴暗的过度渲染，特别是，诸如"虐猫"等虐待动物的桥段在张悦然的小说中不止一次地出现（《黑猫不睡》《誓鸟》《茧》等），这样的施暴甚至给我们留下书中的人物对此习以为常、漫不经心的印象。我们是否可以这样推断：如果同一作者的几部书都沉迷于同一情节，那便是作者的审美想象近于凝滞的信号了。

---

① 王力平：《追问日常生活的意义——读何玉茹小说集〈楼上楼下〉》，《人民文学》2016年第3期。
② 张莉：《制造"灵魂对讲机"——评张悦然长篇〈茧〉》，《收获》2016年第4期。

按照福柯的观点，知识本身就是权力，那么批评家就是在运用他的权力解读人世，借助知识的推演，表达知识分子的感悟，以世事的更迭体会人世的沧桑，可是，在当下的女性文学批评中，我们读出了由文至人再至人世的精神脉络吗？

三　痴迷过往，难许未来

这是女性文学批评的第三个烦恼。我们现在面临的窘境是，女性传统被赋予极高的价值，女性意识被赋予极高的评价，女性批评被赋予极高的期许，但女性文学批评的圈子越划越窄，我们关注跟女性相关的词义辨析，关注作家作品，关注文坛热点，但我们的视野并不开阔，我们很容易在安宁和幸福中凝固，忘却了在脚踩大地的同时仰望蓝天。

仅以"女性文学批评"（而不将范围延展到林林总总的女性主义、女权主义、女性文学等）为主题进行期刊论文检索（不包括辑刊、会议论文、硕士博士论文），第一次明确提出"女性文学批评"一词是在1987年，王绯在论文中指出："在人格特质上，女性的神经质倾向高、敏感、感情丰富、喜欢幻想；在视野的开阔度、结构及知觉历程上，女性亦比男性注意细节、注重事物的过程，视野的开阔度比男性要窄，但对于微观的透视力又比较强。这些都在相当的程度上决定了女性文学批评更注重批评对象对人的尊重、对女性的尊重，更易于感受作品对人际关系的描写和人情人性的表现。女性文学批评往往更富于人情人性魅力，作为批评主体，她们常常像个人性论者，像情感的'圣母'，极力通过批评来弥补世界破碎的心灵。"[①] 及下，"女性文学批评"兵分几路。

---

① 王绯：《女性文学批评：一种新的理论态度》，《当代文艺思潮》1987年第5期。

第一，对理论本身的研究。比如，刘思谦的《女性文学：女性·妇女·女性主义·女性文学批评》（《南方文坛》1998年第2期），贺桂梅的《当代女性文学批评的三种资源》（《文艺研究》2003年第6期），刘钊的《女性意识与女性文学批评》（《妇女研究论丛》2004年第6期）等。

第二，对"女性文学批评"在各时间段的研究综述。比如，王春荣、吴玉杰的《反思、调整与超越，21世纪初的女性文学批评》（《文学评论》2008年第6期），吕颖的《缺失、认同与建构——论新时期女性文学批评》（《山东师范大学学报》2006年第6期）等。

第三，对批评主体的研究。比如，陈俊涛的《关于当代中国（大陆）三代女批评家的笔记》（《东南学术》2003年第1期）是较为全面的论述。此外，还有对戴锦华、乔以钢、林丹娅等研究者学术风格、学术成果的评价论文。

第四，对历史、西方、边地资源的钩沉、比较与挖掘。比如，王纯菲的《批评的在场与角色的缺席——对"五四"至1930年代中国女性文学批评的批评》（《文艺争鸣》2013年第1期），李君玲的《隐性异化、双性同体及性别话语权的文学叩问——少数民族女性文学的双重视野》（《贵州民族研究》2015年第4期）等。如上研究对"女性文学批评"的研究理念、方法、范式、主体、对象都取得了相当丰硕的成果，但问题也是显而易见的。

比如，研究多为自说自话，鲜有针尖对麦芒的论点的交锋——不仅没有发生女性与男性的交锋，而且也没有发生女性与女性之间的交锋。以"新时期女性文学批评"为例，较为突出的研究成果有邓利的《对新时期女性文学批评三个问题的思考》（《当代文坛》2006年第5期），毕红霞的《20世纪80年代以来中国女性文学批评回顾》（《海南师范大学学报》2007年第2期），贺桂梅的《当代女性文学批评的一个历史轮廓》（《解放军艺术学院学报》2009年第 2 期），李有亮的《20 世纪女性文学批评断想》（《名作欣赏》2009 年第 12 期）等，这些论文的研究各有侧重，从各自的角度亮出观点，都不失为精彩的论述。但其都涉及了"新时期""80 年代"，对待较为重合的研究对象，论者若能像辩论赛一样在对己方观点立论的同时批驳对方观点，则文学批评会更精彩。

再比如，研究多是一事一议，没做到持续、深入的开掘。女性文学批评是一个大范畴，可以细分为好多领域，像前面提到的理论研究、作家作品研究、文学现象评说……每一个领域里又可以细化为好多条目，即使我们的研究只专注于一项哪怕只是"释名"或者"辩义"，只要观点明晰、说理充分，能够做到举一反三、触类旁通，也可以非常有意义。我们很少能看到学者对同一论题持续关注，更多时候是发表一篇论文，了却一桩心愿，就不再跟踪研究了。就像波伏娃说的："女人只是象征性地造成一个骚动就算了事，并没有再尽更多的力量。"① 以如何对待我国本土话语资源为例，代表性的研究成果有王宇的《本土话语资源：中国女性主义文学批评的重要视角》（《河北学刊》2003 年第 5 期），屈雅君的《女性文学批评本土化过程中的语境差异》（《妇女研究论丛》2003 年第 2 期），魏天无、魏天真的《女性主义文学批评的本土化历程及其问题》（《外国文学研究》2011 年第 3 期）。几篇论述都是有关中国女性文学批评的本土资源及外来资源如何本土化的，前两篇论文非常巧合地均发表在 2003 年，后一篇论文则是相隔 8 年后。相关著作有《女性主义的中国道路》（徐敏，中国社会科学出版社，2006 年）、《全球化语境下的女性主义文学批评》（谢景芝，河南人民出版社，2006 年），也非常巧合地出现在同一年。无论是自身的本土资源还是外来资源的本土化，都是女性文学批评很有意义的题目，

---

① 〔法〕西蒙·波伏娃：《第二性》，陶铁柱译，中国书籍出版社，1998，第 7 页。

第五章 女性文学批评的"中国经验"与"成长的烦恼"

若能就该问题持续、深入地挖掘，则一定会有很大的收获。

还比如，研究多是对既定人、事、物的分析评价，没能高屋建瓴地给作者创作提供指引，没能接地气地给读者的阅读提供品鉴参考，可见批评家的理论前瞻能力、批评话语的亲和力还有待提高。亚里士多德说，诗人的职责不在于描述"已发生"的事，而在于想象"或然律"下可能发生的事。"女性文学批评方面，背离了被女性批评视为基点的对女性主体、妇女利益更关注的性别视角而试图加入有关阶级、道德、理性的宏大叙事是女性文学批评败北的关键。如何在进行自我反思的同时，加大女性批评的广度和力度，是女性文学批评面临的一大挑战。"① 文学批评应该将女性文学放到一个更高的层面上考察，就像冯雪峰分析丁玲创作指出的，要有更有觉悟的能带领人民斗争的先进人物。

接下来以近四届中国当代文学会·女性文学研讨会（中国女性文学研究最高级别的会议）的议题为例进行阐述。

2011年第十届中国女性文学国际学术研讨会的议题为：21世纪以来中国女性文学与文论发展研究，21世纪以来中国性别/女性文学教学实践与问题研究，21世纪以来海外华文女性文学发展态势与信息交流，性别视角下的文学艺术与文化研究。会议及时地将新世纪十年女性文学文论的教学、研究进行总结，涵盖范围较广。

2013年第十一届中国女性文学国际学术研讨会的会议议题为：传媒时代的女性文学与文化理论研究，中国女性文学作家作品研究，少数民族女性文学及文化研究。会议议题将女性文学研究扩容到了传媒领域，也注意收集、分析、整理少数民族女性文学研究成果。

2015年第十二届中国女性文学国际学术研讨会的议题为：反思与展望——女性文学研究20年，跨文化视野中的女性文学研究，

---

① 吴义勤：《女性文学批评新的可能性》，《文艺评论》2012年第5期。

新世纪以来的女性文学创作，女性文学的古今演变，女性文学与媒介传播。会议议题提到了"展望""跨文化""古今""传媒"，可见考虑得非常周到。

2017年第十三届中国女性文学国际学术研讨会的会议议题为：现当代文学文本的性别内涵，女性文学叙事与社会伦理，跨媒体语境中的女性写作，民族/民间文学的性别研究。会议议题提到了性别内涵、社会伦理、跨媒体、民间文学等，涵盖范围更广。

从后来的会议汇编中可以看出，大多数论文是围绕会议议题撰写的，成果相当丰硕，只是我们很少看到"引领"风尚的气魄。千百年来，我们的表达要通过男性"间接"地实现，于是我们就一直在接受、认同与突围中游走，经由辩解向我们所认定的文学之路前行。这是一份浸润着忧虑，也不乏执拗的对"他人"寓言的改写，如果我们不需要认可便可发声，我们是否还需要隐忍？到那时，女性文学批评能否引领创作，能否像"寻根""新写实"那样以思潮论争为契机引领作家写作，引领作家给我们塑造某一阶层、某一类型的"典型"？就好像当年的《人到中年》，我们既忘不了"陆文婷"，也忘不了"马列主义老太太"。优秀的批评家总是能给作家指明写作的道路，养育作家，为作家补充知识。批评是源于作品、评判作品的，但批评更应是对文学未来的追求。我们想要探讨的不仅是女性文学批评是否反映了性别文化，更是它是否建构了未来。由文学批评引领风尚，女性文学批评亟待建立主张男女主体性平等，并在主体性平等的前提下尊重性别差异的人文价值观念，并以这一观念来指导文学创作。

随之而来的问题就是，女性文学批评能否引领阅读？文学作品的意义不是诉诸理性，文艺批评同样不诉诸理性，不提供理性认知，而是开启认知的愿望和描述的可能。批评要有公信力，要有人文情怀，不能只重视文学的圈子，而忘却了对大众的感念，如果那样则批评的天地过于狭窄。女性文学批评一直在践行着双重的认同：一是"我"对"我"的认同，将自我的生理、心理投射到文学理论之中，因为我们的审美主体与审美对象是同一的；二是"他者"对"我"的认同，即在被普遍认可的哲学、社会学、心理学等理论中寻求女性理论的归属感。可这归属感的最终落实是在读者那里，"文学的本质是它的人际交流性质，这种性质决定了文学不能脱离其观察者而独立存在"。① 批评最直接的功用就是告诉读者什么样的作品是好的，好在哪里。

如果女性文学批评在引领作家和引领读者方面都能做到，既能品读作品，又能体察心灵，既能关注当下，又能面向未来——"在道德态度中，存在着一种朝向未来行为的定向，即便是集中在现在，道德关注也沉溺于正在进行的和最终结果的东西，沉溺于被危险或机遇及选择需要的其他信息所唤起的东西"，② 那女性文学必是整个人类的尽善财富和尽美收获。

第三节 女性文学批评新的生长点

40多年，女性文学批评走过了一段艰辛的历程，学术积累扎实，学术眼光包容，研究成果不可谓不丰厚，深度和广度不可谓不够，但该学科是充满活力、不断衍生新的生长点的学科，可以实现跨学科的开放性与充满进取的创新性。

比如研究视角的转换，我们最初局限于女性视角，20世纪80年代的女性文学批评意在挖掘女性文学传统、解构男权中心，在世

---

① 〔德〕姚斯：《走向接受美学》，见周宁、金元浦译《接受美学与接受理论》，辽宁人民出版社，1987，第23页。
② Rader, M. & Jessup, B., *Art and Human Values*, New Jersey: Prentice—Hall, 1976, p. 216.

纪之交，女性文学批评着眼于宽容、对话的"双性"视角，"女性文学文本与男性文学文本甚至历史文化语境构成的'巨型文本'，将作为互为参照比较的互文本被纳入研究者的研究视野。性别的双性视角，是一个充满希望和忧虑的话题……"①女性文学批评不仅将眼光限定在女性范畴，同时关注男性作家的女性意识（性别意识）。以学者李玲为例，她的论文既探讨冰心小说的叙事伦理、丁玲小说的女性主体建构，又挖掘老舍、郁达夫、茅盾等作家性别意识的表现，指出"《围城》中的男性偏见"，指出郁达夫小说"既有男性走下男权性别神坛后所流露出的柔弱、内在分裂，也有男性面对异性情爱、同性情爱时矛盾纠结的态度，还有青春期男性向社会撒娇的心态，以及现代人在风景审美时兼收东西方文化资源的开放态度"。②这种研究不仅在立场上有对比度和区分度，在实际操作中也更从容。"过分地强调'男''女'之分是近于荒谬的……虽然我承认凸显女性身份可以作为一种手段，但我还是要指出：较深入地来看，'女性'终究并不是一个本质性的存在，它与其他事物之间有着彼此联系，互相影响的关系。"③

比如对研究对象的拓展，对少数民族女作家的研究，《他者之镜与民族认同——新疆少数民族女作家作品中的民族意识》《新疆少数民族女作家叙事方式之探索》从民族意识、作品叙事等方面探讨新疆少数民族的女性文学创作，还有对蒙古族、白族、回族等女作家创作的研究，对叶广芩等具有汉族、满族双重民族意识的女作家创作的研究，也有对海外女作家创作的研究，如乔以钢等的《北美华文女作家创作中"离散"内涵的演变》（《南京师范大学文学

---

① 刘思谦：《性别：女性文学研究的关键词》，《洛阳师范学院学报》2005年第6期。
② 李玲：《郁达夫新文学创作的现代男性主体建构》，《中国现代文学研究丛刊》2015年第11期。
③ Julia kristeva, "An Inteeview with the Quel" in *New Feminism*. Eds Elaine Marks Isabelle de Courtivron Amherst University of Massachusetts Press, 1981, p.157.

院学报》2007年第1期）等，也有对某一省、某一地区的女性文学研究，如《二十世纪湖南女性文学发展史》（朱小平，海南出版社，2002年）、《长江流域的女性文学》（宋致新，湖北教育出版社，2004年）、《高原女性的精神咏叹：云南当代女性文学综论》（黄玲，云南人民出版社，2007年）、《燕赵女性文学史》（宫红英，新华出版社，2013年）、《地理·文化·性别与审美——辽宁女作家创作与批评研究》（王春荣等，春风文艺出版社，2016年）等论著将女性文学批评版图化，为该学科提供了新的研究视角，将文学批评做得很细致。

比如在研究方法上的创新，将社会学、传播学、生态学等研究方法适时引入女性文学研究，取得了不俗的成绩。邓利的《新时期女性主义文学批评的发展轨迹》（中国社会科学出版社，2007年）将女性主义看成流动的系统，综合了女性主义理论、文艺心理学、社会学理论来定位女性主义文学；孙桂荣的《性别诉求的多重表达——中国当代文学的女性话语研究》借鉴了社会学研究方法，将与研究课题有一定联系的部分社会性别文本（非文字文本）、社会统计数字也纳入了书中，将性别研究做成了一种广义的文化研究，增强了研究成果对社会现实的有效解释力量。还有，吴新云的《双重声音 双重语意：译介学视角下的中国女性主义文学批评》、董丽敏的《性别、语境与书写的政治》、林树明的《多维视野中的女性主义文学批评》、肖丽华的《后殖民女性主义文学批评研究》、贺桂梅的《女性文学与性别政治的变迁》等著作均成功运用了其他学科的研究方法来阐释女性问题，取得了很好的效果。

我们现在的"批评之批评"做得非常好，也非常多，但这并不意味着我们的女性文学批评已经尽善尽美了，女性文学批评是鲜活的，有血有肉的，也是具有极强可塑性的学科，无论是向外还是向内都具备可持续发展的空间。

一 女性文学批评研究文献的整理

这是女性文学批评的第一个生长点。正是因为女性文学批评的"在场"特征——批评家、作家都那么欣欣向荣,让我们容易忽视文艺思潮、文艺论争的转瞬即逝,我们应该未雨绸缪,从一开始就整理资料、文献,为将来的文学史备份。

尽管有些批评家已经做了工作,比如陆续有对某一阶段女性文学批评所做的综述,如乔以钢的《文学领域的性别研究实践:2006~2010》(《中国现代文学研究丛刊》2014年第5期)和《在实践和反思中探索前行——近20年中国女性文学研究简论》(《妇女研究论丛》2015年第11期),以及荒林的《2001~2005中国当代女性文学研究综述》(《首都师范大学学报》2007年第2期)。著作也有,像谢玉娥编的《女性文学研究与批评论著目录总汇》(河南大学出版社,2007年),为文献资料整理做了繁复、细致的工作。但学界这些成果多为描述性的,对某一专题的文献资料一直没有开展评述性研究,使上述资料架构难以落到实处,我们缺少在资料汇总基础上系统、深入地对某一作家、某一现象所进行的分析评述,这是该领域令人遗憾的地方。

第一,有些人、有些作品,尽管过去的时间不长,但如果再不提起我们可能都要忘记了。比如喻彬的《女大学生宿舍》获1982年全国优秀短篇小说奖,小说后来被改编成同名电影,电影获文化部1983年优秀故事片二等奖,获1984年政府最佳影片奖,1984年获捷克斯洛伐克第二十四届卡罗维·发利国际电影节导演处女作比赛奖,1987年又获《中国电影时报》举办的新时期十年电影评比的女导演处女作奖,可见影响之大。同样,胡辛的《四个四十岁的女人》获1983年全国优秀短篇小说奖,也是在当年引起极大反响的作品,但我们在现在的研究中已经很少能看到她们的名字了。趁当年对这些作品的评论资料还在,我们应该尽可能地做一些专题式的研究,以思想带史料,采取压缩式的历史架构来处理问题,进行实证的、整体性的研究。

第二,有些人、有些作品基于特定时代的特定原因没有得到公正的评说,我们今天可以拨开历史的迷雾还原文学现场,以历史唯物主义的态度进行研究。比如遇罗锦的《一个冬天的童话》以朴实无华的笔触、真实强烈的感情讲述了她的家庭、经历,甚至大胆地写了她的婚外情,是伤痕文学时期的重要作品。但由于她的哥哥是遇罗克,她的作品讲述的又是在那个年代太为人不齿的婚外情,该作品在当时文艺界的评奖中屡次受阻,也影响到读者、评论者对该作品的共时和历时接受。同样,戴厚英由于她的政治身份和生活经历,特别是跟诗人闻捷的恋爱(一个专案组成员跟专案对象的恋爱),惹来了不少非议,同样影响到读者对她作品的理解。我们现在应该做的不仅是要将作家的作品重新置入真切发生的社会情境中,更要客观地为作品研究提供可靠的依据。

第三,有些文章、有些观点只有电子文档,我们依靠大数据搜罗很方便,可一旦作者将文章删去,我们便无据可考。如果对这些资料略加分类,便可归纳出以下几个方面:一是作家本人的创作谈、生活感悟;二是网友的琐记,包括评论家、朋友、亲属、学生甚至单纯就是"粉丝"的文章;三是作者和读者的互动留言。这些浩如瀚海的电子资料随着作家"开博"时长的延伸而越积越多,它们和纸质文档共同组成了一个内容丰富而且充满想象空间的"作家的故事"。"网络对我来说,它是呼吸的通道,是生活的一个转折……网络让我看到更远的地方,更多的人。它让我呼吸畅快,不再感到窒息。"[1]

---

[1] 安妮宝贝:《安妮宝贝自述》,见《八月未央》,作家出版社,2001,第284页。

安妮宝贝的博客和微博粉丝数量均已超过千万，颜歌、周嘉宁、春树等都有相当庞大的粉丝群体，这方面的研究资源是不容忽视也不容我们错过的。"在网络上进行文学批评，对于当下的专业批评家而言，不是一个技术壁垒的问题，而是能不能正视今天的文学生产新变、迅速抵达网络现场的问题。"①

二 文学史中的女性文学批评

这是女性文学批评的第二个生长点。这里所说的学科研究生长点是指对现有文学史（著史者有男性也有女性）中女性作家的评价。我们这方面的研究是从质疑、解构、反叛开始的，认为男性著史者是带着偏见来写女性文学；然后发展到女性研究者另起旗帜，自己写自己，完全以性别为依据建构"女性文学史"；再然后呢？能不能以客观、公正、历史的眼光来给文学做史，也像"性别诗学"研究那样建立尊重历史本来面目、符合历史规律的文学史，而不特殊强调某一性别呢？我们一直提倡的是女性文学批评从"自己的一间屋"里走出来，走向广阔天地，就目前来看，我们的"身体"是走出来了，但还未实现"影的告别"。并不是说，男性和女性的对抗就是对女性意识的强调，而男性和女性的性别不被强调就是女性意识的消解。

第一，虽然我们对文学史的质疑由来已久，但女性研究者对男性文学史的质疑是在对文学史观、文学史入史标准、评价体系基础之上的再质疑。

文学史是文学的历史，是对一个时期的文学思潮、作家作品、文学论争所做的记录与评说。"文学史观的核心是如何看待文学的

---

① 何平：《对话和协商的"新批评"》，《人民日报》2014年5月23日第24版。

第五章 女性文学批评的"中国经验"与"成长的烦恼"

历史,其实质是在一定的历史意识和文化精神导引下,对以往的文学现象加以筛选,构建形态,并给予阐释和评价。"[①] 叙史者在研究的过程中都要利用自身所掌握的话语权威来解读研究对象,按照符合自身价值标准的视角、观点和方法操纵书写,所以文学史是被整合过的文学的历史"另写"。即使是写出了思想史、癫狂史乃至性史的福柯也认为自己所写的所有"史"都是"杜撰"。文学史总是顺应、适应着变化的社会时代环境和历史学术环境,已然被接纳的定论往往被其新的阐释功能,即在新的研究范围中的位置和作用所决定。既然著史者的文学史观有差异,对象选择有差异,文学史的评判标准有差异,所以不同的文学史在树立权威、排列等级的同时也有"排他"和歧视的嫌疑。关于女作家的文学史评价揭示的不仅是研究对象本身的问题,更是研究者的问题,即研究者是依据什么标准或理论来阐释、定义作家和文本的?这种阐释和定义的目的、范畴、方法、意义何在?这是我们研究文学史编撰中的女性文学批评不得不面对的问题。

女性文学批评对男性著史者的质疑是"有史为证"的。

先看文学史观,草野的《现代中国女作家》是较早出现的女性专题文学史,但作者在写史过程中表现出的男性性别偏见尤为明显。在该书代序中,作者对著述初衷及所持批评标准做了几句简要说明后,便格外提出"此外还有两件事要告诉读者",其中第一件事就是:"女作家是不能与普通作家并论的,无论看她们或批评她们的作品,须要另具一副眼光,——宽恕的眼光——我便是在这种限制之下,用了这种标准来考察她们的。"[②] 显而易见,"女作家"和"普通作家"是不同的,要以"宽恕"的心态来给她们写书。"'事实'与'理想'多是别扭的。在我没有着手写这本东西以前,

---

[①] 乔以钢:《中国现代女性文学史观的初建立及其反思》,《中国社会科学》2010年第3期。
[②] 草野:《现代中国女作家》,北平人文书店,1932,序第2页。

我理想着计划着,宛然一本名著构成了。及至动笔刚写完一个人,我就感到完全不是那么一回事,困难阻碍种种问题都山石般堆在我面前,原来我才学浅薄,原来这题目在今日中国的文坛上,根本是否有价值,还成问题;可是计划已如此决定,笨伯的工作也只好这样忍耐着做下去了。"①

再看评价标准,大多数的文学史是依照社会历史批评的评价体系来给作家定级的,即注重外在世界与作品的联系,从社会的、道德的、伦理的角度来探讨文艺现象的成因、经过及其反作用。贺玉波在《中国现代女作家》中对丁玲的评价远高于冰心、庐隐,主要是因为丁玲作品的社会性价值高于冰心、庐隐。他说冰心,"只想以逸然的态度来写她的家世以及个人的感怀",②"我读冰心诗,最大的失望便是她完全袭受了女流作家之短,而几无女流作家之长。古今中外的文学天才,通盘算起来,在质量两方面女作家都不能和男作家相提而并论的"。③ 草野的《现代中国女作家》对冰心的评价也大概如此,"作者对人世间的大小问题,都是知其然而不知其所以然,只知这样那样的问题,而不求这样那样问题如何解决,这是她最大的毛病,她许多作品的致命伤",④ 对庐隐的评价也类似,"她看见的世界的一切是没有圆满的,她觉着苦就是甜,甜反而觉着无味,这种心理,我们平心静气而论,实在是矛盾的病态的;这种病态心理的产生,固然由于环境的恶劣,而作者自己有意造作,亦所难免"。⑤ 这样的评价视角未免过于单一,作品的社会价值固然重要,但女作家独特的人生感悟、情感视角、话语方式更应是她们

---

① 草野:《现代中国女作家》,北平人文书店,1932,序第1页。
② 贺玉波:《中国现代女作家》,现代书局,1932,第23页。
③ 梁实秋:《"繁星"与"春水"》,载黄人影编《当代中国女作家论》,上海光华书局,1933,第213页。
④ 草野:《现代中国女作家》,北平人文书店,1932,第13页。
⑤ 草野:《现代中国女作家》,北平人文书店,1932,第48页。

被写入文学史的理由,即她们到底做了哪些无可替代的文学史贡献才应是作家作品文学史定位的最主要原因。

由于文学史观和评价标准不同,被收入文学史的研究对象就差别较大。现有的文学史虽版本众多,但大致上现代文学史上写到的女作家有冰心、丁玲、萧红、张爱玲几个人,多数当代文学史都写到的有杨沫、茹志鹃、张洁、王安忆等。

仅以几本通行的文学史中没有被"兼容"的作家为例,张炯的《新中国文学史》(海峡文艺出版社,1999年)写到了温小钰、马瑞芳,陈思和的《中国当代文学史教程》(复旦大学出版社,1999年)写到了严歌苓,孟繁华、程光炜的《中国当代文学发展史》(北京大学出版社,2011年修订版)中写到了葛水平、鲁敏、马晓丽、魏微、叶弥,朱栋霖主编的《中国现代文学史(1917~2013)》(高等教育出版社,2014年)写到了张悦然,这就让我们不得不困惑于文学史的千差万别。其中我们知道但并不能确定"她们"是否能够"入史"的,还有我们研究者都认为是比较"冷门"的作家。有的文学史中将"女性"单列,有的没有,有的虽列出了"女性",却在别的章节中也写女作家。比如张炯的《新中国文学史》以"女性文学的强旺"来命名,专列了《女性小说家》(上)(下),以性别而非女性意识将新中国的女性小说家全盘表述,收入茹志鹃、刘真、宗璞、谌容、柯岩、叶文玲、张洁、戴厚英、张辛欣、铁凝,女性的"私人化"小说,提到了陈染、林白、徐小斌。对作家作品的评价全面而中肯,指出作家创作的主要特点、代表作,我们不难看出作者大致是按照纵向的时间轴和作家的大致创作风格来分类,只是我们在其中无法辨别女作家女性性别意识的强弱。比如张辛欣,作者不仅提到了《我在哪儿错过了你》是女性写作发生转向的作品,更指出了她在写作手法上的现代性。范小青、王安忆、张抗抗等女作家被置放到了文学史的其他位置,并未单独指出"女性"身份。就目前掌握的文学史版本总体来看，对女作家的文学史评价并未达成共识。文学史对女作家的研读能否涵盖其文学个性的全部？如果不能，女性文学史批评中还存在哪些习焉不察和尚待发掘的空间？

第二，女性当然可以写自己的文学史，但她们要在给予作家明确文学史定位的同时，向更深邃、更高远的理性底蕴与审美品格迈进。

近年来出现了越来越多专门的女性文学史，其作者性别固然是女性居多，她们自己写的历史，"女子由过去梦中惊觉后的活动，不是向男界'掠夺'，也不是要求'颁赐'，乃是收回取得自己应有的权利"。① 女人当然是有能力表现历史的，比如五四时期的陈衡哲，她所编撰的《西洋史》在内容和分析上都采取了独特的女性视角。这部历史教科书表现出的强烈的女性意识，不仅在当时是绝无仅有的，而且提供了女性历史观的独特价值导向和意识阐释。既是史学家又是文学家的沈祖棻，其书写风格激越中有细腻，柔美中有粗犷，堪称历史写作的典范，"不是只能蘸着香脂腻粉，写一些空虚平庸的少女伤春，而是蘸着风雨尘沙，把无边的烟柳斜阳，故国山川，一起写进浩荡春愁里去"。② 凌力的鸿篇巨制《少年天子》以其开放的结构、细致的叙述深深感动了无数的读者，可惜这样的作品仅如昙花一现般出现在文坛上，下文难再。现有的"女性文学史"类著作大多是这样的体例，时间上是纵向的延伸，20 年代，30 年代……80 年代，90 年代，横向上为某个阶段的代表作家，倡导史、论结合，文本、思潮相融，这类女性文学史不仅在作家数量

---

① 石评梅：《致全国姊妹们的第二封信》，《京报副刊·妇女周刊》第十一号，1925 年 2 月 25 日第二、三版。
② 舒芜：《沈祖棻创作选集·序》，载程千帆校《沈祖棻创作选集》，人民文学出版社，1985，序第 1 页。

上扩充了，更在女作家作品的品读上做足了功夫。比如现代部分增加了陈衡哲、凌叔华、白薇、梅娘等，当代部分增加了徐坤、迟子建等。目前，文学史的女性批评功绩更多的是在挖掘、整理、呈现方面，把我们以前不熟悉的女作家钩沉出来，但更深层次的方面——比如某些女作家能否入史的问题，对女作家作品的流派分析，对女作家文学史意义的评说等方面，还有待深入。

我们常常固执地认为，女作家创作的作品不被文学史收纳是因为男权压抑。像《二十世纪中国女性文学史》中所说的："女性一直被淹没在历史的黑洞里。"由此出发，它强调以往的现代文学史书写在很大程度上忽略了女性创作所造成的"失落"和"遗憾"；文学生态因失落了女性作家的审美创造系统而出现倾斜，以往的文学史书写对女作家的存在置若罔闻或视女作家为无物，客观上强化了这种失衡。所以后来的书评这样说这本宏阔的文学史："现代女性文学史并非完全独立于主流文学史之外，但它又是对传统文学史格局的明确质疑和严肃批判。当传统文学史书写一向大量记录男性作者的文学成就而女性作者只是偶尔作为陪衬出现时，人类在文学领域的精神活动实际上已陷入了偏枯。"[①]

扪心自问，我们女作家的作品真的在文学史上站得住脚，不会被拒之门外？我们能不能在文学史中坦然承认我们自身的缺点？

首先，要敢于给作家明确的文学史定位。

不知从什么时候开始，我们谈论当代文学的时候习惯以群体、代际而非个体来给作家进行文学史的定位，比如新时期以来的"伤痕""知青""朦胧诗派""新写实""新生代"乃至现在风头正劲的"80后"。这样的命名无疑是因为这些写作群体有一些共同的特点：选择题材方面的、创作手法方面的，或者是创作主体身份方面

---

① 乔以钢：《中国现代女性文学史观的初建立及其反思》，《中国社会科学》2010 年第 3 期。

的。但我们也有一种普遍认可的态度，就是提到女性文学就是陈染、林白，这样的文学史"定论"可否被突破？比如王安忆，她的《本次列车终点》被看作"知青小说"，《小鲍庄》被看作"寻根文学"，《长恨歌》被看作"新历史主义"，她的《纪实与虚构》在於可训的《中国当代文学概论》（武汉大学出版社，2003年）中被认为是"寻根"努力的徒然，家族史的虚幻加之作者的孤独感和漂泊感，使作品无法在读者那里产生对现实的认同。我们到底怎么评价作家？再有就是关于作家的代表作，铁凝的代表作是《哦，香雪》还是《玫瑰门》？迟子建的代表作是《世界上所有的夜晚》还是《额尔古纳河右岸》？这些作品又该如何被写入文学史？女性写的历史应该与男性有哪些不同的关注点？

如果说由于时间的切近性，我们还无法对正在发生的文学事实做出对历史和未来负责的评判，那么我们可以将目光放远一点，看看文学史上已有的定论。

萧红在文学史上的地位并不显赫，在广为流传的史著版本中，她大多位列"东北作家群"或"左联"的层级下，与萧军、叶紫、端木蕻良等人并列。就目前的文学史版本来说，对她书写的长度不过是两三页，她似乎处于被认可的主流作家中的边缘。那么，萧红在文学史上到底应该获得怎样的定位？她无可替代的文学史独特性表现在哪些方面？"东北作家群"时期、"左翼"时期或香港时期断裂式的研读能否涵盖她文学个性的全部？如果不能，萧红研究中还存在哪些习焉不察和尚待发掘的空间？为什么对一个只有9年创作生涯、100余万字作品的作家的研究能够经受住岁月的打磨而历久弥新？

第一，萧红被表述的起点。

个人在多大程度上认可意识形态等于意识形态在多大程度上认可个人，萧红在文学史上被表述的起点来自鲁迅、胡风和茅盾，这本身就是值得探讨的文学史价值。鲁迅将她纳入阶级、民族斗争的大框架之中，为新文化构想服务，有着其时的功利性，他亲笔为萧红所做的序里面已经奠定了史著者的评价基调。鲁迅当时的文化地位及文化主张被后来的中国革命意识形态乃至再后来的中国国家意识形态所接受并确认，萧红在文学史上的定位也就因此被认可。鲁迅的评价将萧红的价值提到一定高度，自此以后，对萧红的文学史书写始终是民族、阶级立场高于普遍的人性、生存立场。萧红和鲁迅的关系，鲁迅对她的提携，都是她成名的重要原因之一。相对来看，胡风所写的后记要苛刻一些，既指出萧红对乡土社会"蚁子似地生活着，糊糊涂涂地生殖，乱七八糟地死亡……"的现实主义写作力度，称颂她那种不似女子的"钢戟向晴空一挥似的笔触"，又为她今后的发展提出了三个有待改正的缺点，这也为后来文学史上称颂《生死场》的主题而小觑它的叙述笔法埋下了伏笔，而依我们今天的观点来看，这也不失为萧红的一大特色。

但这个时候，萧红还处于创作的初期，鲁迅、胡风都还没有预见到她后来的转变，他们以为她会如丁玲般走上切实的革命道路，在国家民族和女权意识的纠结中进退维谷（鲁迅曾在与埃德加·斯诺的谈话中称赞萧红是最有前途的女作家，预言她有可能接替丁玲女士，正如丁玲接替了冰心女士）。及至茅盾在《呼兰河传》序言中写道"一篇叙事诗，一幅多彩的风土画，一串凄婉的歌谣"，萧红的艺术个性基本定型。两篇序和一篇后记的话语权力肯定了也制约了对萧红的文学史评价，"起点"的定位几乎是全面而终极的范式，后来者只是在一定限度内或多或少地修订。

但在海内、海外的文学史书写中，上述"起点"或者是所谓的"通行证"，在有些书写中成了被推翻和超越的"标签"，研究话语秩序由此分流。

第二，文学史话语表述萧红的两条序列。

不同的批评语境对萧红的评价是迥异的，文学史制造出的形象反映的是治史者的文化和政治价值，如果从海内、海外不同版本的文学史上查找关于萧红的评价，我们可以得到一些启示。这样的划分不仅取决于二者的阅读语言（汉语、日语、英语、德语等）、获取资料的途径（母语呈现的、亲身经历的或别人转述的）、论作的表达方式（体验式、思辨式或考证式），更取决于二者在研究理念、学术环境等方面的不同。

先说国内，唐弢主编的《中国现代文学史》（人民文学出版社，1979年）在"第二次国内革命战争时期的文学创作（二）"里说《生死场》在民族矛盾上升为主要矛盾的历史条件下没有忽视阶级矛盾，真实地写出了东北人民在帝国主义、封建主义双重压迫下的深重灾难。该书认为这是小说的可贵之处，也是它胜过同一时期不少同类作品的原因。如果说这本书编撰年代的意识形态限制了它的言说，以政治的眼光评判文学的思维还未完全转变过来，那么同样由唐弢主编，由严家炎、万平近协编的《中国现代文学史简编》（增订版）2008年版依然承袭了原来的评价，指出《呼兰河传》在过去生活回忆里表现了作者对旧世界的憎恶与愤懑，但也流露出由于个人生活天地狭小而产生的寂寞情怀，我们就不得不表示遗憾了。这种论调和茅盾的"起点"（"左翼"阵营的评论家）如出一辙，茅盾说萧红"被自己的狭小的私生活的圈子所束缚（而这圈子尽管是她诅咒的，却又拘于惰性，不能毅然决然自拔），和广阔的进行着生死搏斗的大天地完全隔绝了……"[①] 这一观点在中国大陆内部似乎并未遭到太多的质疑（近期也有新锐的论文，但还未来得及入文学史），可见文学史著述对名家圈点的尊敬与奉行。同样，钱理群等编撰的《中国现代文学三十年》，王瑶的《中国新文学史

---

① 茅盾：《呼兰河传·序》，见萧红《呼兰河传》，黑龙江人民出版社，1979，序第10页。

稿》，东北地区萧新如、吴天霖主编的《中国现代文学史》等诸多版本中对萧红揭发隐忧、弘扬革命的部分高度赞颂，而对她书写本心的部分颇有微词的情况很普遍。论者扬前期而抑后期、扬《生死场》而抑《呼兰河传》、扬"抗日文学"而抑"寂寞回忆文学"的论断占据文学史编写的很大比例。某一命名被权威化的同时，就会压抑另一种解读方式。思想政治和文学研究的关系是互相推进、互为因果的，本土的研究要迎合易被接受的思维定式，所以容易呈现出保守的、稳定的、渐变的态势，国内现有的萧红文学史评价便成为民族国家取向与文学批评实践的"合谋"。

而海外学者对萧红的解读给我们提供了另一种声音，虽然他们对作家本人的评述并不多，但我们仍可从相关的"外围"学说（序、跋、后记等）中探测出蛛丝马迹。域外文学史在再现中国现代文学样态——这一被认为是"曾污染"（刘禾语）的领域——的同时也在建构着能支撑他们文化主张的体系。

海外文学史编撰与国内的殊异首先是在入史对象的选择上。夏志清《中国现代小说史》对《生死场》最初只有一句评价，"写东北农村，极具真实感，艺术成就比萧军的长篇《八月的乡村》高"，[1] 这很难说与鲁迅还有国内文学史对萧红的定位无关，他在有意规避跟政治有关的作品。后来夏志清说自己"生平第一次系统地读了萧红的作品，真认为我书里未把《生死场》、《呼兰河传》加以评论，实在是最不可宽恕的疏忽"。[2] 到最后，"相信萧红的书，将成为此后世世代代都有人阅读的经典之作……"[3]"讲起五四以来的女作家，一般人心目中都以冰心、丁玲为代表。其实最有才气，真正写过两本好书的倒是萧红。"他的这段颇有些自责的认识

---

[1] 夏志清：《中国现代小说史》，复旦大学出版社，2005，第194页。
[2] 夏志清：《中国现代小说史》，复旦大学出版社，2005，序第16页。
[3] 夏志清：《中国现代小说史》，复旦大学出版社，2005，第401页。

过程显示了在异域对原语言发生场文学鉴别的曲折，更显示了这种鉴别会遇到的多维阻力——除了研究者自身的阅读局限，更有对民族国家话语的认同程度、辩难或反驳程度。

这种殊异还表现在以域外的研究方式策略性地改写国内文学史。顾彬说他与前辈们在文学史书写方面的最大不同在于方法和选择，"我们的研究对象是什么？为什么它会以现在的形态存在，以及如何在中国文学史内外区分类似的其他对象？"在《二十世纪中国文学史》的中文版序言中，他坦言是依据"语言驾驭力、形式塑造力和个体性精神的穿透力这三种习惯性标准"来考察现代文学史的。尽管他对美国汉学界过分强调女权主义的观点颇不以为然，① 但还是客观地指出，"萧红选取了一个女性角度来观察日本的占领……对这位女作家来说，男人就是最基本的恶，这种恶在入侵的日本士兵形象中达到了登峰造极"，他认为萧红"并没有把农民呈现为启蒙的对象或反抗的主题"，"没有美化他们的生活"，而是"独立于政治和战争事件之外，女作家构思了一个空间，在其中'生老病死'的链条不会被历史打断"，"作家要表现的不是一个日本人入侵前后的历史中国，而是在中国的大陆上人类生存的一个示范性、象征性的场所"。顾彬的文学史对萧红文本的解读较为细致，他对小说中的"羊"（受难）、"场"（宗教仪式发生地）等的喻指分析，在建构词与意义、字面浅层表达与深层神韵之间的关系的同时，还在按照他自身的文化背景去形塑异域作品的价值。

被称为中国现代文学海外译作"首席翻译家"的葛浩文在其专著《漫谈中国新文学》中给予"东北作家群"大量的笔墨。与夏志清不谋而合，他也说："萧红的力作将因它们历久常新的内容及文采，终究会使她跻身于中国文坛巨匠之林。"② 但葛浩文始终

---

① 顾彬：《二十世纪中国文学史》，范劲等译，华东师范大学出版社，2008，第 2 页。
② 葛浩文：《萧红评传》，北方文艺出版社，1985，第 98 页。

第五章 女性文学批评的"中国经验"与"成长的烦恼"

"撇开政治观点不论",在评论界普遍对萧红文本以"抗日文学"命名之际,他仍然非常肯定地认为《生死场》是以哈尔滨近郊农村为背景,描写"九一八"事件前后当地农家生活的一部小说。虽然这部小说在当时的确产生了抗日的效果,但是"作者的原意只是想将她个人日常观察和生活体验中的素材——她家乡的农民生活以及他们在生死边缘挣扎的情况,以生动的笔调写出"。[①] 他肯定了这部小说成就的同时指出其在结构与修辞上的不足,并认为如果从纯文学的观点来看,《生死场》某些方面写得比较失败。葛浩文的评说在几十年前就非常接近我们今天的观点。

再有就是在对国内文学史反驳的同时暗自树起了另一面旗帜。比如司马长风的《中国新文学史》在第26章"长篇小说竞写潮"中固执地赞扬萧红不与"文协"的"文章下乡,文章入伍"同流,"真是不大不小的奇迹",说她"傲睨文坛流风的勇气……比同代大部分男性作家更值得敬仰",[②] 夸大了萧红对其时文坛流弊的抗争姿态,同样也是对原作者的曲解。日本是最早翻译萧红小说的国家,《马房之夜》(《作家》第一卷第二号,1936年5月载)在中国发表一年后(1937年)就被翻译刊印在日本的《文艺》杂志上。这或许与鲁迅和萧红跟日本的渊源有关,但从时间上推断,这也可以说是日本宣传界在为放大当时中国的阶级矛盾而淡化中日的民族矛盾造势。

海内、海外文学史上对萧红评价的分歧主要表现在:《生死场》是抗日(革命)小说还是乡土小说?萧红能够经得起历史考验的到底是她的思想高度还是艺术才能?原因即在于:第一,他们对萧红创作的连贯性没有做出具体分析,比如她一贯的乡土叙事、人生悲悯等,而只是偏向某个时期的某部代表作品,将其作为作家的总体

---

① 葛浩文:《萧红评传》,北方文艺出版社,1985,第53页。
② 司马长风:《中国新文学史》,昭明出版社,1978,第84页。

风格，这就难免以偏概全；第二，两种声音都试图以遵循（海内）或打破（海外）某些潜在规定性的方式来佐证自身存在的合理性或特异性，而无法拨去"定论"的阴影直面作家；第三，不同的著史者是依据各自的批评语境、文学观念、叙事立场来评价作家的，但文学史的书写更应考虑的问题是，作家到底在文学的历史进程中承担了什么角色，这个角色发挥了什么作用，其在历时、共时的文学场域上的独特性何在，等等。海外学者常认为本土研究不足为信，他们常以"净化"中国现代文学并为其代言的身份出现，意欲建构更加合理的话语体系。他们试图绕过意识形态和社会意义的定名，希望以"纯文学"的叙述话语来对待萧红，但任何文学史都是"未完成"的，都存有它在特定体制范围内难以克服的缺憾，萧红的海外研究同样如此。故而，两条序列的文学史评说在占有资料的取与舍之间操控了叙述，定性了被述者在不同社会之间的意义。

第三，萧红的文学史价值。

尽管文学史写作难以做到彻底还原文学的历史现场，但著史者还是会尽力将历史呈现出来（虽然不一定是"不虚美、不隐恶"地书写）。那么，判断一个作家的文学史价值应考虑哪些因素呢？比如，其是否为文学史提供了前辈或同辈作家中没有人提供的思想或艺术价值？其是否尽可能丰富地反映了时代、社会及人文精神的内涵？其作品是否具有强大的艺术感染力并能经得起时间的考验？其作品是否有广阔的阐释空间，显在、潜在的意义都很丰富？基于此，我们对萧红的文学史价值研究应集中在以下几方面。

其一，独特贡献。萧红向全中国乃至全世界呈现了东北地域（不仅是沦陷时期）的原生态图景。在萧红之前，东北不是文学主要的叙述场域，她将不为人熟知的白山黑水间的自然风物、生灵涂炭、不屈抗争昭以示人，坦承自己故土的好与坏、优与劣，补白了文学史的地域书写。中国北方的寒冷、肃杀、荒凉不仅为萧红提供了得天独厚的生活资源，更酿就了她对"生死场"浓烈的情感。萧红宛若刀刻般的笔力使东北人野蛮的生存状态更加充斥着血性惨烈，"二里半的婆子把小孩送到乱坟岗子去！她看到别的几个小孩有的头发蒙住白脸，有的被野狗拖断了四肢，也有几个好好的睡在那里……野狗在远的地方安然的嚼着碎骨发响。狗感到满足，狗不再为着追求食物而疯狂，也不再猎取活人"。①这样血淋淋的场景在《生死场》中数次出现，是现代文学史上无可复制的冷酷而乖戾的特例，足以使萧红在同期作家中独树一帜。20 世纪 30 年代初期、中期的中国，有《生死场》这样一部可以涵盖特定时间、空间下的人物众生相的作品，是萧红创作的时代意义、文学意义和政治意义的多赢（不仅是抗日意义）。

其二，精神内涵。萧红揭示了被其时的政治、阶级、民族关系所遮蔽的文化之根的问题，使创作凌驾于单纯的个体经验和主体苦难之上。萧红的"力量"是她没有简单地追随"左翼"文学多数作家的创作道路，以浓墨渲染农民的悲苦辛酸、赤膊上阵、绝处逢生，而是写出了中国北方农村生活的沉滞、封闭，以及由此造成的对民族活力的窒息，"逆来的顺受了，顺来的事情，却一辈子也没有"，"人活着就是为了吃饭穿衣"，"人死了就完了"。这才是乡村宗法、种族、生命链条得以延续的可能，这才是乡土中国的真实呈现。

其三，艺术感染力。文学的本质是超越意识形态的，当后者已然历史化的时候，前者仍然保存着鲜活的生机。萧红不简单迎合当时的政治形势，反而保持了特异的艺术品格。《生死场》成为抗日反帝作品的先声，除题材领风气之先，还在风格手法上横扫了其时风行的无产阶级革命小说模式，带给新文化扑面而来的质朴和野

---

① 萧红：《萧红全集》（上），哈尔滨出版社，1998，第 56 页。

性。后来的史实证明,与萧军和叶紫相比,萧红的表现手法更具有持久的生命力。但在当时,萧红稍事雕琢的率性书写并未获得太多认可,相反,评论者一直要将其引导到普遍认可的写作模式中来(比如前面提到的胡风)。萧红只能这样为自己辩护,"有各式各样的作者,有各式各样的小说",① 单线条延续性书写是小说,一家一户地平面铺陈就不是小说了吗?人物凸显的是小说,把环境风貌当成主旨的就不是小说了吗?她凭着才气和悟性带给我们"略图"(鲁迅语)、"素描"(胡风语)、"多彩的风土画"(茅盾语),却并未牺牲作品的深度。

其四,阐释空间。萧红写作之初接受的权威话语就是由社会规范、伦理要求等建构起来的男性话语权力中心,她的表达要通过男性"间接"地实现,她于是一直在接受、认同阶级、战争、习俗等规约与部分地突围中游走,经由辩解才能向她所认定的文学之路前行。这是一份浸润着忧虑也不乏执拗的对"他人"寓言的改写,其显在、潜在意涵都较为丰富。

当她痛失鲁迅这一导师和萧军这一爱侣之后,对现实意识形态话语权力显现出了背离的倾向,回归到她擅长的乡土社会原生态全景式的描摹(或许她本就是为了某种趋附目的才将《生死场》写成我们现在看到的样子,否则文本中不会出现那么明显的前后断裂)。在对待男性的问题上,萧红充分显示了一个出走灵魂的暧昧。她所渴望的也是她恐惧的,她想靠近的却是她曾坚决拒斥的,她勇往直前却又常幻想能落叶归根,她既希望自持自立又希望能有副男人的肩膀来依靠,她犹豫、反复、期待、失落,直至弥留之际,她仍然左右为难。即使这样,萧红也并未只写男性之"恶"而掩盖其"善",除了坚忍的冯二成子(《后花园》)、多情的表兄(《小城三

---

① 聂绀弩:《萧红选集·序》,人民文学出版社,1981,第3页。

月》),最突出的就是"祖父"(《呼兰河传》)。这位老人也许是现代女作家留给我们的最真实、最感人、最可亲的祖辈形象,正是他使多舛多难的萧红对"温暖"和"爱"怀着永恒的憧憬和向往(可见,顾彬关于萧红认为男性"恶"的说法并不准确)。

基于文学史的"定论",我们总会先验地推断萧红写作的关键词是苦难、悲悯、战乱、死亡、寂寞,等等,我们甚至不愿意正视她后来的转变,她经历人生哀乐后的淡然,那种有欢欣有愁苦的家园回忆。比如对女性的态度,我们常注意到她作品中的女性之痛("女人横在血光中,用肉体来浸着血")、女性之轻("农家无论是一棵菜,或是一株茅草,也要超过人的价值")、女性之愚(麻面婆错把白菜抱成倭瓜,夏天去稻草堆里找羊),却忽略了她笔下的女性之美与善。比如,"有一双亮油油的黑辫子"的金枝,"打渔村最美丽的女人"月英,"长得窈窕"的翠姨等,女性在萧红的笔下虽然常是无能为力地听从命运的摆布,但她仍自怜自爱地欣赏着她们的美丽,并未因其困窘就轻视她们。如果说冰心、丁玲生动地演绎了新女性的觉醒和抗争,那么萧红笔下的女性则以其自然、纯真、不加粉饰的美成为新文学人物画廊的又一收获。

客观地说,对任何一位作家或一部作品的评价都是相对的历史评价,想要盖棺定论是徒劳的,所以我们只能在萧红研究的演进过程中得出一些相对客观的看法。以上是从今天的理论视角与文学史视角重新确认萧红的文学史价值,但她的文学史表述尚存有相当大的空间,其文本世界中未被说出的部分仍待深入。

其次,要敢于提炼女作家更深邃、更高远的理性底蕴与审美品格。

无关著史者的性别,无关入史对象的性别,文学史的写作应尽可能地还原文学背景、把握思潮脉络、领悟文本内涵,就如法国当代哲学家、批评家雅克·德里达(Jacques Derrida)在《没有启示,不是现在》中说的，文学和批评不可言及他物，它们没有终极的所指，为了同化那些不可同化的全然他者（unassimilable wholly other），他们唯独能做的就是小心谨慎地使他们的言说策略多样化。程光炜指出："文学史，从大的方面来看也像'历史'一样，既不是依靠客观的陈述来不动声色地呈现发生、发展和变化的历史，也不能仅凭支离破碎和残缺不全的材料支撑起一座历史的大厦，而是通过'文学叙事'确立自身'发展'的合法性。它的核心问题，即是'叙述'和'如何叙述'自己的'历史。"① 如何在"言说多样化"中凸显文学史的特色？这就需要著史者不只满足于对客观材料的陈述，更要提炼女作家更深邃、更高远的理性底蕴与审美品格。比如冰心老人，从较早的陈西滢的《冰心女士》、张天翼的《论冰心的创作》、茅盾的《冰心论》等到当下盛英的《冰心性别意识辨析》、李玲的《珍爱生命、关怀生命——再论冰心"爱的哲学"》、王炳根的《冰心与东方文化》等，研究成果丰硕，涉及论题广阔。然而，冰心的价值不止于此，从登上文坛那天开始，她就在以生活的现实为根基，以科学的理论为指导，以艺术的方式建构人类的和谐图景，"新贤妻良母"就是她向往的模式之一，是她试图建立的女人模式、家庭模式和社会模式。如果我们自己的文学史能够明确指出，"新贤妻良母"的形式是男女平等，途径是对女性的教育，阵地是家庭，宗旨和最终倡导是爱，那便是真的"懂得"了这位女作家。

冰心作品中被称为"新贤妻良母主义"的书写具有相当强的现代意识，尽可能多地摒弃了封建的糟粕，除保留了传统的女性优点外，还在男女平等的基础上寻找到了新的内核，更加突出女性真、善、美的特质，突出了女性独立自主的人格，具备社会道

---

① 程光炜:《知识·权力·文学史——关于中国现代文学史观的再思考》，《南京大学学报》（哲学人文社科版）2005年第1期。

第五章 女性文学批评的"中国经验"与"成长的烦恼"

德伦理的价值。

"新贤妻良母"的形式是男女平等。两性互动,在强调女性的主体意识、独立人格的同时更强调女性对男性与对社会的反作用。《两个家庭》中的三哥和亚茜就是兼具东方谦恭礼让的家庭伦理和西方平等独立的家庭观念的楷模。冰心设计了两种类型的太太,在浅显质朴的对话中向人昭示了她心中理想的女性形象和女性的位置。女性的自我完善是社会向上不可缺少的条件,女性是通过尊重自己来获得别人的尊重的。女性应是独立而有自尊的个体,"为要独立,所以要使本能充分发展;为要健全,所以不肯盲从,爱好真理。——这都是完成人格必要的条件"。[①] 贤妻良母正是发展女性的本能,"做你最愿做的,做你所能做的",[②] 求得女性的解放。冰心塑造的沈骊英、王世瑛等形象,都具有充分的人格自觉和诚恳善良的品性,她们身上既体现了传统女性的温柔贤惠,又集聚了现代女性的理智开明。

"新贤妻良母"的途径是对女性的教育。这里的教育不仅是指"家训""女诫"等传统家庭教育,更是指吸收了西方先进思想和"五四"革命精神的社会教育,兴女学、办女报、求女权等。梁启超在《倡设女学堂启》中提到兴办女学,女子在拥有了知识之后才能够知书达理,成为丈夫的贤内助,才能担当起母教的责任,才能达到"上可相夫、下可教子、近可持家、远可善种"[③] 的目的。冰心在作品中以对比、正写、侧写等多种手段证明,只有让女性接受教育,提高文化素质,摆脱蒙昧,才能促成女性主体意识的觉醒。冰心着力倡导女子的才德,主张发展女子教育,贤妻良母应该是具

[①] 叶绍钧:《女子人格问题》,载中华全国妇女联合会妇女运动历史研究室编《五四时期妇女问题文选》,生活·读书·新知三联书店,1981,第124页。
[②] 陈衡哲:《衡哲散文集》,河北教育出版社,1994,第105页。
[③] 梁启超:《倡设女学堂启》,《饮冰室合集·文集》(第一册),中华书局,1941,第37页。

有卓绝才智和现代意识并能参与公共话语的女性。冰心自己的母亲就是"有现代的头脑,稳静公平地接受现代的一切"的典型,"她看书看报,不让时代把她丢下"。① 正是这种不断更新知识的努力使母亲"有知人之明"和"新颖的见解",成为家庭成员的良师益友。

"新贤妻良母"的阵地是家庭。家庭是国家与社会的基本单位,"一个女子是一个家庭的中心点"。② 尽管冰心笔下的旧式之"家"也有腐朽和阴霾(《斯人独憔悴》),但新式家庭无不是因了知书达理的妻和母才成为充满温暖与爱的避风港的。与"五四"的离家、叛家不同,冰心是依家、恋家、治家的,通过女性在家庭中的作用、影响来凸显其价值,进而实现服务社会、改良人生的理想。《两个家庭》的结尾就是"论到家庭的幸福和苦痛,与男子建设事业能力的影响",以此来定义"家庭与国家"③或者不如说"女人与国家"的关系。冰心笔下的贤妻良母是得到社会尊重的女性对生活道路的自主选择,亦为实现女性价值的途径之一。这样,女性与男性的性别差异不再被看作女性受压迫的根源,而成为女性值得骄傲、自信的理由。对贤妻良母独立价值的阐释,就是要在更符合女性本质和人性完满的前提下求发展。

"新贤妻良母"的宗旨和最终倡导是爱。"有了爱就有了一切",这里所指的"爱"不仅是夫妻之爱、母子之爱,更是具有宗教意味的博爱,"爱"是她思想的核心。

冰心诗意而委婉地赞美女性:"上帝创造她,就是叫她来爱,来维持这个世界。""你说,叫女人不'爱'了吧,那是不可能的!她是上帝的化工厂里,一架'爱'的机器。不必说人,就是任何生

---

① 冰心:《冰心文集》(第1卷),上海文艺出版社,1983,第315页。
② 陈衡哲:《衡哲散文集》,河北教育出版社,1994,第74页。
③ 冰心:《冰心全集》(第1卷),海峡文艺出版社,1994,第19页。

物，只要一带上个'女'字，她就这样'无我'的，无条件的爱着，鞠躬尽瘁，死而后已!"① 在冰心的心目中，女性是上帝派遣到这个世界上来爱世界的，因而有一种神圣的"情怀"与使命感。怀着这样的使命感和自觉意识，她笔下的理想的女性往往处于奉献、给予或自我牺牲的位置上，给人一种至善至美的感觉与印象。像这样的"爱"的化身与殉道者，在冰心的《相片》（淑贞）、《我的邻居》（M太太）、《秋风秋雨愁煞人》（英云）中都有表现。这样一种对女性的人生位置的看法，既来自伦理与宗教的规定，更来自对返璞归真、纯洁无私的"爱"的精神的呼唤。作家在描写中避开了跌宕起伏的矛盾冲突，避开了无法排解的心灵骚动，使她们身上闪射出了撼人的光辉：忍辱负重、无私无畏、任劳任怨、惊人的自制力和自我牺牲精神。所有这一切都是女性带给世人的真诚的感动。

冰心所理解的贤妻良母不是封建思想束缚下的驯懦依赖的软体动物，而是在传统美德中注入了五四新文化的精神，汲取了西方现代精神的养料，根据自己的思维水准和人生体验，对女性标准人格和角色定位做出了全新的把握，赋予"贤妻良母"全新的内涵。言说者的身份，在言说过程中必然会有意无意地表现出来。冰心本人即是此种"新贤妻良母"，"吴文藻在致冰心父母的信中称赞冰心'是一位新思想旧道德兼备的完人'、'除了有这样彻底的新思想外，还兼擅吾国固有的道德的特长'，冰心作品中的女性亦如是"。②

然而，一直以来对冰心的"新贤妻良母主义"始终存在误读，批判者在认同"新"的先进性的同时将冰心定义为"历史的中间物"。归纳起来，非议主要有以下几点。

第一，二元的折中说。有学者认为，"新贤妻良母主义"是一

---

① 冰心:《关于女人·后记》，载张弓选编《冰心散文》，浙江文艺出版社，2000，第343页。
② 黄长华:《冰心女性题材小说评述》，《福建师范专科学校学报》（社会科学版）2001年第1期。

种传统与现代、东方与西方、男权与女权二元对立的折中，并非彻底的、不妥协的革故立新的理论，是冰心将男性对女性的规范以巧妙的形式保留下来并加以利用的策略。实际上，这种男性、女性间的琴瑟相合的模式只是冰心的一种构想，是对未来婚姻家庭的寓言。毕竟写《两个家庭》时期的冰心还不到20岁，是个连恋爱都没经历过的女孩子。但与同时代的庐隐、石评梅等女作家偏重精神痛苦相比，冰心更可贵的是写出了女性乐观、向上的一面，"有泪可落，也不是悲凉"，可看出她的超越性。冰心在其时所进行的是带着美丽的憧憬的诉说，在"破"的同时也在"立"。在同时代的女作家沉湎于"人生——苦海"、"读书自苦"、蹙眉沉思而不得要领的时候，她在将个人的感受融入更多人的生活中，以积极向上的人生态度去建构，以期实现女性的自我超越，最终走向完美的人生境界。因为娜拉出走总不是解决问题的办法，就像张爱玲后来说的，她们能走到哪里去？不过是去楼上，开饭的时候，一声吆喝，都会下来的。

第二，男权的附庸说。因冰心在作品中暗示了男性的标准（《第一次宴会》），甚至在《关于女人》中假借"男士"话语权来赞美女人，所以有人提出她对性别规约的反叛不彻底，几千年的男尊女卑已由外化的规定演变成内心的自律，贤妻良母是对女性职责和身份的硬性要求。从纯粹性别角度来看，中国几千年的文明史经历了男性对女性的压迫、女性对女性的压迫、男性对女性的解放、女性自身的解放的发展过程，从有性别到无性别再到有性别。20世纪之初，女权主义思想由维新派人士介绍进来，到五四新文化运动时，这一思想俨然成为新思潮传播最为重要的一个部分。妇女解放是通过"女人成为人"来实现的，并没有为女性的独特存在提供合法依据。五四"精神之女"在男性导师与同盟军的指引搀扶下从封建高宅走出，要做"我是我自己的"自主之人。还原到历史场景

第五章 女性文学批评的"中国经验"与"成长的烦恼"

中,当时西方女权运动还处于争取外在权利如平等、参政等阶段,中国女性在获取职业书写权利的同时,把与男性平等甚至趋同当成女性首先需要解决的问题。这种平等观念反映在文学领域,就使得五四以来的女作家们一方面不约而同地从春闺女怨的"后花园"模式中挣扎出来,另一方面则不遗余力地向男性的宏大叙事靠拢,尽量抹平男女两性之间的差异。女性的解放要获得男性的认可和支持,就如男性的权力要有女性的理解和辅佐,这应该是并行不悖的。这个世界就是如此,男性和女性无法相离,他们互不相弃、彼此欣赏、比翼双飞。

在战争风起云涌的时代背景下,作者需要这样一个男性的叙述人,他能以女性不能的审美角度,完成女性难以做到的正面、直接的赞美。用男性视角观照女性,从人的层面有它的合理性,从性别层面讲则是有效地运用了男权话语模式中的有益成分为我所用,即使是"贤妻良母"的规定,也不该全盘否定。就如作者本人说的,关于妇女运动的各种标语都同意,只有听到或看到"打倒贤妻良母"的口号时,总觉得有点逆耳刺眼……文化遗产理论资源中的男性精神有精华也有糟粕,其负面影响对女性发生过长期的腐蚀作用,但其精华部分是全人类的宝贵财富。"通过文化的符号体系,人与人得以相互沟通,蔓延传续,并发展出对人生的知识及对生命的态度。"[①]

第三,女性的两难说。冰心在反传统方面的声音微弱,优柔寡断,不能完全将"新"与"旧"剥离,她本人的态度常常是暧昧的。比如,她写出了沈骊英在助夫成功、教养子女和拼搏自己的事业的同时,也写出了女性走入社会后力量的渺小和心灵的疲惫,有对贤妻良母的艰辛生活的描绘,也有对无私奉献背后的泪眼诉说:

[①] 〔美〕杰米·格尔兹:《文化的阐释》,王铭铭译,上海人民出版社,1999,第35页。

> 在下雨或雨后的天，常常看见蜗牛拖着那粘软的身体，在那凝涩潮湿的土墙上爬，我对它总有一种同情，一番怜悯！这正是一个主妇的象征！
>
> 蜗牛的身体，和我们的感情是一样的，绵软又怯弱。它需要有一个厚厚的壳常常要没头没脑地钻到里面去，去求安去取暖。这厚厚的壳，便是由父母子女、油瓶盐罐所组成的那个沉重而复杂的家！它求安取暖的时候很短，而背拖着这厚壳，咬牙蠕动的时候居多！①

《关于女人·我的邻居》中的 M 太太腼腆、善良、有才华，婚后却被严酷现实和生活琐事所累，抱怨啼哭，凄凉难耐。还有作为反证的《西风》，描述未婚中年知识女性在三天行程中邂逅曾经的恋人所遭遇的现实尴尬和内心彷徨，虽然她容貌优雅、事业有成，但"无家"的阴影使她流露出"断雁叫西风"般的苦涩与自卑。

对此，我们首先要说，女性是人，是同男性一样有血有肉、有爱有憎的人。就如丁玲说的"我自己是女人，我会比别人更懂得女人的缺点，但我却更懂得人的痛苦。她们不会是超时代的，不会是理想的，她们不会是铁打的。她们抵抗不了社会一切的诱惑和无声的压迫，她们每人都有一部血泪史，都有过崇高的感情……"②承认女性的优点和缺点是为了更科学、更客观地认识女性自身。如果无视造成女性问题的个人因素及性别因素，把一切祸源都推到男性文化上，或是回避女性的弱点，或是自己毁灭女性，结论当然是偏颇的。20 世纪初始阶段的女性是温文尔雅的淑女，她们不是在"斗争"，而是在"论争"，在"呼唤"。她们企图提高妇女对自身和现实社会的认识，将她们的同类唤醒，要重新做人。温和、改良

---

① 冰心：《悼沈骊英女士》，《妇女新运》1942 年第 2 期。
② 丁玲：《三八节有感》，《解放日报》1942 年 3 月 9 日。

第五章　女性文学批评的"中国经验"与"成长的烦恼"

是其特征，要打破已然的序列，代价当然是要付出的，困惑固然是难免的。冰心的任何叙写都是为了发人深省、启人心智。其实如上问题即使在若干年后的新时期也是难以解决的，比如陆文婷、叶之秋等社会主义时期的新女性，同样面对事业、爱情难以两全的境地。

更何况冰心的苦涩当中有伤感也有希望，更有执着。她在个体体验中刻入不苟于世俗，以求完美和极善的坚定，让人领略到女作家的坚韧。冰心在《关于女人·请我自己想法子的弟妇》中描写了"在斗室里煮饭洗衣服，汗流如雨，嘴里还能唱歌"的三弟妇，既揭示了伦理的"吃人"与丑恶，又彰显了女性的纯美。

中国传统文化的价值规定既是判断体系，又是调节与发展体系。在我们的文学传统中，歌唱翻身女性与表现精神性别自我之间有"女性被讲述"和"女性自述"的区别，这是两套不同的话语传统。同样，在文学传统的流脉中，主导文化阵营的话语传统与女性自我仿话语传统曾有过间接和直接的冲突。冰心所做的就是将女性的视点、立场、女性对人生和两性关系的透视连同女性的审美方式等因素表现出来。她的言说表征着一种隐形的文化理想，一种对传统的重新提炼和向现代的大胆迈进。文学本身就注定了它的实验和探索的性质，女作家对自身的体察带着明显的历史时代的印痕，她们只能是臻于至善，入其内也出其外，保持客观化的距离，从而促成叙述的高度。如果说中国现代女性文学的意义在于呈现，比如丁玲、萧红、张洁、铁凝等，她们都是在将女性的生存艰难、精神困苦、理想高蹈示人，那么"新贤妻良母主义"的意义在于发展与建构。冰心肯定存在于女性身上的男性无法企及的独特生存价值。所以说"新贤妻良母主义"不是折中也不是倒退，而是对理想的两性关系的向往。"新"是要在男女两性主体性平等的前提下尊重差异性，两者要各司其职、各尽所长。性别问题的最终走向乃是人类的和谐，各尽其所是其旨归，只有这样，才能达到人文的和谐和社会的和谐。

当然,对任何一位作家或一部作品的评价都是相对的历史评价,想要盖棺定论是徒劳的,所以我们只能在女性研究的发展中得出一些相对客观的看法。对文学史的质疑和挑战是会永远存在下去的,因为时间在变,观念在变,对历史的发掘和界定在变,创作主体和接受主体也在变。如果一部教材只因循一家范式,严守一家之规,就不是科学的世界观和方法论。文学史叙述的本质应该以赫拉克利特的名言"一切皆流"来形容。"像一切历史一样,文学史也是'流',所谓'流'意味着它既像流水一样是流动的、潮涨潮落的,又像时间一样是绵延的、缜密细腻的。"①

三 新媒体影响下的女性文学批评

这是女性文学批评的第三个生长点。新媒体是以互联网、手机客户端、数字电视等网络平台、数字技术为代表的数据传播模式,电子杂志、数字广播、数字电视等皆可被纳入其中。由于新媒体具有交互性与即时性、海量性与共享性、多媒体与超文本、个性化与社区化等显著优势,它不仅越来越霸道地占领着社会生活、文化审美领域的方方面面,而且深刻影响了女性文学批评。新媒体影响下的女性文学批评可以从两方面寻找生长点:女作家写作之变;女性文学批评之变。

第一,女作家在新媒体影响下的写作之变。

新媒体的繁荣既丰富了文学的传播手段,也影响了由传媒限定的文化接受与理解方式,所以作家的写作必然要在主题的表达、材料的剪贴、人物的塑造、情节的安排等方面进行调整。文学在这个

---

① 张光芒:《"流动的"文学史与范式价值》,《天津社会科学》2002年第6期。

所谓的新媒体时代经历了诸多变化,它的主体参与、接受需求、生产发行、功能指向等都产生了某些新的取向。仅以作家的经验为例谈这个问题。一般来说,作家的人生经验可以被划为这样几个领域:亲历性的日常生活经验、获得性的间性经验、想象性的虚构经验。这些经验都可直接或间接地成为作家写作的素材,成为写作的题材领域、风格气质、美学风尚。如果按照以往的经验,男女作家各有所长,但在新媒体的海量资源中,以往女性不擅长的经验,比如狩猎、工具等皆可在网上搜寻,作家的日常生活经验由物质的实存衍生为电子的虚拟。"所有那些电视、电影和因特网产生的大批的形象,以及机器变戏法一样产生出来的那么多的幽灵,打破了虚幻与现实之间的区别,正如它破坏了现在、过去和未来的分野。"[①]新媒体成为作家经验的重要来源,文学批评就要关注这一来源的某些特性。

首先,女性写作本就有"幽闭""内视""私人化"的特点,由网络连接着的世界或许会使女作家亲历性的日常生活经验更加有限。

新媒体的文本或超文本会因为主体选择的不同而呈现不同的格局,同样是去内蒙古,有人会展现它的草原,有人会展现它的沙漠,也有人会展现它的绿洲……网络资源就好像一张巨大无比的网,将各种信息囊括进来,作家不一定亲历,却一定可以将各种信息为我所用。仅以做饭为例,我们读过《流逝》里欧阳端丽为柴米油盐精打细算,读过《人到中年》里陆文婷紧张如战斗般的午饭一小时,读过《沉重的翅膀》里叶知秋和那孤儿吃的红菜汤,读过《最慢的是活着》里的小葱拌豆腐……虽无真凭实据,我们依然感觉这味道很真实。随着互联网的盛行,作家不必躬亲,就可以通过

[①] 希利斯·米勒:《全球化时代文学研究还会继续存在吗?》,国荣译,《文学评论》2001年第1期。

网络获取全部的视觉、味觉感受……文学作品"在作家的有意识创造行为中获得其存在的源泉，同时在写作时记下的本文中或通过其他可能的物理性的复制手段获得其物理基础"，① 比如潘向黎《白水青菜》中的嘟嘟就按照"村上春树美食书友会"里的食谱做饭，当然味道是南辕北辙的。这种转变从作家以文字对实存的模仿变成了文字对模仿的模仿，在现实和文学之间蒙上了两层纱，成为影子的影子。手机也好，电脑也好，给我们提供了限定的空间，像是透过窗子看外面的风景，不仅限制了观者的视域，而且切割了真实的物质世界。互联网虽然加大了浏览者的信息容量，但也造成了盲人摸象式的信息浅表——纸上得来终觉浅，绝知此事要躬行。

其次，女作家获得性的间性经验或许并不比读者更丰富，这就要求作家必须负载超越经验的能量。

传统媒体（报纸、杂志、广播）中尽管也蕴含着广博的经验资源，但是这些资源的传递是散在的、零碎的，不一定能够直接到达读者，传统媒体不具备新媒体所特有的信息检索功能，读者主动挖掘知识信息的时间和精力成本都比较高。与之相比，新媒体不仅蕴含着庞大的信息资源，并且具有智能、高效的检索功能，可以充分地对信息资源进行组织、挖掘、提取并实现资源的合理配置。而且，新媒体是公共领域的交流实践工具，它并非作家的专属。也就是说，它提供的间接经验既是对作家开放的，也是对所有人开放的。那么对于作家来说，要在读者那里站稳脚跟，就必须有自身的独特价值。如果无法告诉读者一种他们想要的经验，一种独立的、源自生活而非源自别人经验的经验，那么作家讲故事的不可替代性又在哪里呢？当读者把一切经验了然于心，对一切领域都不再陌生时，阅读的需求将向何处去？

---

① 〔波兰〕英伽登：《对文学的艺术作品的认识》，陈燕谷等译，中国文联出版公司，1988，第14页。

第五章 女性文学批评的"中国经验"与"成长的烦恼"

超越经验的能量为何?这就回到了对文学的最初定义。其一,文学是语言的艺术,这是文学最根本的规定。它是由字到词再到句子而成的艺术形式,对其阅读要遵循从左到右、从上到下的规则,对其欣赏要借助阅读者的"前理解"和"二度创作";其二,文学是表现"人"及"人"对内心及外部世界的感受的艺术,这是文学区别于其他以语言文字为表达媒介的"文章"(应用文体、科技文体)的最重要的规定。

超越性的能量应该是文学语言。文学是语言的艺术,这一艺术样式要以最贴切、最地道的语言把经验表达出来。王安忆说:"在我最初的写作里面,经验是占了很大的一部分。我觉得一个人在年轻的时候是很贪婪的,似乎是张开了所有的感官,每一个毛孔都在不断地吸收经验,像海绵吸水一样,把自己注得非常饱满。这个时候写作就是把吸入的东西慢慢地释放出来,让它流淌出来。我最初的写作说宣泄也罢、描写也罢,其实就是在释放自己的经验。"[①] 王安忆为了还原小说的历史场域不惜整日泡在图书馆中查找50年代的人用什么牌子的牙粉,什么牌子的酱油,穿什么料子做的衣服,而写到她的作品中,经验就显得很有味道:

> 这是一九五七年的冬天,外面的世界正在发生大事情,和这炉边的小天地无关。这小天地是在世界的边角上,或者缝隙里,互相都被遗忘,倒也是安全。窗外飘着雪,屋里有一炉火,是什么样的良宵美景啊!他们都很会动脑筋,在这炉子上做出许多文章。烤朝鲜鱼干,烤年糕片,坐一个开水锅涮羊肉,下面条……雪天的太阳,有和没有也一样,没有了时辰似的。那时间也是连成一气的。等窗外一片漆黑,他们才迟疑不

[①] 王安忆:《来自经验的写作》,《光明日报》2015年9月10日第11版。

决地起身回家。这时气温已在零下,地上结着冰,他们打着寒战,脚下滑着,像一个半梦半醒的人。

这一段话里,有写实(一九五七年的冬天、朝鲜鱼干、年糕片),有写意(小天地、缝隙、遗忘),有描述(飘着雪、打着寒战),有联想(没有了时辰似的、像一个半梦半醒的人),毕竟是基于真实经验的文学性升发,文学的美感正是基于此。

超越性的能量应该体现人性的丰富性和深刻性。文学毕竟是写人的,人本身就是难以琢磨的,女性文学更应是对人性全面而精深的把握。须一瓜是一位有道德"洁癖"的作家,她的长篇小说《太阳黑子》再一次体现人在面对罪与罚、面对忏悔与逝去时的人生态度。仿佛艾米莉·勃朗特写《呼啸山庄》般要将那个混乱不堪的世界撕裂而后重建,作者是把日常生活中貌似正常的道德现象掰开、拆散,然后将其背后隐藏的丑恶一刀一刀地挖掘出来……小说讲述了三个谜一样的男人的故事,他们不恋爱、不交际,拼命工作赚钱去合力抚养一个弃婴。这样的生活看似风平浪静,实则暗流涌动,命运的一次次巧合让人性中善与恶的对决变得如此漫长、如此无望、如此令人悲恸。张欣的《爱又如何》《掘金时代》写出了人们在商业时代所经历的尔虞我诈、众叛亲离。生活在广州这样一个物欲膨胀的城市,她仍然力求在写作中保留"最后一点点温馨,最后一点点浪漫"。[①] 作为一个深陷红尘的人,她始终倡导一种拒绝玩世不恭的姿态,要在"万丈红尘中安妥好灵魂"。《狐步杀》里写代驾、写淘宝、写古玩,写所有广州这个大都市的物质性、包装性、流动性与幻想性,但她更写芸芸众生在红尘中对灵魂底线的坚守,站在"人"的立场上,弘扬正能量。

但好多女作家的作品都不给读者闭锁性的价值判断,由此悬置

---

① 张欣:《深陷红尘,重拾浪漫》,《小说月报》1995年第5期。

我们对人的审美期待，这已然成为近年来女性写作的"供给侧改革"。

还有，女作家想象性的虚构经验或许会非常有限。

相比亲历性的日常生活经验、获得性的间性经验，想象性的虚构经验是最能体现作家风格特色的。迟子建说："一个作家既要有这种实地采访。如果一个作家没有想象力那就惨了，你如果没有动力，你没有想象的空间，那么一个作家就是完全停留在一个通信记者这个视野之下了，走不了很远。想象力是伟大的艺术家必须具备的，想象力能支撑你艺术之路走多久，真实的故事只能给你灵感的火花，可想象力能让你飞得更远。我觉得一定要拥抱想象力，而且要使想象力的这种火种只要燃烧起来就不熄灭。"①

以建立在经验之上的比喻为例，作家以往会这样写："你去追跑了的东西，就跟用手抓月光一样的，你以为用手抓住了，可仔细一看，手里是空的。"

而新媒体注入写作之后，作家就会这样写："我重新找了地方租屋子，换了手机号码，换了床，换了家具，当然也换了心。此心是陌生的，疲倦、冷漠、讥讽，其变化是缓慢的，像在网速极慢的情况下载一个大软件，正版的软件，下载完毕，它就占满自己了。"② 比喻的本体、喻体都向着互联网的方向发展，丰富了我们的经验，也改变了我们想象的路径。我们姑且不能说哪一种是好的，哪一种是不好的，但文学批评可以关注到这些变化并加以评说。文学面对的是一个瞬息万变的时代，新媒体钩织的浩繁生活现场往往会使我们眼花缭乱，研究既要有对写作对象所在的场域全面而精深的知识储备，又要对作品进行个性化的历史和美学表达，以期做得更好。

---

① 迟子建：《文学的山河》，凤凰读书，book.ifeng.com/a/20150722/16455-0-shtml。
② 祁媛：《美丽的高楼》，《当代》2015 年第 4 期。

第二,女性文学批评在新媒体背景下的应激反应。

移动数据盛行以来,文学批评日益彰显自由、提倡创新。媒介技术的图-文-声融合、媒介信息的迅即多维度辐射、批评方式的开放动态等特征改组和分化了原有的文学批评行为和组织机构,使其遵循的文学经典规定性、评判标准和话语秩序遭遇新媒体时代的冲击。女性文学批评在文化格局、写作策略、阅读方式、作家姿态的变化系统面前显得有些被动,雍容敦厚造成了女性批评对文化新变招架有余而引领不足。空前丰富和活跃的文化资源超前于女性批评,后者的写实性、体验性、创新性虽得到了认可和升发,但在应激-反映-评价的链条中有些滞后。

新媒体日渐成为文学批评重要的传播与阅读手段,以其新锐的运作理念、运作方式、价值标准干预文学批评活动的全过程,使批评主体、功能指向乃至思维意识、话语风格、审美接受等方面产生一定程度的变异,既有利于全新批评格局的形成,也为女性文学批评实践提出了新课题。我们已有一些关注新媒体的研究成果,如王绯的《21世纪新媒体与文学发展》(社会科学文献出版社,2012年),但如何将女性作者、批评者与新媒体有效关联起来,寻找新的研究兴奋点,是我们要认真考虑的。

关于批评话语,新媒体批评是利用电子数码技术的生产、传播、接受方式进行的批评,评论者在互联网上通过博客、微博、论坛等途径发言,以寥寥数语表明态度。新媒体"点评"式地表意,字数少、速度快、态度明,写出的批评意见未必经得起推敲却有极强的传播性。在网络新媒体环境下,女性文学批评可以尝试拓展叙事交流的通道,丰富叙事手段。影响比较大的如妞博网(niubo.cc),这是由水木丁、柏邦妮、绿妖和黄佟佟等几位女性作家联合创办的中国女性社区门户网站,主要由特邀博客、个人日志和妞问(女性互助问答社区)三大板块组成。虽然该网站创办时间不长,但已迅速成为女性分享、学习、成长和发展话语权的平台。《尊重女性、关注女权，才是妇女节的内核》《别因为皱纹放弃微笑》等文章，立场鲜明又不温不火，犀利反讽又不失风度，很好地运用了新批评话语的模式。

关于批评标准，新媒体的评价标准还存在诸多争议。传统批评的持重与新媒体批评的情绪化导致批评整体处于左右为难的境地，新媒体评论者的写作、传输，阅读者的阅读、反馈都在网络空间里进行，各方观点能直观、即时地交汇，这是文学批评的新方式、新语言。但新媒体的文学批评更多体现为个人兴趣，在伦理、理性、情感等方面还远未达到文学审美的深度和力度。我们是否可以寻找到为大多数人认可的、理解的甚至推崇和赞扬的文化态度、审美标准？

关于批评的性别接受研究还不够深入。批评既是对文学作品的批评，也是对批评的批评，移动终端将作者的创作动机、创作过程、改写、改编等都置放于读者的视野下，虽然在某种程度上弱化了文学的神秘性，却使批评更有亲和力。关于文学的性别接受，已有的成果有林树明的《论文学接受的性别倾向——以女性主义文学批评为例》(《文学评论》2006年第5期)，在女性理论背景下探讨文学接受，并未涉及新媒体。与网络空间相关联的论文有黄鸣奋的《赛伯女性主义：数字化语境中的社会生态》(《吉首大学学报》2008年第5期)，指出赛伯女性主义关注技术的社会应用，宣扬妇女和现代机器之间所存在的亲密关系，以此区别于排斥技术的传统女性主义。它注重在网络上建立适宜妇女的虚拟环境，对与之相关的联结性、批判性、创造性等问题进行深入理论研究，鼓励妇女主动参与在线活动，并通过新媒体艺术来反映自己的诉求。它是女性主义的新形态，值得重视与研究。

如今读者对文学的品读与专业批评处于不对位的状态——新媒

体催化了批评的感性元素,批评越来越重直觉、时尚以及跟风,如何消弭横亘在"理论"与"文学"之间的隔阂,是文学批评界面临的问题。

女性文学批评如何更有力地表现中国正在深刻变化的文学现实以及社会现实?我们期盼中国女性文学批评能更有气质、更有气场地面向世界,就像浮士德所说的:

有两种精神居住在我们心胸

一个正想同另一个分离

一个沉浮在迷离的爱欲之中

执着固守着这个尘世

另一个要猛烈地离去凡尘

向那崇高的灵的境界飞驰。

参考文献

1. 〔德〕《马克思恩格斯选集》(第4卷),人民出版社,1972。
2. 〔俄〕《别林斯基选集》(第2卷),满涛译,上海译文出版社,1980。
3. 〔英〕弗吉尼亚·伍尔夫:《到灯塔去》,瞿世镜译,上海译文出版社,2000。
4. 〔英〕弗吉尼亚·伍尔夫:《一间自己的屋子》,王还译,生活·读书·新知三联书店,1989。
5. 〔美〕爱德华·W. 萨义德:《东方学》,王宇根译,生活·读书·新知三联书店,1995。
6. 〔法〕福柯著,汪民安编《福柯文选》,北京大学出版社,2016。
7. 〔美〕玛丽·伊格尔顿:《女权主义文学理论》,胡敏等译,湖南文艺出版社,1989。
8. 〔捷克〕米兰·昆德拉:《小说的艺术》,董强译,上海译文出版社,2004。
9. 〔法〕《巴尔扎克全集》(第2卷),罗芃等译,人民文学出版社,1999。
10. 〔波兰〕英伽登:《对文学的艺术作品的认识》,陈燕谷等译,中国文联出版公司,1988。
11. 〔德〕顾彬:《二十世纪中国文学史》,范劲译,华东师范大学出版社，2008。

12. 〔美〕W. C. 布斯：《小说修辞学》，华明等译，北京大学出版社，1981。

13. 〔法〕罗兰·巴特：《批评与真实》，温晋仪译，上海人民出版社，1999。

14. 〔俄〕巴赫金：《陀思妥耶夫斯基诗学问题》，白春仁、顾亚玲译，上海三联书店，1988。

15. 〔俄〕巴赫金：《小说理论》，白春仁、晓河译，河北教育出版社，1998。

16. 〔法〕皮埃尔·布迪厄：《男性统治》，刘晖译，海天出版社，2002。

17. 〔挪威〕易卜生：《易卜生戏剧四种》，潘家洵译，人民文学出版社，1958。

18. 〔美〕约瑟芬·多诺万：《女权主义的知识分子传统》，赵育春译，江苏人民出版社，2003。

19. 〔美〕伊恩·P. 瓦特：《小说的兴起》，高原、董红钧译，生活·读书·新知三联书店，1992。

20. 〔美〕加布瑞埃拉·泽文：《岛上书店》，孙仲旭译，江苏凤凰文艺出版社，2015。

21. 〔法〕西蒙·波伏娃：《第二性》，陶铁柱译，中国书籍出版社，1998。

22. 〔德〕姚斯：《审美经验与文学解释学》，顾建光、顾静宇、张乐天译，上海世纪出版集团，2006。

23. 〔美〕杰米·格尔兹：《文化的阐释》，王铭铭译，上海人民出版社，1999。

24. 古典文艺译丛编辑委员会编《古典文艺理论译丛》，人民文学出版社，1963。

25. 张京媛主编《当代女性主义文学批评》，北京大学出版社，1992。
26. 马元曦、康宏锦：《西方女性主义文学文化译文集》，广西师范大学出版社，2008。
27. 王岳川、尚水编《后现代主义文化与美学》，北京大学出版社，1992。
28. 中国艺术研究院马克思主义文艺理论研究所编《外国文艺理论研究资料丛书·读者反应批评》，文化艺术出版社，1989。
29. 鲁迅全集编辑委员会编《鲁迅全集》，人民文学出版社，1981。
30. 《胡适文存》，台北远东图书公司，1983。
31. 中国社会科学院近代史研究所编《胡适来往书信选》，社会科学文献出版社，2013。
32. 袁世硕、严蓉仙编《冯沅君创作译文集》，山东人民出版社，1983。
33. 《秋瑾集》，上海古籍出版社，1979。
34. 陈荣广：《韵琴杂著》，泰东图书局，1916。
35. 吕筠清：《中国女子小说》，上海广益书局，1919。
36. 钱穆：《国史大纲》，商务印书馆，2010。
37. 中共中央文献研究室编《毛泽东文集》，人民出版社，1999。
38. 陈虬：《治平通义·救时要义》，河南人民出版社，1990。
39. 乔以钢、林丹娅主编《女性文学教程》，高等教育出版社，2017。
40. 曹新伟、顾玮、张宗蓝：《20世纪中国女性文学史》，北京大学出版社，2012。
41. 郑观应：《学务》，河南人民出版社，1990。
42. 刘乃慈：《第二现代性——五四女性小说研究》，台湾：学生书局出版社，2004。
43. 刘慧英：《走出男权传统的樊篱——文学中男权意识的批判》，生活·读书·新知三联书店，1995。
44. 黄人影：《当代中国女作家论》，上海光华书局，1933。

45. 赵园：《论小说十家》，浙江文艺出版社，1987。
46. 骆宾基：《萧红小传》，黑龙江人民出版社，1981。
47. 陈元晖：《中国近代教育史资料汇编》，上海教育出版社，1993。
48. 张伟、马莉、邹勤南等编《中国文学史资料全编：葛琴研究资料》，知识产权出版社，2009。
49. 孙露茜、王凤伯编《茹志鹃的研究专集》，浙江人民出版社，1982。
50. 孟悦、戴锦华：《浮出历史地表——现代妇女文学研究》，中国人民大学出版社，2004。
51. 刘禾：《跨语际实践——文学、民族文化与被译介的现代性（中国，1900～1937）》，生活·读书·新知三联书店，2002。
52. 范桥、卢今编《萧红散文》，中国广播电视出版社，1993。
53. 张弓选编《冰心散文》，浙江文艺出版社，2000。
54. 晓川、彭放：《萧红研究七十年》（上中下卷），北方文艺出版社，2011。
55. 傅光明、郑实编《凌叔华文萃》，文化艺术出版社，2002。
56. 杨扬编《石评梅作品集》，书目文献出版社，1983。
57. 刘思谦：《"娜拉"言说——中国现代女作家心路纪程》，上海文艺出版社，1993。
58. 乔以钢：《多彩的旋律——中国女性文学主题研究》，南开大学出版社，2003。
59. 谭正璧：《中国女性文学史》，百花文艺出版社，1991。
60. 吴福辉编《二十世纪中国小说理论资料》（第3卷，1928～1937），北京大学出版社，1997。
61. 钱理群编《二十世纪中国小说理论资料》（第4卷），北京大学出版社，1997。
62. 萧军：《鲁迅给萧红萧军信简注释录》，黑龙江人民出版社，1981。
63. 刘锡庆选编《萧红氛围小说》，上海文艺出版社，1996。

64. 《朱光潜美学文学论文选》，湖南人民出版社，1980。

65. 《赵园自选集》，广西师范大学出版社，1999。

66. 格非：《小说叙事研究》，清华大学出版社，2002。

67. 杨义：《20世纪中国小说与文化》，上海三联书店，2007。

68. 杨义：《中国现代小说史》（1~3卷），人民文学出版社，1998。

69. 梁启超：《饮冰室合集》，中华书局，1941。

70. 朱国华：《权力的文化逻辑》，上海三联书店，2004。

71. 方维保：《苏雪林：荆棘花冠》，广西师范大学出版社，2006。

72. 刘再复、林岗：《传统与中国人》，安徽文艺出版社，1999。

73. 林呐等编《袁昌英散文选集》，百花文艺出版社，1991。

74. 王剑冰：《女性的坦白》，湖南文艺出版社，1993。

75. 南帆主编《二十世纪中国文学批评99个词》，浙江文艺出版社，2003。

76. 《杨绛作品集》，中国社会科学出版社，1993。

77. 阎纯德主编《中国现代女作家》，黑龙江人民出版社，1983。

78. 黄一心：《丁玲的写作生涯》，百花文艺出版社，1984。

79. 中华全国妇女联合会妇女运动历史研究室：《五四时期妇女问题文选》，生活·读书·新知三联书店，1981。

80. 王春荣：《并非另类：女性文学批评》，辽宁大学出版社，2013。

81. 陶东风、和磊：《当代中国文艺学研究》，中国社会科学出版社，2011。

82. 周宪：《视觉的转向》，北京大学出版社，2010。

83. 杨庆祥：《文学史的多重面孔》，北京大学出版社，2009。

84. 张清华：《中国新时期女性文学研究资料》，山东文艺出版社，2006。

85. 迟子建：《听时光飞舞——迟子建随笔自选》，广西民族出版社，2001。

86. 《胡风评论集》，人民文学出版社，1984。

87. 草野：《现代中国女作家》，北平人文书店，1932。

88. 贺玉波：《中国现代女作家》，现代书局，1932。

89. 黄人影：《当代中国女作家论》，上海光华书局，1933。

90. 夏志清：《中国现代小说史》，复旦大学出版社，2005。

91. 葛浩文：《萧红评传》，北方文艺出版社，1985。

92. 司马长风：《中国新文学史》，昭明出版社，1978。

93. 《衡哲散文集》，河北教育出版社，1994。

94. 卓如编《新编冰心文集》（1~5），商务印书馆，2008。

95. 止庵编《张爱玲全集》（1~10），北京十月文艺出版社，2009。

96. 于青、晓蓝、一心编《苏青文集》（上下），上海书店出版社，1994。

97. 张炯编《丁玲全集》（1~12），河北人民出版社，2001。

98. 张海宁等编《萧红全集》（1~4），黑龙江大学出版社，2011。

99. 《杨沫文集》（1~5），中国言实出版社，2015。

100. 《宗璞文集》（1~4），华艺出版社，1996。

101. 《杨绛文集》（1~7），生活·读书·新知三联书店，2015。

102. 《张洁文集》（1~11），人民文学出版社，2012。

后 记

本书是课题"汉语言文学中国特色——实践论文学理论建构"的系列成果之一。

课题组成员齐心协力，共同攻关。

本书各章撰写分工如下（以章节先后为序）：吴玉杰（辽宁大学文学院教授，文学博士，博士生导师）撰写前言、第二章，其中第二章第二节中的第三部分"女性叙事与底层叙事的身份同构"、第三节中的第三部分"文艺女神的贞洁被污辱与日常审美的哲思"由王春荣、吴玉杰共同撰写；李东（辽宁大学文学院副教授，文学博士）撰写第一章；王春荣（辽宁大学文学院教授，博士生导师）撰写第三章；穆重怀（辽宁大学外国语学院副教授，文学博士）撰写第四章；刘巍（辽宁大学文学院教授，文学博士，博士生导师）撰写第五章。

我们的愿望是完成一部不同于女性文学创作论和女性文学史的女性文学思想论，虽然我们已经尽力，但因水平有限，书中疏漏之处在所难免，我们诚恳地期待有关专家学者的批评指正。

最后，本书撰写者没有忘记社会科学文献出版社的领导为本书提供宝贵的出版机会，项目统筹高雁女士、责任编辑颜林柯女士为本书的顺利出版倾注了大量心血。在此，我们谨向社会科学文献出版社表示衷心的感谢！

吴玉杰

2017 年 7 月 19 日

图书在版编目(CIP)数据

中国现代女作家的女性文学意识/吴玉杰等著. --北京：社会科学文献出版社，2017.11
（汉语言文学中国特色研究丛书. 实践论文学理论建构）

ISBN 978 - 7 - 5201 - 1466 - 0

Ⅰ.①中… Ⅱ.①吴… Ⅲ.①中国文学 - 当代文学 - 妇女文学 - 文学研究 Ⅳ.①I206.7

中国版本图书馆 CIP 数据核字（2017）第 237436 号

汉语言文学中国特色研究丛书·实践论文学理论建构
中国现代女作家的女性文学意识

著　者／吴玉杰　刘　巍　等

出 版 人／谢寿光
项目统筹／高　雁
责任编辑／颜林柯

出　　版／社会科学文献出版社·经济与管理分社（010）59367226
　　　　　地址：北京市北三环中路甲29号院华龙大厦　邮编：100029
　　　　　网址：www.ssap.com.cn
发　　行／市场营销中心（010）59367081　59367018
印　　装／三河市尚艺印装有限公司

规　　格／开　本：787mm×1092mm　1/16
　　　　　印　张：17.25　字　数：225千字
版　　次／2017年11月第1版　2017年11月第1次印刷
书　　号／ISBN 978 - 7 - 5201 - 1466 - 0
定　　价／75.00元

本书如有印装质量问题，请与读者服务中心（010 - 59367028）联系

版权所有 翻印必究